猴面包树

李公胜——

著

天津出版传媒集团

百花文艺出版社

图书在版编目（CIP）数据

猴面包树 / 李公胜著. –– 天津：百花文艺出版社，
2023.1（2023.7 重印）
ISBN 978–7–5306–8418–4

Ⅰ.①猴… Ⅱ.①李… Ⅲ.①长篇小说–中国–当代
Ⅳ.①I247.5

中国版本图书馆 CIP 数据核字(2022)第 218399 号

猴面包树

HOUMIANBAO SHU

李公胜　著

出 版 人：薛印胜
选题策划：汪惠仁　韩新枝
责任编辑：张　烁　美术编辑：郭亚红
出版发行：百花文艺出版社
地址：天津市和平区西康路 35 号　邮编：300051
电话传真：+86–22–23332651（发行部）
　　　　　+86–22–23332656（总编室）
　　　　　+86–22–23332478（邮购部）
网址：http://www.baihuawenyi.com
印刷：山东临沂新华印刷物流集团有限责任公司
开本：900 毫米×1300 毫米　　1/32
字数：223 千字
印张：9
版次：2023 年 1 月第 1 版
印次：2023 年 7 月第 2 次印刷
定价：58.00 元

如有印装质量问题，请与山东临沂新华印刷物流集团有限
责任公司联系调换
地址：山东省临沂市高新技术产业开发区新华路 1 号
电话：(0539)2925886
邮编：276017

题 记

　　猴面包树又叫波巴布树，主要生长在非洲干旱的热带草原上，是一种大型落叶乔木，树干粗壮，往往需要十几个人手拉手才能合抱，相较于树干，猴面包树的树冠和枝丫显得有些稀疏，外形活像有些秃头的胖子。它的果实呈长条形，中间粗两头尖，像法式面包一样，果实含丰富的淀粉，是猴子喜欢的食物，因而得名猴面包树。

　　在猴面包树生长的非洲大地上，一年之中只有旱季和雨季这两个季节，而且旱季还特别长，约八九个月时间，雨季相对较短。这样环境下生长的猴面包树，在雨季来临的时候它就拼命地吸收水分，储存在肥大的树干里，猴面包树的树干外皮坚硬，里面却很疏松，质地像海绵一样，一棵成年的猴面包树能储存几千公斤的水。等到旱季来临，它就将叶子全部落光，以减少树内水分的蒸发和流失，度过漫长的旱季。

　　这样的生存能力使得猴面包树的树龄一般在500年左右，最长能活到5000年以上，在地球环境的不断变化中，猴面包树一直演绎着适者生存的自然规律。

一

　　手机的振动声顽强地把赵文从沉睡中唤醒，他艰难地把意识从梦境里转换到现实中，夕阳从窗帘的缝隙像聚光灯一样照射在床头柜上的手机上，赵文闭着眼睛，伸手摸起手机，打开翻盖,许丁低沉的声音传了过来:"打了你一天电话了,还在睡觉呢？"

　　赵文梦呓般地说:"昨晚蹲到凌晨3点多钟,终于把那个特大诈骗案的首犯抓到了,领导放我两天假,让我补觉呢！"

　　"嘿！破个小案子还能放两天假,你们领导不错呀！我都加了两周班了,这个周末还要开会,看来我要想办法调到你们单位去！"许丁在电话里贫了几句,听不到赵文的回应,知道赵文又睡着了,他挂了电话,再拨过去,听到赵文"嗯"了一声,连忙说:"晚上有个饭局,鬼画符从非洲回来了,晚上请我们在聚宝源涮肉！你赶紧来啊！"

　　赵文在迷迷糊糊中听说鬼画符,脑子像被凉水浇了一样立马清醒了,他一骨碌坐起来:"谁！谁！谁！鬼画符回来了？那我得找他,他还欠我几千块钱呢！"

　　许丁说:"都5点多了,赶紧过来吧！"

赵文赶到聚宝源的时候，包厢里已坐满了人，光头、黝黑的鬼画符坐在对门的主位上正在眉飞色舞地讲他在非洲的传奇经历，看到赵文进来，连忙招呼道："文子，来，坐我这里。"

　　鬼画符说完，从身后椅子上的皮包里拿出一个信封递给赵文："文子，不好意思，哥借了你这么多钱，现在才还上，今天哥要多敬你几杯酒！"

　　鬼画符的真名叫李旭钰，勉强能称得上是个画家，但认识他的人并不多，只能说在北京城的东边还小有点名气。

　　然而，几十年前鬼画符的爷爷李画画却是鼎鼎大名，在古玩界无人不知，无人不晓。"画画"也不是鬼画符爷爷的真名，提起他爷爷的真名反而没有几个人知道了，大家都以为画画就是他的真名，就像他的名字一样，鬼画符的爷爷是一个很神奇的人物。

　　虽说鬼画符的爷爷人称"画画"，他的画作也不少，但要在市场上找一幅有他落款的画却很难，至今没有人发现过。原来鬼画符的爷爷是一名临摹画家，他一生都在临摹古画，所以人称"画画"，李画画的临摹画完全做到了以假乱真，甚至比真画还好，如果某人买到一幅李画画的临摹画，跟买到真画一样高兴，临摹画到这份儿上也是至高无上的境界了。

　　李画画很想把自己的一身技艺传授给儿子，可两个儿子打小对画画没有一点儿兴趣，还反其道而行之，一个学建筑，一个学机械，后来也都小有成就做了大学教授。

　　做了大学教授的两个儿子没有让老爷子有丝毫的荣耀感，他为自己一身的绝技找不到接班人而苦闷。

　　等到有了第一个孙子的时候，李画画恨不得从孙子出生的那一刻起就教他画画，所以大孙子一断奶，李画画就把他带在身边，从大孙子开始说话就教他画画。李画画的这个大孙子就是鬼画符。

　　鬼画符从小跟着爷爷李画画学画画，耳濡目染，他也喜欢画画，这让爷爷感到莫大的安慰。可是等到鬼画符六七岁,小脑袋瓜子刚刚有点自己的思想的时候,他就不按爷爷的要求去一笔一画地临摹各种古画了,他喜欢随心所欲横涂竖抹,他画出来的东西既不像中国的写意、工笔,也不像西洋的油画,兴之所至,乱画一通。人物都是歪嘴斜眼,腿细胳膊粗;景物杂乱无章,变形扭曲;色彩要么明亮刺眼,要么斑驳陆离。旁人看不懂啊,送了一个"鬼画符"的外号给他。没想到他自己很喜欢这个外号,以后画画的落款居然也用了"鬼画符"这个名号,所以现在大家都叫他鬼画符,李旭钰的名字反而很少有人叫了。

鬼画符的爷爷李画画看到自己寄托了无限希望的孙子好不容易和自己走到了同一条道上,可方向却是完全相反的,他在失望之余也认真地研究了大孙子的画。

李画画毕竟是有艺术造诣的人,他在大孙子看似随心所欲的画中仔细品味到了景物线条流畅,人物形象鲜活,色彩清新跳跃。慧眼识真金,他在大孙子的身上看到了另外的一种希望。于是他让大孙子拜有名的写意派画家为师,大孙子也不负爷爷厚望,十几岁就在区少年宫举办了个人画展。

小时候鬼画符和许丁、赵文住在一条街上,只是鬼画符家里住的是单门独院的四合院,许丁和赵文住的是几家人合住的大杂院,但这样的差别并没有影响到他们成为好朋友。

三个人的年龄成阶梯状,鬼画符最大,许丁第二,赵文最小。鬼画符年纪长,鬼点子多,许丁和赵文都爱跟着他玩儿,从小三个人形影不离。

鬼画符高中毕业,考上了中央美术学院,他们的交往就渐渐少了,后来鬼画符家从四合院搬走了,有好多年赵文和许丁都没有见过鬼画符,不过年龄相近的赵文和许丁一直像亲兄弟一样厮混在一起,三天两头聚在一起喝酒聊天。

许多年以后在一个朋友召集的饭局上他们仨又聚到了一起，鬼画符的变化让赵文和许丁差点没认出来。三个伙伴相见都欣喜不已，赵文和许丁问起鬼画符的情况才知道，鬼画符在中央美院只上了一年多的学，觉得没劲，思来想去决定出去走走，看看大千世界，那时候中国人出国都往日本、美国跑，鬼画符不走寻常路，他选择往非洲去，他从莫桑比克、肯尼亚到埃塞俄比亚又去了安哥拉，在安哥拉赶上了激烈的内战，首都罗安达成了内战的主战场，每天枪炮声不断，一个多月国际航班不能起飞，鬼画符住在一个在罗安达做生意的浙江人林安平家里，每天不敢外出。

林安平的商店里空空如也，鬼画符陪着林安平喝茶聊天，他问林安平："你商店里没有了商品，每天也没有客人光顾，安哥拉这儿出出不去，进进不来，子弹横飞的，你在这里守着干吗？"

林安平神秘地笑笑说："你别看现在没有商品，没有客人，只要枪炮声停几天，飞机一起飞，国内送一批货过来，我一个星期赚的钱就够我一年的开销了！"

林安平的话让鬼画符将信将疑，可过了几天，枪炮声稀疏一些，罗安达的国际航班开始恢复通航，有一天林安平开着他那辆破旧的皮卡车从机场拉回几个大包裹，货还没有卸完，门口就聚集了一大帮黑人，不到半天时间几大包的服装、鞋子就分派完毕。

货物发完了，林安平又开始收钱。等林安平忙完，鬼画符疑惑地问林安平："怎么我看你发货的时候不收钱，发完货了再收钱，这拿货的和交钱的不是一拨人啊？"

林安平说："这里的生意都是先交钱再给货，这次付钱的人要等下次来货了！为了拿到货，好多黑人还给我加钱呢！"鬼画符一听傻了，没想到世界上还有这样的生意。

鬼画符问林安平是怎么来安哥拉做生意，怎么发现这么好的商机的。

林安平说："我哥哥是外贸公司的,公司安排他跑非洲业务,我高中毕业后就跟着哥哥来非洲,先去了马达加斯加,后来又去了科特迪瓦,再来了安哥拉,非洲经济不发达,就连简单的加工业都没有,我们就把国内的商品运到非洲来卖,利润很高,就是困难太大,交通不方便,语言不通,有些国家治安还不好,卫生条件很差,染病是常有的事,这些我们都能克服下来,所以我们能找到这样的生意。"

罗安达的国际航班开始恢复,鬼画符却不想走了,他想要跟林安平一起做生意,林安平也很爽快:"你跟我做生意也简单,你从国内带货来,我负责这边出货,利润我们五五分。"

鬼画符觉得自己拿钱进货、运货,利润应该多分点,可自己是新手,刚跟别人学做生意,不好计较,便满口应承下来。

鬼画符回到国内,按照林安平开的商品清单去进货。可这些年鬼画符读书、旅游全靠家里负担,哪有钱做生意?鬼画符知道在家里要不到钱,于是就想到了找朋友、同学筹钱,这才有了借赵文的钱很久没还之说。

这次相聚鬼画符变化更大,上次是把披肩长发改成了平头,这次干脆把平头剃成了光头,皮肤更黑,原来画家身上的儒雅之气荡然无存,讲起自己在非洲的经历更是手舞足蹈。

酒过半酣,鬼画符把赵文和许丁拉到身边说:"你们俩这么年轻,不如跟我去非洲闯一闯,那边赚钱的机会很多!"

许丁听鬼画符讲非洲的事,既羡慕又向往,想着自己拿了结婚证已经三年多了,偌大的北京城自己竟然找不到一间结婚的新房,这样的日子还遥遥无期,他想改变这样的生活状况,去非洲也许是一个机会,他有些动了心。

赵文犹豫了一下说:"可做生意我们一窍不通啊。"

鬼画符拍拍胸口说:"只要你们下海,跟着哥干,我保证你们发大财！"

许丁跃跃欲试地说："哥，你看这样行不行？我们走你的路，先在国内给你发货，你负责在那边出货，赚多赚少你看着给！"

鬼画符一来是希望找到几个帮手一起干，二来是要把生意做大，可自己手头本钱不足，赵文和许丁是自己的小跟班，要是能动员他们参加一起干是最好不过了。但看到他俩犹豫不决地提出了这样一个想法，看来一下子很难让他们下定决心，他只好退而求其次地说："这样试试也好！你们发货我帮你们卖，利润我们五五分。"

酒局散了去歌厅，赵文和许丁没兴趣唱歌，两个人商量跟鬼画符一起做生意的事。进货好办，可两个人手上钱都不多，起步都难，许丁想起一个人来，跟赵文商量道："我们把何守月约在一起做吧？他有经验，又有钱，跟他一起做比较踏实！"

何守月是赵文和许丁从初中到高中的同学，也是很要好的朋友，何守月跟着他父亲做钢材生意，这几年赚了不少钱。赵文也觉得约何守月一起做生意牢靠。

第二天晚上赵文和许丁约了何守月一起商量做生意的事，何守月听了赵文和许丁介绍非洲的情况，来了兴趣，他沉吟片刻道："我觉得这是个好机会，这样，我知道你们俩也没什么钱，我们先投 10 万元，我出一半，你们俩合计出一半，赚的钱我们三个人平均分。"

赵文和许丁都觉得这样不公平，要按出资额分配利润，何守月笑笑说："你们就别争了，只怕你们俩 5 万都凑不齐呢，就当我帮你们下海，借点儿钱给你们做生意。"

何守月把话说到这个份儿上，赵文和许丁就不好再推辞了，三个人商量妥当，赵文和许丁分头去筹钱，两个人在家里翻箱倒柜，又找朋友、亲戚东拼西凑，一起筹齐了 5 万元。

本来鬼画符说要进服装和鞋子比较好卖，赵文说："我有个朋友这几年专门卖儿童学习用品赚大发了,天下的父母都是一样的,在教育上都舍得花钱,前段时间这个朋友还拉我一起做儿童学习用品生意呢,他的进货价格特别低,利润高,去非洲大家都卖服装鞋子,我们另辟蹊径说不定更赚钱呢。"

许丁和何守月都觉得赵文说的话有道理,于是他们进了5万元的服装,5万元的儿童学习用品。

等他们把货备齐,鬼画符已经返回了安哥拉,他们好不容易打通了鬼画符在安哥拉的电话,把货发了过去。

三个多月过去了,许丁他们发给鬼画符的货如石沉大海,他们三人轮番给鬼画符打电话联系,罗安达和北京时差是7个小时,每次打电话都是北京时间深夜12点以后,好不容易把电话打通了,鬼画符要么不在店子里,要么没说几句话就断了线,大部分的时间电话拨不通。

到了"十一"国庆节前,许丁沉不住气了,他决定利用"十一"长假,跑一趟安哥拉。

第一次出国,还是去非洲,这样的长途飞行许丁还是第一次,本以为上了飞机可以好好地睡一觉,可坐在飞机上却怎么也睡不着。许丁闭上眼睛,感受着飞机的颠簸,心里想着这趟出门会遇到的各种可能,语言不通、通信不畅、交通闭塞,还有可能遇到战争、疾病和饥饿,心里十分忐忑,精神更加紧张。等许丁好不容易睡着,却错过了空姐分发饮料、餐食的时间。

许丁从迷迷糊糊中醒来的时候已是早晨,飞机开始降落,霞光从飞机舷窗外照射进来,感觉明晃晃的,特别刺眼。

空姐给许丁送来一瓶矿泉水和一包饼干,抱歉地说:"先生,送餐的时候我看您睡得正香,就没有叫醒您,飞机马上降落了,祝您一切顺利!"

许丁接过矿泉水和饼干,谢了空姐。

飞机很快降落在跑道上,透过舷窗,这是许丁第一眼看到的非洲大地,跑道周围是低矮的灌木丛和黄色的沙土丘,空气洁净透明,远处浅蓝色的天空飘浮着朵朵白云,偶尔有一群小鸟飞过,看不到一座建筑物,一切都是自然界的原生态。

飞机滑行了十几分钟才停在一片狭小的停机坪上,停机坪边上有栋破旧的两层楼房,楼房的所有窗户玻璃残缺不全,墙面残破不堪,屋顶还有一大块塌陷。

飞机在停机坪停了很久,才看到几个黑人推着一架悬梯过来,悬梯慢慢靠上飞机。

走下飞机,潮湿的热浪扑面而来,仿佛是站在蒸笼前一样。许丁实实在在地踏上了非洲的土地,他随着人群走向停机坪边上的破旧小楼。

进入小楼,是一间一百多平方米的入境大厅,大厅里的人不多,因为只有两扇小窗户,采光全靠屋顶的几只白炽灯,大厅显得有些昏暗。许丁排队经过海关的时候,一个壮实的黑人海关工作人员接过许丁的护照,对许丁说了句什么,许丁听不懂,只好摇摇头,用英语说了句:"No!"

黑人海关工作人员摇摇头,在许丁的护照上盖了个印章,把护照递给许丁,向许丁做了个放行的手势。

过了海关,里面是一个和入境大厅差不多大小的行李提取厅,没有行李转盘,几十名旅客就站在大厅里等行李。屋子小,没有窗户,没有电扇,更没有空调,外面的燥热变成了房子里面的闷热,许丁脱了外套也是汗流浃背。

等了一个多小时仍不见行李进来,许丁有些着急,看到一旁有几个讲普通话的人,他连忙过去搭腔:"同志,您好!你们是从中国来的吗?"

一个大约四十岁戴眼镜的男子听到许丁满口京片子,热情地回答说:"是的,我们从北京过来的,是中 B 集团安哥拉公司的。听你口音是北京人吧?"

许丁惊喜道:"真是太好了! 你们来罗安达很多年了吧? 我是第一次来,还没有跟我的朋友联系上,你们知不知道我朋友住的地方,我打车去远吗?"许丁说着拿出鬼画符的通信地址给他们看。

那个戴眼镜的男子看看通信地址,又盯着许丁看了有一分钟,笑着对许丁说:"一看就知道你是第一次来非洲,这里哪有出租车呀,连公交车都没有,你赶紧跟朋友联系让他来接你吧!好在你朋友的驻地离机场不远。"

许丁一听,有些着急:"那我出去找个公用电话跟我朋友联系,但要是联系不上我朋友怎么办? 机场附近有酒店吗?"

许丁的话引得中 B 集团几个人一阵大笑,有一个和许丁年纪差不多的小伙子对戴眼镜的男子说:"叶总,看来他把罗安达当北京了!"

许丁知道了那个戴眼镜的男子姓叶,还是个老总,他连忙掏出香烟给叶总和叶总一起的人敬烟道:"关照! 关照!"

叶总拿着烟说:"这里面不让抽烟,行李一时半会儿还出不来,你出门往右上二楼,有家咖啡厅,那里有公用电话,你赶紧去跟你朋友联系吧,要是联系不到你的朋友,我们还可以送你去你朋友那里,要是我们走了你就麻烦了,这里没有酒店可住,你只能在机场流浪啦!"

叶总说着拉一下旁边的小伙子说:"小张你带他去吧。"

小张带着许丁到咖啡厅打电话,电话打通了,可接电话的不是鬼画符,这个电话本来就是林安平店里的电话。

林安平接到许丁的电话并没有感到惊讶:"你是李旭钰的朋友呀,他这几天不在罗安达,不知道又跑到哪里去了,他走之前跟我说过,说他有个朋友要来罗安达,也不一定会来,没想到你这么快就来了,你在机场等着,我去接你。"

许丁一直悬着的心终于放了下来,浑身放轻松了些。

回到行李厅,许丁连忙感谢叶总一行,许丁又跟叶总打听了一些罗安达的事情。

等找到自己的行李，叶总一行人上车离开，许丁出了机场楼站在马路边等着林安平接他的时候才感觉又饥又渴又困，他想起飞机上空姐给他的饼干和矿泉水，后悔没有带下飞机，他第一次感觉到水和食物的宝贵，他想找个商店买点儿吃的和饮料，可附近只有这孤零零的一座小楼，没有商店也没有餐厅，小楼前的停车场空荡荡的，许丁感受着炙热的阳光和滚烫的风，庆幸自己遇到了中 B 集团的叶总一行，不然真是叫天天不应，喊地地不灵啊！

许丁想起二楼有家咖啡厅，他想去二楼咖啡厅喝杯咖啡，可又怕林安平来了找不到自己，他只得站在路边等着。

许丁孤零零地站在路边，一会儿过来几个衣衫褴褛的黑人，黑人比画着跟许丁说了几句话，许丁一句都听不懂，他只能重复着：No! No! 黑人想拿许丁手中的行李箱，许丁抓紧自己的行李箱，大声喊叫着："干什么？你们干什么！抢东西呀！"

许丁的叫喊声惊动了机场楼里的人，从里面出来几个黑人，其中还有一名持枪的警察，这些人很平静地看着许丁和那几个黑人拉扯着，没有一个人出面制止，眼看着许丁的行李就要被那几个黑人抢走，一辆皮卡车快速驶来停在许丁身边，一个四十多岁个子不高的清瘦男子开门下车用葡语大喊几声，正和许丁拉扯的几个黑人放开许丁，悻悻离去。

上了皮卡车，林安平看着疲惫不堪的许丁，递过来一瓶矿泉水说："你胆子还挺大的，没有联系好就跑到安哥拉来了，要是联系不到我，你就麻烦啦！"

许丁连忙一迭声地说谢谢。

皮卡车驶出机场不久，许丁听到前方传来一阵阵爆炸声和枪声，不觉紧张起来，他问林安平："这是在打仗吗？"

林安平安慰他说："前面海边一带正在激战呢，没事，我们往右绕过去好了。"

对许丁来说战争只在电影里看过,虽然知道战争的血腥和残酷,但因为离自己很遥远,带着旁观者的心态感受不到战争的残酷。现在转眼置身于战争之中,许丁脑海里浮现出血肉模糊的战场画面,仿佛闻到了死亡的气味,他担心地问道:"还在打仗啊!那你们在这里不是很危险吗?"

林安平笑笑说:"安哥拉先是独立战争,赶走了葡萄牙人,接着又发生了内战,内战打了二十多年了,这个国家的历史就是一部战争史,这里的人都习惯了,不过现在的战争一般不会针对平民,只要你不跑到交战双方的枪口前,危险不大,我们已经对枪炮声习以为常了,每天晚上听不到枪声还睡不着觉呢。"

许丁仿佛穿越时空,到了另一个世界,他有太多的问题想问林安平,可坐在林安平的车里许丁感觉到自己的身体和脑子像被放进开水里的茶叶一样全部舒展开来,转眼进入了梦乡。

许丁做了一个梦,梦见自己在荒漠上跋涉,没有人烟,没有小鸟和其他动物,没有生命的迹象,连一点儿声响都没有,许丁拼命想走出这片荒漠,可双腿软绵绵的,没有一点儿力量,迈开一小步都很困难,饥渴难耐,许丁感觉到无比的恐慌……

"小许,醒醒,我们到啦!"许丁被林安平从梦中唤醒,一时不知道自己身在何处,愣了片刻,他才想起自己是到了非洲。

许丁打开车门下车,打量一下周围的环境。这是一条很小的街道,长不过 200 米,两辆小车可勉强并排行驶的宽度,街道上沙土和垃圾混合在一起坑洼不平,街道两边是一间挨一间的平房,说是房子也有些勉强,有砖砌的,也有木板钉的,还有泥巴糊的各种墙体,屋顶更是五花八门,石棉瓦、铁皮、塑料布、木板等各种材料。不过在这些低矮破旧的平房中间也还夹杂着几栋两三层的小楼房,小楼房石墙红瓦,绿色的百叶窗,显得十分精致。几株热带树木夹杂在街道两旁,有一些藤蔓从墙角绕出来开出一片黄色的花朵,使这破败的街景有了几分生机。几个黑人或站或蹲在街边,木讷、漠然地注视着刚下车的许丁。

林安平从车厢里拿下许丁的行李箱,领着许丁走进一栋两层的小楼。进入大门是一间宽敞的厅屋,厅屋里空荡荡的,穿过厅屋,后面是一个小院,小院的西边是半开放式的厨房,东边是半开放式的餐厅,厨房和餐厅连在一起,一半在房子里,一半在院子里。

走进后院林安平说了声:"我们回来啦!"

正在灶台前忙碌的一个年轻女子转身看到许丁热情招呼道:"是小许吧?辛苦啦!赶紧洗把脸吃午饭。"

林安平向许丁介绍说:"这是我老婆,叫梁艳。"看到餐桌上丰盛的饭菜,许丁喊了声嫂子,说了声谢谢就直接坐到了餐桌旁。

吃饭的时候许丁问鬼画符的情况,林安平说:"旭钰没有正儿八经地做过生意,他喜欢画画,也喜欢摄影,大部分时间在安哥拉和非洲各地旅游,只是没有钱了的时候才回国去进一批货来交给我卖,我这里只是他的一个落脚点,有时候半个月,有时候几个月才来一次。"

许丁一听有些着急地说:"那他什么时候才回来?我能见到他吗?我还发了一批货给他了呢!"

看到许丁着急的样子,林安平不紧不慢地安慰道:"他这次走了一个多月了,他也知道你要来,应该要回来了。"

林安平停了停,接着说:"你那批货旭钰交给我了,服装全部帮你卖出去了,一共卖了4万多美元,但儿童学习用品一件也没有卖出去,安哥拉长期战乱,老百姓吃饭都困难,小孩哪有学上啊!再说这里的人不像中国人那样重视儿童教育,从小舍得花钱培养孩子,这里的小孩都是散养的。你们进的这批货不对!"

听了林安平的话,许丁有安慰,有惋惜,也有惊喜。安慰的是等到鬼画符回来应该没问题,好歹能够见到他;惋惜的是儿童用品的货没有进对,卖不出去;惊喜的是做梦也不会想到 5 万人民币的服装在这里卖了 4 万多美元。许丁在心里默算了一下,按 1:8.3 的汇率计算,4 万多美元约合 40 万人民币,转手净赚 30 多万元,这不跟抢钱一样!要不是亲身经历他是怎么都不会相信的,想到这里许丁不觉露出了开心的微笑,他问林安平:"不是说安哥拉很穷吗?老百姓吃饭都困难,怎么物价还这么高?"

林安平介绍说:"安哥拉有石油,而且油田都在海上,由外国公司开采,安哥拉政府有钱,政府部门、石油公司职员薪水都很高,贫富差异悬殊,而且打了二十多年内战,下面的老百姓为了躲避战争,都跑到首都罗安达来了,全国两千多万人,有将近三分之一的人口都集中到了罗安达,消费市场大,安哥拉几乎没有什么生产能力,生活日用品全部靠进口,战争使得贸易困难,人员往来、交通都不方便,所以物价奇高,只要是生活日用品就能卖高价!"

听了林安平的介绍,许丁想,自己现在一个月的工资不到 1000 元,一笔生意相当于自己二十多年的工资,他觉得这是一个巨大的商机,他要好好策划下一步的行动,他对林安平说:"林总,我就在你这里等旭钰几天,他要是还不回来你把我上一批货的钱给我,我马上回去进货去。"

许丁热烈的反响并没有感染林安平,他依然慢条斯理地说:"只要能吃苦,来安哥拉做生意一定能挣钱的。你的货款要等旭钰回来我给他,因为货是他交给我的,按照我跟他的约定,利润我要跟他五五分成,至于他跟你怎么算账你们再商量。"

许丁本来对林安平很感激,觉得林安平为人友善,这次来全靠他帮助,不然还不知道会怎么样呢,没想到做起生意来他一点儿都不含糊,一下子就分走了百分之五十的利润,鬼画符跟他们说的也是利润五五分成,自己到手的利润就对折了两次。不过许丁觉得这些都不重要了,重要的是发现了这样的一个千载难逢的商机。

吃完饭，林安平对许丁说："这栋两层小楼是我租的，房间很多，你在我这里管吃管住，你就安心等旭钰回来吧。"说着，林安平带许丁上楼。

二楼连着楼梯的是一间小起居室，楼梯旁边有公用卫生间，起居室往里走是一条小过道，过道两边有四个房间，一个大的套间带有卫生间，林安平夫妇居住，另外三间房都比较小，靠外一间床上挂着蚊帐，林安平告诉许丁说："这是旭钰住的房间，你就住他隔壁这间吧。"说着推开房门。

许丁走进房间，仔细打量，房间不大，外墙上有一扇窗户，也许是房间靠北吧，虽然是中午时分，却并没有阳光照射进来，窗户上没挂窗帘，窗外紧靠墙边有一棵树，树干上结满青色的果子，一串串，从窗口伸手就可以摘下来。许丁问林安平："这是水果吗？怎么就长在树干上。"

林安平说："木瓜啊！很好吃的水果呢。"

许丁吃过木瓜，但不知道木瓜长在树上是这个样子。

林安平说："要等木瓜黄了就可以摘了吃，非洲的木瓜很好吃，安哥拉人把它当主食吃。"

许丁把目光收进房间里，房间里空荡荡的，只有一张床和一把白色的塑料椅子，白色的椅子上划痕累累，颜色已经有些发灰。床更简陋，一个木头架子上搁着一个沙发床垫，床垫花花绿绿，且落满灰尘。

林安平说："这里没人住过。来，我们一起把床垫抽出来打打灰。"

许丁和林安平抽出床垫，没想到床垫的下面表皮已经破损不堪，还有几个大洞，里面的海绵和弹簧裸露出来。在一个大洞里赫然还有两只老鼠，也许它们正在睡觉吧，因为老鼠是白天睡觉晚上活动的动物，这两只老鼠在睡梦中被惊醒，它们迷迷糊糊地睁开眼睛，看到两个外国人正惊讶地看着它们，一时不知道如何是好，人和老鼠都愣了会儿，还是老鼠反应快,哧溜一下跳到地上,不紧不慢地顺着墙边跑到墙角,再顺着墙角麻溜地爬上屋顶,转眼就不见了。

林安平帮助许丁收拾房间的时候梁艳抱着枕头、床单、毛巾被和蚊帐等寝具进来,带着几分歉意地对许丁说:"这里条件不好,只能凑合了。"

许丁心想:我本来是寄居在别人家里,没有理由挑剔,要不是别人关照只怕连住的地方都没有。想到这里他连忙说道:"您千万别这么说,没有您和林大哥接纳我,我怕只能露宿街头了,我感谢都来不及呢!"林安平接话道:"这里条件就这样,你不见外就好!"

梁艳说:"小许,你第一次来罗安达,嘱咐你几句。这里没有自来水,下面院子里有个水箱,水箱里的水是水车送来的,没怎么消毒,只能用来洗衣服、洗澡,喝水一定要喝瓶装水;晚上睡觉一定要把蚊帐掖好,还要把蚊香点上,被蚊子咬了容易得病。"

许丁是一个粗线条的人,平时很少注意这些生活细节,看来到了非洲,这些生活小事也要注意了。

罗安达的下午正是北京的凌晨,出来快两天了,许丁都没有好好睡过觉,他感到昏沉沉的,想好好睡一觉,可几天没有洗脸刷牙,更不用说洗澡了,身上的汗湿了干,干了湿,浑身黏黏糊糊一股汗味,他想洗漱一下,冲个澡。

许丁在起居室拿了一只塑料桶,到楼下院子里去提水,他打开墙角的水箱,水箱口黄灿灿一片全是蟑螂,光线照进水箱的时候,蟑螂齐刷刷闪到水箱深处。许丁正要淘水,发现水箱里的水呈米汤色,许丁心想:这样的水不要说喝了,就是洗澡也觉得埋汰!可身上这个样子不洗漱一下也没法睡。

许丁刚舀了几瓢水,发现水箱中间的浮漂上居然盘着一条蛇,蛇不大,只有 30 厘米长的样子,也许是水箱清凉,蛇盘在浮漂上一副很享受的样子,对站在水箱前的人懒得理睬。许丁胆子虽然大,但就是怕蛇、蜈蚣这样的爬行动物。这样的水许丁实在不敢往身上浇。

许丁从厨房拿了一瓶瓶装水,用半瓶刷了牙,剩下的半瓶倒在毛巾上,把毛巾打湿了,就用这一条湿毛巾把浑身上下仔细擦了一遍,虽然没有完全擦掉身上黏稠的汗渍,但毛巾凉凉的,擦一遍身体舒服多了。

许丁收拾好床铺,可躺在床上却怎么也睡不着,脑子像电风扇一样呼呼旋转着,直到夕阳西下,暮色降临,许丁才沉沉睡去。

第二天早晨,许丁还在半睡半醒中,忽然听到门口传来了几声轻轻的敲门声,许丁起床开门,一个黑人女孩站在门口,女孩高高瘦瘦的,头上扎满了一条条小辫子,一双清澈的大眼睛直愣愣地看着许丁。许丁说了声:"你好!"见女孩没有反应,他连忙笑着说:"How do you do!"女孩嫣然一笑,居然用普通话说了句:"你好!"

许丁感到很新奇,惊讶地说:"你会普通话呀!去过中国吗?"

女孩一脸茫然,显然没有听懂许丁的话。

两个人语言不通,一时有些尴尬,女孩大方地拉着许丁下楼,来到后院餐厅,林安平和梁艳两人正在悠然自得地喝茶呢,看到许丁和女孩进来,林安平向许丁介绍:"这是我们房东的小女儿,叫萨瓦丽娅,整天泡在我这里,她特别喜欢中国,老想让我带她去中国!"

林安平又用葡萄牙语跟萨瓦丽娅说了几句,女孩露出了天真灿烂的笑容。

梁艳把准备好的早餐端上桌来,四个人围着桌子吃饭,林安平对许丁说:"萨瓦丽娅人挺好的,热情、单纯,这几天让她带你在城里到处转转吧。"

许丁说:"那当然好,就是语言不通,没法交流。"

梁艳插话道:"萨瓦丽娅人可机灵了,我们刚来的时候一句葡萄牙语都不会,租房子的时候就是她跟我们比比画画把什么都说清楚了,她还是我们的葡语老师呢！"

林安平把梁艳的话翻译给萨瓦丽娅听，萨瓦丽娅脸上的笑容更加灿烂，嘴巴、眼睛都张得老大，她的笑容感染了其他三个人，愉悦的气氛在餐厅荡漾。

吃完早餐，许丁拿了瓶水回房间洗漱收拾，萨瓦丽娅就站在许丁的房门口等他，等许丁收拾完，两人一起出门。

许丁和萨瓦丽娅走出这条小街道，一条宽广笔直的大道出现在眼前。大道上车不多，但很热闹，因为有很多人手里举着商品在向过往的车里的人兜售，马路两边也有很多人在叫卖商品。商品更是五花八门，从吃的面包、花生、水果，到喝的果汁、瓶装水、可口可乐，到家用的刀叉、碗碟、杯子，还有各色服装、鞋子、蜡烛、电池，甚至在马路边上还摆着沙发、抽水马桶、席梦思床垫，完全是一个嘈杂的自由市场。

许丁和萨瓦丽娅顺着大道走，两边的建筑物仿佛是人类建筑博物馆，从远古时期的茅草屋，到原始社会的土屋，从木头房子到砖瓦房，各色房屋夹杂排列，更有几栋十几层高的现代建筑耸立其间，明晃晃的玻璃幕墙宣示着现代文明的气息。

马路、房屋，就连街道两边不多的一些热带树木，也像久卧的病人一样衰败、颓废、凌乱，但就是丝毫找不到一点儿战争的痕迹，来往的行人和兜售商品的小贩都是一副从容不迫、悠然自得的样子。

大道连接着一个圆形的广场，走进广场才发现还有好几条大道通向这个广场，这和欧洲国家以广场为中心，道路呈放射状的城市布局完全一样，大概这是西方殖民者留下的最明显的痕迹吧！广场中间有一尊黑人塑像。

许丁很想和萨瓦丽娅交流一下，问一下这尊黑人塑像是谁，可萨瓦丽娅除了"你好"就不会说第二句中文，许丁一句葡语也不会，他们只能望着对方，尽量用表情和双手比画几下。

一路走着,看到马路中间和马路边上兜售商品的人,许丁忽然想起自己从北京还带了 30 件 T 恤衫来,正好可以拿到这里卖,试一试罗安达的生意怎么做。

　　许丁拉着萨瓦丽娅往回走,萨瓦丽娅不明白许丁的意思,一脸茫然地跟许丁说了一通葡语,许丁听不懂,他只好给萨瓦丽娅做手势,让萨瓦丽娅站在路边等他,他回去一下再来,不知道是许丁手势比画得好,还是萨瓦丽娅对手势有很强的领悟能力,萨瓦丽娅很快明白了许丁的意思,她站在路边,向许丁摆摆手。

　　等许丁抱着 T 恤衫回来的时候,萨瓦丽娅立即明白了许丁的意思,她看了看四周,帮许丁把 T 恤摆在了路边。很快就有人过来要买许丁的 T 恤,可买 T 恤的黑人手里拿的都是安哥拉的货币——宽扎,许丁觉得自己现在拿着宽扎没什么用,他只好推辞不卖,要买 T 恤的黑人不明白许丁什么意思,跟许丁交涉许丁也听不懂,一会儿就聚集了不少围观者。

　　许丁正着急呢,萨瓦丽娅不知道从哪里找来一支笔和一张硬纸壳递给许丁,许丁想,我写啥呢? 中文他们看不懂啊!

　　急中生智,许丁在纸壳上画了个美元符号,想一想这几件 T 恤在北京秀水街进的 20 元人民币一件,既然这里物价高我就死劲标高一点儿吧,于是许丁在美元符号后面写了数字 10。

　　看到许丁写的牌子,看热闹的人群一阵躁动,他们举着宽扎,想要买许丁的 T 恤,人越围越多,许丁更着急了。

　　正在这时人群中挤进一个大胖子来。胖子粗壮,身体胖成了圆柱形,脖子和脑袋一般粗,特别是一双眼睛,眼珠子鼓鼓的凸出来,好像随时都可能脱离眼眶掉下来一样。

　　胖子看看许丁写的纸牌,又拿起 T 恤看了看,不紧不慢地从拎着的黑色公文包里掏出一沓美元来,胖子跟许丁说了几句葡语,许丁听不懂,萨瓦丽娅听懂了,只能跟许丁比画。胖子不耐烦,他找出自己手中小面额的美元,按 10 美元一沓,在地上摆了 10 沓,然后一沓沓递给许丁。许丁明白了胖子的意思,他接过美元,拿了 10 件 T 恤给胖子。胖子数了数剩余的 T 恤,从自己手里拿出 100 美元整钞递给许丁。许丁又给胖子 10 件 T 恤。胖子再拿 100 美元给许丁。许丁把剩下的 10 件 T 恤全部递给胖子。直到这时许丁才明白了,黑人算账不行,不会做乘法,只能用这样原始的方式交易。

许丁的 T 恤衫全部卖出去了,围观的人群逐渐散去,胖子却没有马上离开,他拿出一张自己的名片想跟许丁交流一下,许丁听不懂,胖子便转头跟萨瓦丽娅说了一通。萨瓦丽娅无法将胖子的意思翻译给许丁听,她只好指着胖子名片上的名字,用葡语告诉许丁胖子的名字。胖子的名字很长,也很拗口,许丁只听清楚了名字的第一个发音"高",他便在名片上用中文标注"老高"。胖子觉得许丁记住了自己的名字,他很高兴,握着许丁的手告别。

胖子走了,许丁和萨瓦丽娅都很开心。许丁想请萨瓦丽娅喝点饮料,他看看周围,走到一个卖饮料的男孩面前。男孩拎着一个大塑料袋,塑料袋里装着瓶装水,还有五颜六色的罐装饮料。许丁拿了两个红罐可乐,他不知道要付多少钱,就把手里的美元零钞伸到男孩面前。

萨瓦丽娅明白了许丁的意思,她问了男孩几句,从许丁手里找出 4 美元零钞,再找出 4 美元零钞,一起递给了男孩。

许丁很喜欢喝可乐,他知道在北京一罐这样的可乐大概要 3 块钱人民币,没想到在罗安达要 4 美元,折合人民币要 30 多块钱呢,许丁第一次感觉到罗安达物价的高。

萨瓦丽娅喝着可乐,心情特别愉悦。这样的饮料她没有喝过几次,记忆中是最美味的东西,没想到刚认识的这个中国人就很慷慨地给她买了一罐,她觉得这个中国人既大方又帅气,几次想挽着许丁的胳膊。

许丁第一次这样近距离接触黑人女孩,感觉很不习惯,每次他都巧妙地推开了萨瓦丽娅的手腕。萨瓦丽娅明白了许丁的意思,她一点儿也不在意,脸上始终保持着灿烂、纯洁的笑容。

萨瓦丽娅带着许丁走进另外一条街道,这条大街很安静,行人稀少,也没有做生意的人。不远处有一座教堂,从教堂屋顶高耸的十字架来看应该是一座基督教教堂。不是礼拜天,教堂门前冷冷清清。走过教堂,前面是一个长长的陡坡,原来这教堂是坐落在一片高地上。放眼望去,教堂四周还有几栋不算宏伟但却很规整的房屋,房屋门前都升有安哥拉国旗,除了持枪站岗的士兵,周围还有不少的军人,路口和高地上有几处码着沙袋的军事阵地,沙袋上还架着机枪,在高地的下面停着几辆坦克。

许丁第一次走进这样的地方,切实感受到战争的存在,心里不免有些紧张。他看看走在前面的萨瓦丽娅,萨瓦丽娅依然欢快地跳跃着,脸上洋溢着欢乐的笑容。

许丁的目光越过萨瓦丽娅,忽然发现前面是一望无际的大湖。湖面波光粼粼,成群的小鸟在湖面上翻飞,天空空旷而湛蓝,几片白云棉絮般飘在湖面上,湖上远远近近停着几艘巨大的轮船。

许丁从国内出发时是反复看过安哥拉地图的,他不记得地图上标有这样的大湖,联系这些巨大的轮船,他忽然明白了,这儿应该是大西洋了吧?可是大海怎么会这么安详、温驯,像一个安静的处子,静静地享受着阳光浴,可惜岸边没有宽广的沙滩,在同样安静的岸线上是深褐色的石头,只有那巨大的海轮和辽阔的天际线才能分辨出海洋的深邃来。

萨瓦丽娅回头指着大海给许丁看,许丁兴奋地奔向海边,没想到遥远的大西洋就在眼前。

海边没有游人,只有十来个黑人女孩在一小片沙滩上玩排球,妖娆的身姿在阳光下闪闪发亮。萨瓦丽娅脱掉塑料凉鞋跑进海水里。许丁也脱掉旅游鞋,他第一次蹚进大西洋,心里很激动,他张开双臂,把大西洋的风和阳光揽进怀里。

许丁和萨瓦丽娅沿着海滩走了很远,直到许丁感觉到裸露的双臂和额头火辣辣的,抬头看看太阳,阳光明晃晃的,仿佛就在头顶不远的地方,光线透亮。许丁意识到自己已被紫外线灼伤,才拉着依然兴致盎然的萨瓦丽娅离开海滩。

出来大半天了,许丁感到又饥又渴,他想找个吃饭的餐馆,可沿着海边是一条公路,和广场附近的那条大道不同的是这里没有一个卖东西的商贩,许丁向萨瓦丽娅比画了一下吃饭和喝水的动作,萨瓦丽娅明白了,她带着许丁穿过海边的公路,走进一条狭小的街道。

这里又是另一番天地。清一色的泥墙棚屋杂乱地拥挤在一起,分不清一栋栋来,看着就是一整片。道路全是沙土,垃圾遍地,深黑色的污水四溢,污水汇集在一个个大小不一的泥坑里,有人经过这些污水坑的时候总会惊起一群苍蝇,粪便和腐烂的香蕉、杧果皮四处可见。

萨瓦丽娅带着许丁来到一个烧烤摊前。一堆烤得黑黢黢的玉米、土豆、香蕉、鸡翅堆在一起。一个中年女人用布兜背着一个瘦骨伶仃的孩子,孩子有气无力,四肢耷拉着,只有睁着的眼睛才能表明他生命的体征。女人赤着脚,手里拿着一片硬纸壳,不停地扇动,驱赶着雨点般的苍蝇。

萨瓦丽娅向许丁指了指那堆食物,许丁饿着的肚子一阵阵往外冒酸水,不是想吃而是想吐。他想转身离开,可萨瓦丽娅已经把两只鸡翅拿在了手里,许丁不想让萨瓦丽娅看出自己的嫌弃和厌恶,也想体验一下非洲贫民的生活,他犹豫片刻拿起一根玉米,玉米上还歇着两只苍蝇。

选好了食物,许丁正要掏钱,萨瓦丽娅已经掏出两张宽扎递给了背小孩的女人。

这样的环境许丁实在待不下去,他想回到驻地,就向萨瓦丽娅指了指来时的方向。萨瓦丽娅看了看那个方向,朝许丁使劲摆手。许丁以为她还不想回去,就更坚定地向那个方向走去。萨瓦丽娅急了,她拉住许丁,做了个开枪的手势。许丁明白了,那里一定是打仗的战场。许丁想了想,把双手合拢贴在脸边,做了个睡觉的姿势。萨瓦丽娅明白了许丁想回家的意思,她带着许丁穿过狭小的土街,走上了一条大道。

回到驻地,许丁感觉裸露的皮肤像被火烤了一样疼,鼻子里仿佛闻到了烤焦的煳味。他第一次体验到了非洲太阳的威力,平时在屋子里、树荫下并不感到炎热,只是阳光像刀一样锋利。

吃晚饭的时候许丁跟林安平和梁艳讲了这一天的活动,还特意讲了一下卖T恤衫的经过,林安平听后直摇头,连说:"不能这样,不能这样。"

许丁感到疑惑,林安平接着说:"罗安达的物价是国内的10到15倍,国内进来的服装价格在这里要卖到10到15倍呢!你卖便宜了就会把整体利润降下来,把市场搞乱了!好在你带得少,你要带货多可不能这样卖啊!"

林安平的话让许丁再次感到震惊,如此巨大的差价要是不亲身感受真是不敢相信,这是多好的商机呀!自己在旅行箱里带过来的30件T恤卖的收益竟然相当于自己两个多月的工资,那上班还有什么意义呢!这样的机会一定要抓住!许丁在广场卖衣服时心里冒出来的一棵小苗这时已长成了一棵参天大树:下海,来罗安达做生意!

吃完晚饭,许丁想回房间休息,萨瓦丽娅却不离不舍地跟了上来,许丁不明白萨瓦丽娅的想法,他回头问林安平:"林大哥,晚上要休息了,萨瓦丽娅怎么还跟着我呢?"

林安平跟萨瓦丽娅用葡语嘀咕了一番,林安平和萨瓦丽娅还没有嘀咕完,梁艳在旁边笑着对许丁说:"小许,你艳福不浅呢!萨瓦丽娅说她很喜欢你,想做你的女朋友。"

许丁毫无心理准备,连忙推脱说:"那不行!不行!我有女朋友了。"

林安平笑呵呵地说:"萨瓦丽娅说她不在意你有中国女朋友,她只想做你的罗安达女朋友!"

看到许丁惊愕的样子,林安平解释说:"黑人的婚姻观念比较淡薄,基本上没有结不结婚这样的概念,男女关系也很随便,两个人喜欢了就在一起,不喜欢了就分开,甚至有了小孩了也是女方抚养,男方管不管小孩全看男的愿不愿意。"

听了林安平的话,许丁惊得下巴像脱臼一样,合不拢嘴。萨瓦丽娅以为林安平跟许丁说好了,她亲昵地抓住许丁的手,想跟他一起回房间。许丁连忙挣脱萨瓦丽娅的手,对林安平说:"林大哥,你赶紧跟她解释一下咱们中国人的婚姻观、道德观,我跟女朋友已经领结婚证了,我是不能乱来的!"

林安平就笑呵呵地向萨瓦丽娅解释中国人的家庭观、婚姻观和性观念,萨瓦丽娅一边听着一边摇头,她觉得中国人的思想很复杂,做事情总有很多的顾虑,不能按照自己的想法生活,她改变不了中国人的思想,只得沮丧而失望地走了。

许丁在罗安达待了一周多的时间,除了去街上、海边转转,他找到了一件更好打发时间的事情,就是学葡语,导游兼葡语老师还是萨瓦丽娅。

上次拒绝萨瓦丽娅后,许丁还担心会伤了萨瓦丽娅的心,没想到第二天早晨萨瓦丽娅就来了,见到许丁依然笑意挂满脸颊,她陪着许丁到处转,打着手势教许丁学葡语,只要和许丁在一起她都十分开心,一副小女生天真而活泼的样子。

开始几天许丁还有些担心,既怕伤害到萨瓦丽娅的感情,又怕萨瓦丽娅不死心要做自己的女朋友,可是几天过后萨瓦丽娅并没有再提女朋友的事儿，在许丁面前她总是无拘无束，反而让许丁觉得自己小气了，慢慢地许丁对萨瓦丽娅也解除了戒心，从心里把她当成了小妹妹。

一天下午，许丁和萨瓦丽娅外出回来，刚进家门，就听到有个熟悉的声音在说话，许丁连忙跑向后院，正是鬼画符在和林安平夫妇聊天呢。鬼画符回头看到许丁，两人都有些激动，真有点儿他乡遇故知的感觉。

吃晚饭的时候鬼画符就讲他这一个多月的所见所闻。

这段时间他迷恋上了早晨和傍晚的太阳，他发现同在一个地球上，但非洲的太阳和中国的太阳是完全不一样的，非洲早晨的太阳是在朝霞前面出来的。

清晨，太阳撩开夜幕，一个华丽的舞步跳出地平线，在跃出地面的瞬间就像黑人奔跑一样充满了弹性。太阳刚刚弹出地平线，金色的光芒喷薄而出，一个朝霞满天的早晨出现在眼前。太阳升起的这一连串动作敏捷迅速，一气呵成。

而非洲的落日更加壮美。傍晚5点多钟，光芒万丈的炙热的太阳忽然收敛起了光芒，变成一个红彤彤的火球，火球慢慢坠向地平线，余晖给大地抹上一层淡淡的奶油色。

鬼画符观察到非洲这壮丽的日升日落后激动不已，他每天起早贪黑，从不同的角度，不同的地域，用相机跟踪记录下这壮丽的景色。为此鬼画符在罗安达买了一辆老旧的军用吉普车，开着车，他一路迎着太阳往东而去。

安哥拉的东部是马兰热省，这里属高原地区，气候凉爽宜人。以前马兰热是安哥拉的主要粮食产区，号称安哥拉的粮仓，二十多年的内战已经使这里满目疮痍，原有的铁路和公路都被炸毁了，现在公路两边还埋有不少地雷，经常会炸到经过的动物，白人农场主和黑人庄园主都离开了，广袤的土地回到了原始状况。偶尔也能看到一些原始的村落，所谓村落就是十几个茅寮,茅寮里既无家具,也无生活用品,只是一个可以勉强遮风避雨的茅棚。唯一能感受到现代文明的是砍刀,黑人用砍刀砍树、打猎,还用来翻地,种一些玉米、番薯和花生,加上木瓜、香蕉和杧果,这就是他们的主要食物了。村落里的男女老少还过着群居生活,有些人赤身裸体,有些人裹一些布条。

不过,那里的景色确实绝美!沿着一条河流往上走,河流不宽,也很平缓,但水量充沛。河水静静地流淌,早晨的时候万丈霞光把河水染成一片金黄,似佛光四溢,层林尽染;傍晚太阳变成了一个红彤彤的火球,从天际缓缓往下坠,仿佛要从河面上滚落,这才是真正的长河落日啊!

河里有成群的河马,河马一会儿沉到水底,一会儿露出一个小脑袋来,悠然自得、不紧不慢,永远过着它们的慢生活。早晚总能看到大象群,大象来到河边饮水嬉戏,它们用长长的鼻子吸满水然后喷在身上,既洗澡又降温,小象最爱躲在大象的身边感受这凉爽的淋浴。河流也是一路向东,中途遇到一个断层,形成了一个纤巧的瀑布,瀑布不宽,落差也不大,但在森林和草原的环抱下格外秀美。只要有太阳,瀑布四周就环绕着五颜六色的彩虹。瀑布旁边的断崖上筑满了燕子的巢穴,无数的燕子在瀑布前穿梭。瀑布的正对面有一间葡萄牙人开的集装箱旅馆,二十多间集装箱房错落有致,游泳池、餐厅、观景台、烧烤炉一应俱全,只是因为战乱,旅游的人很少,有几个黑人看守着这家旅馆。鬼画符给了他们100美元,他们让他住最好的房间,还每天给他供应各色水果、玉米和鱼干,神仙一样的日子啊!他在那里待了二十多天,过着与世隔绝的生活,每天守候着那起起落落的太阳。

这个瀑布景区离马兰热省省会城市只有三十多公里的路程。说是省会城市也就是一个大村庄,人口倒是不少,号称有十几万人,省长说鬼画符是第一个到马兰热省的中国人,省长为鬼画符举行了一个声势很大的欢迎晚宴,晚上竟然还安排了一个黑人女孩陪鬼画符……

鬼画符讲得如痴如醉,就着鬼画符所见所闻的奇特故事,五个人喝了八瓶红酒,大家都有些醉了。

吃完饭,鬼画符把许丁拉到自己房间说:"小丁子,哥让你久等了。这次我跑得远了点,中途我开的破吉普车被地雷炸翻了,人没有伤到,就是腿被吉普车顶棚死死压住了,我怎么都挣脱不了,万幸的是附近有个村落,村民以为动物绊到地雷了,跑过来找动物,这才把我给救了出来。我把车上带的水和食物都给了村民,村民让我在茅寮里住了一晚上。第二天我用一把瑞士军刀雇了个黑人向导,他把我送到那家瀑布旅馆,在那家旅馆我还得了场疟疾,差点儿把命都丢了!不过那地方真好,非洲的世外桃源啊!我还要去。"

许丁说:"你回来了就好,以后还是少在外面跑了,我觉得这边的商机很好,准备辞职来安哥拉做生意。"

鬼画符兴奋道:"好啊!你有眼光,有胆量,这里的机会确实很好!你要来了我以后就跟你合作。"

鬼画符说着从包里拿出一沓美元,说:"你上次发来的货林大哥已经跟你说了,衣服、鞋子他都帮助卖了,儿童学习用品一件也没有卖出去。他跟我是利润五五分成,他们浙江人挺讲市场规则。不过他说你自己又跑来了一趟,就把儿童用品的进货成本从利润里扣减出来了,算你们的成本。按照林大哥的规则我也应该跟你们五五分成,你是我的好小弟,应该更照顾你一些,我们就按六四分成吧,你们六我四,怎么样?"

许丁的心思已经不在这笔生意上了,他这次来最大的收获是发现了安哥拉巨大的商机,这给他的思想观念带来了巨大的转变,而且就算是这样的分成收益也已经大大出乎自己的意料了。他接过钱,真诚地说了句谢谢!

晚上许丁躺在床上,仔细筹划着来罗安达做生意的事情,他觉得既然下定了决心,就一定要考虑周全,把生意做好,要抓住机遇,尽快做大。如果这样就不能再跟鬼画符和林安平采用现在的方式合作了,要自己独立来做。第一步要租个房子,建立自己的立足点;第二步要策划好进货渠道,选择好经营的商品;第三步要找到合适的合作伙伴⋯⋯

许丁一夜未眠,早晨起来,鬼画符房间鼾声雷动。许丁把萨瓦丽娅带到自己的房间,借助林安平的一本葡汉词典,许丁告诉萨瓦丽娅,他要来罗安达做生意,让萨瓦丽娅帮助他在罗安达租一间房子。

萨瓦丽娅弄明白了许丁的想法很高兴,并告诉他林安平租的这栋房子就是她家的,她家在马路对面还有一栋更大的房子,如果许丁想租,她可以跟她爸爸说,让他把房子的二楼租给许丁,因为他们家只住了一楼,二楼一直空着。

许丁听了很高兴,要萨瓦丽娅带他去见她的爸爸。走到门口,许丁想起自己不会葡语,租房子这样的事情显然谈不下来,他想请鬼画符帮忙去谈,可鬼画符的鼾声拒绝了他,他想这事迟早会让林安平知道,还不如早点跟林安平说。

许丁把自己的想法告诉了林安平,并请林安平帮助去谈租房子的事。

林安平听了许丁的想法,不但没有丝毫的不愉快,反而对许丁雷厉风行的做法和敢作敢当的性格十分钦佩,他鼓励了许丁一番。

林安平说:"我跟萨瓦丽娅的爸爸是老朋友了,你不用去找他,我中午把他请过来吃饭,再跟他谈租房子的事。她爸爸很精明,房租可贵了,让他喝点儿酒好杀价。"林安平说完,让萨瓦丽娅去请她爸爸中午过来吃饭。

等租好了房子,许丁迫不及待地买了回国的机票离开安哥拉。

二

　　许丁回到北京是晚上 6 点多钟,飞机刚落地他就打电话给家人报了平安,等回到家里,一家人准备了丰盛的晚餐给许丁接风。

　　吃晚饭的时候许丁向一家人讲述非洲之行的见闻,并说出了自己想辞职去非洲做生意的想法,这个想法对家人来说很突然。

　　一家人听许丁讲非洲见闻的时候很轻松,因为那是别人家的事情,可许丁要辞职去非洲做生意马上就变成了自己家里的事情,大家都沉默了。许丁望着爸爸妈妈,希望他们支持自己,至少不要反对。许丁的爸爸和妈妈一个是中学老师,一个是小学老师,现在都退休在家,他们教育孩子的方式就是筑两道堤坝:一道是法律的,不能做违反法律的事情;一道是道德的,不能做违背良心道德的事。在这两道堤坝内孩子所做的事情都不干涉。许丁的想法虽然突兀,出乎意料,但他们觉得并不出格,两人只交换了一下眼神,都转眼看向许丁的女朋友云琪琪,没有说出口的话是:这事得听琪琪的意见。

　　云琪琪与许丁青梅竹马,从幼儿园到小学、初中、高中都是同班同学,两家也是前后院住着,高中毕业许丁考上了大学,云琪琪考上了商业学校,他们俩才不在一起上学了,云琪琪毕业被分配到王府井百货公司做了营业员,许丁大学毕业被分配进了文化部门,他们早就要结婚了,只是没有房子,去年许丁为了在单位排队分房子,他们把结婚证也领了。

领了结婚证没有举行婚礼的许丁和云琪琪俨然是一对夫妻,他们好像很早就是一对夫妻了,他们的恋爱很平淡,一直就没有过春心荡漾的时候,有时候两个人回忆,都不记得他们俩是怎么确定恋爱关系的,好像就没有谁追谁。就算去领结婚证的时候也没有求婚,更没有订婚这些过程,反正两个人从小就认定了对方是自己的伴侣。这样的意识是从初中开始懂事的时候萌芽的吗?又好像小学就有了,也许在幼儿园就埋下了这样的情愫,两个人好多次回忆这段经历,都没有找到答案,连初吻的时间都不记得了。两个人就这样自然而然,更像理所当然地成了夫妻。

许丁工作三年后,单位新盖了一栋员工住宅楼,那时候的住宅都是单位建房再分给员工住,产权属单位,使用权属员工。每次单位建了新的住宅就要重新分配一次,有的人分配到新房子,腾出的旧房子再分配给其他人住。为了保证住房分配的公平合理,单位会先出台一个住房分配办法,按照职位高低、职称高低、工龄长短、家庭人口等方方面面的因素打分,按分数高低分配房子的大小、楼层的高低。婚否是一个重要的计分项,自然是已婚者优先了。

分房方案出来了,许丁跟云琪琪说:"我们去领结婚证吧,把分房的队排上。"

云琪琪说:"好!"

他们就这样领了结婚证。

领了结婚证的许丁也没有分到房子,家里住的地方实在太小,再怎么腾挪也挤不出一间婚房来。

许丁兄弟俩,哥哥许阳前些年是微型电机厂的厂长,随着改革开放,国家取消了产品统购统销的计划,这样的小厂产品自产自销,由于产品滞销,工厂效益每况愈下,没有坚持几年就倒闭了,倒闭工厂的厂长许阳只能自谋出路,先是骑着三轮车卖水果,后来倒卖牛仔裤,挣了些本钱,现在自己办了家装饰公司,专门做家装。

许丁一家四口挤在一个大杂院的西屋,房子被隔成了一大一小两居室,许丁的父母住在十几平方米的大居室,许丁和许阳占了五平方米左右的小居室,哥儿俩睡一个双层架子床。

许阳的女朋友怀了宝宝,实在要结婚的时候,父母搬到小居室,把大居室腾给许阳做了新房,许丁只能把双层架子床拆了改成单人床,单人床放在起居室兼餐厅,紧挨着餐桌,吃饭的时候床还当椅子用。

许丁领了结婚证两年了和云琪琪也没有举行婚礼,但云琪琪已然成了家里的一员。

许丁说出了自己的想法,当一家人的目光像舞台的追光灯一样都转向云琪琪的时候,潜台词就是:我们没意见,只要云琪琪同意。

云琪琪意识到自己第一次成了家庭中心,成了许丁想法的最终决策人,她不紧不慢地笑道:"我当然同意啦!他想干啥我都支持,听他刚才讲的这些,我都想跟他去非洲做生意了,林安平的老婆就去了呀!"

云琪琪的话还没说完,许丁六岁的侄儿许童童跟着嚷嚷道:"我也要去!我要跟小叔去非洲玩!"

一顿其乐融融的晚餐,全家一致通过了许丁去非洲做生意的决定。

吃完晚饭,许丁拉着云琪琪的手说:"我们去散步吧。"

许丁和云琪琪在一起虽然从来没有过暴风骤雨般的激情,但却有着心心相印的默契,两个人牵着手,互望一眼,暖暖的柔情就弥散到了每一个细胞,许丁说:"等我赚了钱,第一件事就是给你买套房子。"

云琪琪捏捏许丁的手说:"那现在呢?"

许丁指指胡同口的旅馆说:"我们今天晚上就先住旅馆吧。不能给你一间房,先给你一张床。"

许丁回来的第二天正好是周末,赵文和何守月大清早就跑到许丁家。许丁不在家,打手机关机,两个人只能干着急,许丁的爸爸、妈妈安慰道:"不急,不急,他住在外面倒时差呢!"

快到中午的时候许丁和云琪琪才回家来,少不了被赵文和何守月调侃一顿。

三个人在一起,许丁把非洲之行的情况详详细细地讲了一遍,并表示一定要抓住这样的机会,他已决定下海去安哥拉做生意,希望三个人一起去。

赵文听了很激动,他坚决地表态要辞职一起去。何守月听了也很激动:"这样的机会千载难逢,我也要参与,只是我家老爷子去年得了脑血栓,在阎王面前晃了一晃,命是捡回来了,腿脚却不利索了,他一摊子生意现在全是我在打理,一时走不开,但我投资,还是我们三个人合伙做,我不能经常去安哥拉,但国内进货、发货、结算这些我在行,就交给我。"

三个人统一了思想,接下来讨论具体细节,直到晚上才定下来具体的方案和分工。

关于本金,先投入 10 万元,三个人各占股本的三分之一,许丁和赵文自己筹钱把本金补齐,何守月前期多投的钱作为借款,按 12%付年息。

关于分工,许丁性格外向,主要负责外部市场开发和联络;赵文做事细致,负责内部管理和营运;何守月在国内,负责国内进货、发货、财务结算等。

三个人越讨论越激动,摩拳擦掌要大干一番。晚饭三个人喝了三瓶二锅头,都醉倒在许丁的小床上。

周一上班,许丁去单位,刚一露面,就被处长阎战红看到,阎处长把许丁拉到自己的小办公室,仔细打量一下许丁说:"你没有瘦,倒是黑了很多,非洲的太阳还是厉害呀!非洲怎么样?"

许丁笑道:"没变成黑人就好!非洲没有我们想象的那么热,也没有我们想象的那么穷。"

许丁把非洲之行简单地跟阎处长讲了讲,说完掏出了辞职报告递给阎处长说:"我想下海,辞职去非洲做生意。"

阎处长接过报告看了看,他很神秘地凑到许丁跟前说:"我给你透露一点儿消息,单位已经考察完了,我马上要被提拔,听说这次也推荐你提副处,你这个时候走不划算,提了再说啊!"

要是在国庆节前许丁听到这样的消息,心里一定会乐开花,因为这毕竟是从职员到官员的第一步,是仕途的起点,年轻员工都盼望着早日迈出这重要的一步,可现在这一步对许丁没有了吸引力,在走和留的天平上许丁已经拿定了主意,他毫不犹豫地说:"谢谢领导的栽培,不过我已经想好了,决心下海经商。"

看到许丁这么坚决,阎处长不好再说什么,他递给许丁一根烟,两个人点上烟,阎处长说:"还是你有胆量,敢闯敢干!不过你运气也不错,赶的机会挺好,单位为了精简机构,鼓励员工下海,刚刚出台了一个政策,员工可以停薪留职。"

许丁问:"啥叫停薪留职?"

阎处长解释说:"就是给想辞职下海的员工留条后路,员工辞职了停发工资薪金,但职位还给你留着,两年之内如果你觉得下海不行,可以申请回来继续上班,两年以后不想回来再办离职手续。"

许丁说:"这个政策挺好,看来单位是真鼓励下海呀。"

阎处长说:"就这样的政策也没有人报名,你是第一个。"

许丁笑笑:"我不仅要下海,还要出海,到非洲去发展。不过我要下就下得干净,不给自己留后路,直接辞职,不搞什么停薪留职。"

阎处长拍了拍许丁的肩膀说:"你有种!一定会成功的!"

许丁辞职下海很顺利,家里、单位都没有遇到什么阻碍。

赵文想辞职下海就没有这么顺利了。那天三个人策划好合伙去安哥拉做生意后,赵文赶紧和女朋友索菲娅商量。

索菲娅是歌舞团的舞蹈演员,青春靓丽,性格却有些高冷。两年前赵文上班的时候偶然在地铁上见到索菲娅,一见倾心,赵文觉得她就是自己梦中的完美女神,她下车的时候他也不由自主地跟着下车,虽然早晨上班高峰,地铁站人山人海,但赵文在警察学院受过专业训练,跟踪是他的职业专长。

赵文一路跟着索菲娅到了歌舞团,经过门岗的时候,没想到那个看似睡眼惺忪的老门卫在人群中一眼就发现赵文不是歌舞团的职工,他拦住赵文道:"你不是我们团的职工啊,进去干吗?"

赵文一时语塞,他掏出警官证对门卫说:"我找那个穿牛仔裤白T恤的女孩有事。"

门卫连忙喊道:"索菲娅,有警察找你!"

索菲娅转过身看到站在门卫面前的赵文,她疑惑地走到赵文面前问:"你找我吗?"

赵文没有料到这样的局面,心里感到很尴尬,满脸涨得通红,眼睛不敢看索菲娅。

索菲娅从读大学开始就经常遇到陌生男子搭讪,但从来没见过这么羞涩的男孩,还是一个警察。她觉得挺好玩的,想逗逗他,就眯起一双凤眼直愣愣地看着赵文,赵文不敢直视索菲娅的眼睛,但他感受到了索菲娅眼神的热度,好在警察良好的心理素质还在,他结结巴巴地现编了个老套的故事:"我在地铁上看到你,以为你是我正在侦办的一个案子的嫌疑人,就跟踪过来了。"说着脸更红了。

索菲娅凤眼含笑道:"你看我是你要找的嫌疑人吗?"

赵文说:"你不是我要找的嫌疑人,但你是我梦想中的女朋友!"

赵文自己都不知道是哪来的勇气说出了这样肉麻的话,他感到心慌气短,不等索菲娅回话便落荒而逃。

接下来几天,赵文总是坐同样时间的地铁去上班,他渴望能再次遇到索菲娅,可说来奇怪,他再也没能遇到索菲娅,心里煎熬了一个星期,赵文忍不住对索菲娅强烈的思念,这一天早晨他直接去歌舞团大门口等索菲娅,上班时间过了很久也没有见到索菲娅。

赵文走到门卫室,正要掏警官证给门卫看,门卫摆摆手说:"我知道你是警察,索菲娅的男朋友,索菲娅去外地演出了你不知道吗?"

赵文作为一名警察和门卫打交道还是比较多的,但他还没有遇到过这么老辣的门卫,一周前只见过一面的人他居然都能一眼认出来。

赵文只得顺着门卫的话说:"我知道她出去演出了,不是说这两天回来的吗?"

门卫说:"还早呢,这次是巡回演出,没有十天半月回不来。"

赵文问:"这会儿不知道巡回到哪里了?"

门卫递过来一张报纸说:"报纸天天有报道呢,你看看。"

赵文看看报纸,记住了索菲娅巡回演出的时间安排。

警察侦破案子的时候时间比较自由,赵文买了一张火车票直接去了索菲娅演出的地方,当他出现在索菲娅面前的时候,索菲娅一眼就认出了这个腼腆的警察,她的心扑通跳了一下,一段佳话就此产生。

赵文跟索菲娅仔仔细细说了许丁去非洲的经历,提出想辞职去非洲做生意的事。索菲娅心不在焉地听完赵文的想法,淡淡地说:"你去吧!"

赵文听到索菲娅"你去吧"这句话时,心里凉了半截,他最怕听到的就是这句话了。

赵文和索菲娅开始谈朋友的时候,不知道"你……吧"这句话的真实含义,碰过几次壁,才知道这句话隐含的意思。比如说两个人去餐厅吃饭,点菜的时候赵文说:"我们点一个麻婆豆腐吧?"索菲娅说:"你点吧。"赵文就点了个麻婆豆腐,可麻婆豆腐上来了,索菲娅碰也不碰这道菜。有一次两个人逛街,赵文看到一条红裙子,觉得很好看,也挺贵的,便讨好索菲娅说:"这条裙子很适合你,买了吧?"索菲娅瞟一眼裙子说:"你买吧。"许丁花了两个月的工资把裙子买了,索菲娅却一次也没有穿过。这样的事情发生过了几次,赵文才弄明白索菲娅的这句"你……吧"是反义词,要反着理解,意思是说,我不愿意,你要愿意就……吧!

现在索菲娅一句"你去吧"仿佛给赵文兜头浇了一盆冷水,赵文知道以索菲娅的性格解释毫无用处,赵文以前觉得索菲娅的任性还有些可爱,这次第一次感觉到她的冷漠和无理,对索菲娅一丝丝的不满在心里萌芽。

索菲娅的反对让赵文心里很是不甘,他回家跟他妈妈谈这事。

赵文的妈妈在医院工作,姓韩,是医院科室主任。韩主任性格温和,对病人十分和蔼,医院领导、同事和病人都喊她韩大夫。

赵文上小学的时候爸爸在出差途中发生车祸,不幸殉职,那时赵文才10岁,弟弟只有7岁。韩大夫就带着兄弟俩生活,很多人劝韩大夫改嫁,医院里也有同事向韩大夫暗示、求婚,韩大夫一概不予理睬,她打定主意要一心一意呵护好自己的两个儿子。

赵文从小看到妈妈忙里忙外很辛苦,他和弟弟两人都很懂事,也很听话,尽量不让妈妈为自己操心。韩大夫知道两个孩子懂事,对他们俩也很放心。

当年赵文报考警察学院,韩大夫心里不是很愿意,但看到赵文十分热爱这份工作,也就没有多说什么。

现在赵文跟妈妈说了想辞职去非洲做生意的想法,韩大夫吓了一跳,她不知道儿子怎么忽然就有了这样的想法的:"文子,是不是工作上遇到什么问题了？和菲菲闹矛盾啦？"

赵文知道妈妈误会了，忙解释道："没有啊！工作挺好的，虽然忙一点，但很开心。和菲菲也没有闹矛盾。"赵文把许丁去非洲的情况和他们一起做生意的想法全部告诉了妈妈。

韩大夫听后想了想说："文子，你平时做什么妈都不反对，但非洲你千万不能去！吃苦受累不说，主要是那里不安全，一是战乱，二是疾病。我有个大学同学前些年参加援非医疗队，得了脑疟，就牺牲在那里了。"

赵文知道，爸爸去世后自己和弟弟就是妈妈的全部，妈妈的担心也可以理解，他一时找不到说服妈妈的理由。

赵文把自己的情况告诉许丁和何守月，不过他很坚决地表示还是要一起做生意，他需要时间说服妈妈，至于索菲娅同不同意没关系，因为他们毕竟只是男女朋友。

原来计划赵文和许丁两个人去安哥拉的，现在赵文暂时去不了，许丁觉得一个人去比较困难，既没有帮手也带不了太多的货物。许丁思来想去，觉得只有动员许阳和自己一起去了。

许丁给许阳打电话，想去许阳的公司跟许阳谈谈，许阳说自己不在公司，在一个家装工地，正好离家不远，许丁就找到了家装工地。

到了工地，许丁看到许阳正在和木工商量门厅做鞋柜的事，许丁也掺和着说了一通鞋柜的位置、大小和式样，等商量完了，许丁对许阳说："文子妈妈不同意文子辞职去非洲，我一个人势单力孤，做起来很困难，这确实是一个好机会，我不想错过，哥，要不你跟我一起去吧，肯定比你现在赚钱。"

许阳觉得很突然，他想了想说："那天听你讲了非洲的情况我也觉得是个很好的机会，说实话我也有点动心，想跟你一起去非洲，但我的装修公司开了四五年了，前几年完全没有事做，这两年刚有了些起色，今年就接了四家装修活儿，我要去也得把手上接的活儿干完了再去，现在工地都忙着呢，我哪里走得开呢？"

许丁觉得许阳讲得很有道理，一时找不到劝说的理由，他只得转而问了问许阳公司的事，正准备离开，许阳说："你一个人去非洲也不是事儿，我们一家人不放心啊！你看这样行不行，我跟张波说说看，先让他跟你去，这小子机灵，做事也踏实可靠。"

许阳说的张波许丁也熟悉，张波原来是许阳厂里的技术员，大学毕业刚被分配到厂里工作不到两年，厂子就倒闭了，许阳和张波挺投缘的，工厂倒闭后张波就跟着许阳一起倒腾生意，张波经常去许阳家，许阳一家人都挺喜欢张波的。

许阳和许丁正说着呢，张波就推门进来了，看到许丁，张波打招呼道："丁子哥好！今天怎么来我们工地视察啊？"

许丁拍拍张波的肩膀，调侃道："我来给你介绍女朋友来了呢！"

张波故作惊讶道："真的！哪家的美女啊？不会是你从非洲带回来的黑妹妹吧！"

三个人哄笑一场。

许阳拉着张波说："波，跟你说个正事，许丁要去非洲做生意，缺个人手，我想到你可靠，想请你先跟他一起去搭把手，那边机会很好，我把手上的几家装修活儿搞完就不再接活儿了，准备跟许丁一起去非洲干，你先去怎么样？"

许丁还想跟张波说说安哥拉的情况，张波连忙说道："非洲呀！我的乖乖！非洲谁敢去呀？战争、瘟疫、饥饿，谁去谁死！丁子哥，哪里不好去，你怎么想到要去那里呀！"

张波的强烈反应出乎许阳和许丁的意料，许丁还想跟张波说说安哥拉的情况，张波有些急了，好像许丁要硬拉他去非洲一样，他对许阳说："许总，你要我跟你干我就在北京跟你干！非洲我是肯定不去的，讨饭也不去！"

张波把话说到这份儿上,许阳和许丁就不好再说什么了,许丁告辞道:"波,看把你小子急的,你不去我还不想要你去呢!走啦!"

许丁正要离开,在一旁干活儿的木工连忙说道:"许总,你看我行不行?我跟你去非洲!"

许丁转头看看,木工三十来岁的样子,高高瘦瘦,挺精神的。

许阳介绍说:"这是我这里的木工,叫欧阳青,当过兵,见过世面。"

许丁听说欧阳青当过兵,来了兴趣,他问欧阳青:"你怎么想去非洲呢?你没有听到刚才波说的疾病、瘟疫、战争这些可怕的事情呀!"

欧阳青说:"我当过兵,什么都不怕!就想挣点钱娶媳妇。"

许丁问道:"你是哪里人?在哪里当兵呢?"

欧阳青说:"我是河南人,家在老山区,我家里弟兄六人,大哥四十多岁了才娶个寡妇做媳妇,二哥三十好几了还单着呢,我也三十多岁了,当兵那会儿还有人上门提亲,人家女方到我家看看就扭头走了,六个男娃把家里吃得只剩下几根房梁了。我当兵是在武警交通部队,修路的,在部队学会了木工活儿,退伍后我就跑出来打工了,我就想挣点儿钱在家盖间房子娶媳妇。"

欧阳青的话简单明了,许丁喜欢,他看看许阳,转头对欧阳青说:"你要有胆量我就带你去非洲,保证两年就能让你在你们老家盖间房子,能不能娶上媳妇就看你的本事了!"

欧阳青一听,来了精神,他放下手里的工具说:"好!走!"

一屋子的人哈哈大笑起来,许丁说:"去非洲也不是说走就走的事,要办出国手续,还要做好多准备呢!"

欧阳青不好意思道:"好!好!你说咋办?"

许丁把欧阳青拉到一边交代说:"你要先去你的户籍所在地办出国护照,拿着出国护照再来找我,我去外国使馆办理签证。其他的事不用你操心,我来准备。"

欧阳青转身对许阳说:"许总,我今天就回去办护照,这不算我违约吧?"

　　许阳明白欧阳青的意思,他连忙说:"不算你违约,我给你把这个月的工资结了。"

　　许丁从包里掏出 1000 元钱递给欧阳青说:"从现在开始我就给你发工资,国内每个月 1000 元,国外加五倍。"

　　欧阳青一听,眼睛都瞪大了,他接过钱,生怕误了时辰,匆匆忙忙地走了。

　　欧阳青马不停蹄地回到老家,他找村长,说要办护照出国打工,村长说:"俺的个乖乖,出国?怎么出?护照是个啥东西?你要到乡里去问问呢!"

　　欧阳青找到乡里,他有个高中同学叫欧阳山,还是本家堂哥,欧阳山在乡里做民政助理,欧阳青找到欧阳山,说了出国打工办护照的事,欧阳山听说过护照,没见过护照是啥样子,也不知道在哪里办。好在是本家兄弟,欧阳山打电话到县里找熟人帮忙打听,弄清楚了护照要去县公安局办。欧阳青想起自己在县城还有个战友,部队转业后被分配到县公安局,具体在县公安局哪个部门就不清楚了。

　　第二天,天刚麻麻亮,欧阳青就起床,走了二十多里山路到镇里,再从镇里坐车赶到县公安局,正赶上公安局上班时间,县公安局人不多,欧阳青很容易就打听到战友杨学庆在城东派出所上班,欧阳青又找到城东派出所,战友相见自是十分亲切。

　　杨学庆说:"听说你复员后一直在北京打工,还想着有机会去北京的时候找你玩呢!"

　　欧阳青说:"我虽然不是北京人,可在北京也待了好几年了,给你当向导没问题,就是怕你找不着人,在北京你可打听不到我!"

　　杨学庆调侃道:"咦!你也不看看俺现在是干吗的,一个人民警察要找个人分分钟的事。"

欧阳青笑着说:"哎!俺就是有点事要找你帮忙。"

欧阳青把准备去非洲打工,要办护照的事跟杨学庆说了。

杨学庆说:"护照就是在国外的身份证,那应该是在咱公安局办,俺帮你打听打听怎么办。"

欧阳青说:"还是找战友管用,那你帮俺打听打听,俺还没有吃早饭呢。"

杨学庆说:"我先请你去外面吃早饭吧。"

欧阳青说:"不用不用,早晨出门俺娘给装了两个馍在包里呢,你给俺倒杯水就成。"

杨学庆给欧阳青泡了一杯茶,然后打了一通电话,还没有等欧阳青把两个馍吃完,杨学庆就把事情搞清楚了,他告诉欧阳青:"出国护照在公安局出入境管理科办,我居然都不知道咱们县公安局还有这样一个科室,说是我们县出国人员少,一年办不了两本护照,所以咱们县公安局出入境管理科和政治部合署办公,我带你去。"

杨学庆带着欧阳青找到县公安局政治部,欧阳青说了要去非洲打工办护照的事。

政治部负责这项工作的警察听了欧阳青的要求,有点茫然地说:"护照我们办过,但办的都是因公护照,就是县里的领导要跟团出去考察学习办的护照,都是公务活动,你这是打工,是私人的事情,我们县里还没有办过一本因私护照呢!咋办都不知道!"

杨学庆连忙接话道:"同志,俺是城东派出所的民警,这是俺在部队时的战友,你帮帮忙,就帮他办咱们县的第一本因私护照吧,以后发达了还是一段佳话呢!"

办护照的警察看看杨学庆说:"其实护照我们县公安局也办不了,只是收集、审查办理护照的材料,然后集中拿到省公安厅去办理。"

欧阳青听到办护照的警察这么说，以为办不成护照，就有些着急，他连忙央求警察说："我们家六个兄弟，家里穷得只剩下几根房梁了，好难得有这样一个翻身的机会，你就帮帮俺吧！想办法帮俺把这护照办了吧。"

杨学庆也在旁边说好话，办护照的警察说："不是不帮你办，是我自己都不知道该怎么办。"

欧阳青一听急了，他从兜里掏出军人退伍证拍在桌子上，大声说道："俺是退伍军人，你们警察有啥了不起，就这么对待退伍军人啊！俺要找你们领导。"

办护照的警察也急了，他也大声说道："你这人怎么这么不讲理呀！退伍军人有啥了不起，都要按规定办事！"

两个人一急就吵了起来，杨学庆连忙在中间劝解。

争吵声惊动了里间办公室的人，一个年长的警察走了出来，制止道："吵什么吵！有什么事好好说！"

欧阳青便跟年长的警察说了办护照的事，办护照的警察连忙解释道："我也没有说不给他办，只是我还没有弄清楚该怎么办，我的话还没有说完，他就跟我急了。"

年长的警察听明白了，他埋怨办护照的警察说："你直接给省厅打个电话问清楚再给他办不就完了嘛，赶紧的。"

年长的警察又转身对欧阳青说："都到午饭时间了，我们打电话不一定能马上找到省厅负责经办的人，你先去吃午饭，下午再来办吧，你放心，一定给你办好！"

杨学庆连忙代欧阳青说："好的好的，我们下午再来！谢谢了！"

中午时间，杨学庆在县公安局附近找了一家小餐馆，请欧阳青吃饭，欧阳青总惦记着护照的事，一直闷闷不乐。

吃完午饭，杨学庆要回派出所上班，欧阳青又去县公安局政治部等消息,中午还没有上班,他就蹲在门口等,办护照的警察上班的时候看见他蹲在门口,连忙告诉他说:"我打电话问省厅了,把手续也搞清楚了,你要回去在村里、乡里做政审,如果政审没有问题,你再带上身份证、户口本,还有两寸和一寸的白底照片各四张,这些你带齐了再来找我给你办。"

欧阳青生怕记不住这些手续,他向办护照的警察要了一支笔和一张纸,把警察说的这些要求一一记下来,千恩万谢地离开了县公安局。

为了早日办好这本护照,欧阳青从村里跑到乡里,从乡里跑到县城,来回十几趟。

听说欧阳青要出国打工,欧阳青忽然一下子成了村里的新闻人物和热门话题,他无论走到哪里都会围一圈人问这问那,就连他的婚事也有好多人关心起来,有上门提亲的,也有大方的女孩主动约会的,可欧阳青的心思不在这里,他现在关心的是他的护照。

欧阳青领到护照已经是一个月以后的事了,当他终于接过护照的时候,感觉小小的一本护照沉甸甸的。他马不停蹄地赶往北京,见到许丁的时候许丁还有点感到意外:"你这一去一个多月没有消息,我还以为你不去了呢,怎么忽然就来了?"

欧阳青解释说:"办护照很难啊!我们县公安局没有办过私人护照,俺这是第一本呢。"

许丁安慰道:"办好就好!我赶紧给你去办签证。"

两周后,等一切准备妥当,许丁和欧阳青带着四个大包裹从北京出发了。

三

欧阳青第一次出国,也是第一次坐飞机,上了飞机后激动不已,他几次从座位上站起来想去飞机驾驶舱看看,都被空姐制止了。

等空姐分发食物和饮料的时候问他需要喝点什么,他看看满车的饮品摇摇头说:"不要。"

许丁笑着说:"飞机上的食品和饮料都是免费的。"欧阳青瞪大了眼睛,他想把所有的饮料都尝尝,一下子点了好几样。

许丁说:"你别着急,世界上的饮料品种多得很,以后有的是机会慢慢品尝,小心把肚子搞坏了,飞机上上厕所可不方便。"

北京飞罗安达的飞机算上中途停留时间,需要十几个小时,从黑夜到白天,欧阳青眼睛都没有闭一下,眼前的一切对他来说就跟做梦一样,他第一次这么近距离地看到这么多的黑人男女,第一次感受坐飞机的感觉,既好奇又兴奋,对未来的一切充满了期待。可等飞机降落到罗安达机场的时候欧阳青反而有些困了,上下眼皮直打架。

走进机场小楼入境厅,许丁发现这次入境的人多了很多,排起了长队,而且大部分是中国人。

在入境大厅的门口有两个黑人在检查每个外国人的健康证和防疫接种卡，许丁忽然想起来，欧阳青来得很匆忙，没有做健康体检和接种传染病疫苗。

果然，在检查到欧阳青的时候，欧阳青没有健康证和传染病疫苗接种卡，被黑人请进了里面的一个小房间。

许丁语言不通，他看到排在他后面有几个中国人，连忙过去说："同志，你们是中国来的吧？"

这几个中国人中有一个中等身高，戴着眼镜，三十多岁很儒雅的人接话道："我们是中 D 集团安哥拉公司的，你也是从国内来的吧？"

许丁说："是的，我是从北京过来做生意的，遇到了一点儿麻烦，我又不会葡语，想请你们帮个忙。"

戴眼镜的男子说："你没有防疫接种卡吧？"

许丁说："我倒是有，跟我一起来的同伴没有，被带到后面的小房间去了。"

戴眼镜的男子说："没事，我让翻译帮你去交涉。"

戴眼镜的男子转身对身后的一个女孩说："黄薇，你去帮他交涉一下吧。"

叫黄薇的女孩清脆地答应了一声，带着许丁去了旁边的小房间。

小房间里，欧阳青正不知所措地看着两个穿白大褂，手里拿着塑料托盘，托盘里放着注射器和消毒棉签的黑人，一连声地说："你们要干吗？你们要干吗？"

黄薇走过去向黑人问清楚了情况，对许丁说："这位先生没有接种传染病疫苗，按照安哥拉的法律规定，外国人进入安哥拉必须接种黄热病疫苗，所以他们需要给这位先生补种这种疫苗。"

看到许丁和欧阳青一时不知道如何是好，黄薇解释说："这种情况我们也遇到过，其实他们就是想收钱，接种一次疫苗要收 50 美元，你只要把钱给他们了,种不种疫苗都可以的。"

许丁明白了,连忙掏出 100 美元递给黑人,黑人收了钱,问种不种疫苗,黄薇刚把黑人的问话翻译过来,欧阳青抢着接话道:"钱都给了,不接种疫苗不就亏了呀!种!"欧阳青说完撸起衣袖让黑人给打针。

黑人给欧阳青打完针,很高兴地向他们做了个"请"的姿势。

许丁问黄薇:"他还没有找我钱呢,我给了他 100 美元,他要找我 50 美元的呀!"

黄薇笑着把许丁的话翻译给黑人听。

黑人微笑着说:"我们最低收费是 50 美元,50 美元以上都可以,谢谢你给 100 美元。"

黄薇把黑人的话翻译给许丁,解释说:"你是第一次来安哥拉吧,这里都是这样的,过海关一定要准备零钞,他收多少你给多少,你给多了他不会找零钱给你的。"

黑人看到许丁一脸疑惑,就向许丁做了个请的手势,黑人带着许丁他们三个人直接走到排着长队过海关的队列最前面,优先过了海关。

到了行李厅,黄薇的同事还没有入关,欧阳青困了,坐在行李手推车上打盹儿。许丁问黄薇:"你才多大呀?就跑到安哥拉来了,不怕吗?"

黄薇满不在乎地说:"我去年刚毕业,中 D 集团为了开拓安哥拉业务,一次在我们北外招了七个葡语翻译,而且全都是女生,在安哥拉我们号称'七朵芙蓉'呢!"

许丁惊讶道:"中 D 集团真是大手笔!一次光翻译就招了七个,这是要在这边大干一场吧。"

黄薇说:"不只是中 D,中国做工程的大公司基本上都来了,你没有看到飞机上都是中国人呀!大家都看好安哥拉市场。"

许丁道:"看来我这一步是走对了!"

黄薇问道:"你是哪个公司的?"

许丁笑道："我是自己公司的,公司还没有取名字呢。"

黄薇说："那你来干吗？"

许丁说："我原来在文化部门工作,刚刚辞职,想来安哥拉做生意！"

黄薇听说了许丁的工作单位,问道："你认识杨笛不？是我大学的室友,也是去年分到你们那儿的。"

许丁微笑道："杨笛,我太认识了,我们在同一层楼办公呢。"

有了共同的熟人,许丁和黄薇的关系一下子就拉近了许多,许丁要了黄薇在安哥拉的电话号码："以后有什么事需要翻译的时候我就找你帮忙了。"

黄薇笑着调侃说："没问题,我按小时收费,还找零钱。"

他们聊了半个多小时,黄薇的同事才进来,黄薇向许丁介绍那个戴眼镜的男子说："这是我们中D集团安哥拉分公司的总经理任智。"

任智拿出名片递给许丁,问许丁来安哥拉做什么生意,许丁把自己的想法大致跟任智说了一下。

说着话,行李开始被拉进来,许丁才想起自己还没有找好接站的人,他叫醒迷迷糊糊的欧阳青,让他找行李,又跟任智说："我借一下你的翻译黄薇,让她帮我给我的生意伙伴打个电话。"

任智爽快地说："没问题,黄薇你去吧。"

许丁带着黄薇到二楼咖啡厅打电话,他早想好了,想让那个黑人老高来接站,如果合作顺利,他就把老高作为他在安哥拉的合作伙伴。

老高的电话打通了,可是没有人接电话,打了两次都没人接,许丁很是失望。无奈,他只得给林安平打电话,电话是梁艳接的,听说许丁已经在机场了,梁艳挺高兴,不过她说："我们今天也有货到了,安平正在机场接货呢,我们今天的货很多,可能一车拉不完,等他回来了我跟他说,让他去接你,你要多等一会儿才行哦。"

许丁觉得也只能这样了："那谢谢你们了,我在机场等着。"

许丁和黄薇回到行李厅的时候,欧阳青还在找行李,任智他们带的行李更多,有铁丝、铁钉、螺丝等建筑材料,有扳手、起子、电钻等工具,还有机械配件等,五个人带了十几包行李,许丁问道:"任总,你们做工程怎么带这么多的东西呀?"

任智说:"安哥拉从建筑材料到五金工具到机械配件啥都没有卖的,一切都靠从国内运过来,所以我们过来都要带一堆的货物。"

许丁问道:"那多不方便!你们这样做项目能挣钱吗?"

任智笑着说:"在安哥拉做事要不挣钱还比较难!"说着,一伙人都跟着笑了。

许丁和欧阳青好不容易找齐了行李,发现有个包裹被打开了,里面的衣服少了一半,许丁想让黄薇一起去找机场交涉,任智劝解道:"算啦,自认倒霉吧,好在还给你留了一半,罗安达机场就这样,我们的行李也经常丢,找他们没有用。"

许丁想想也无可奈何,看看任智他们的行李还没有找齐,他和欧阳青推着行李和任智他们告别。

许丁和欧阳青在行李厅出口等了好一会儿,任智他们一行人才推着行李车出来,任智问许丁道:"接你的人呢?"

许丁说:"接我的人要把自己的货物拉回去后才能来接我,我得多等一会儿。"

任智问:"你住哪里?"

许丁拿出张小纸条给任智看,任智看看上面的地址说:"嘿,你就住在我们隔壁街上呢,真巧啊!要不我们带你过去,我们车多。"

许丁一听,大喜过望,他和欧阳青推着行李车跟任智他们走。

任智他们把许丁送到萨瓦丽娅家的楼下,跟许丁道别走了。

门口的说话声惊动了屋子里的萨瓦丽娅,萨瓦丽娅走出大门,看到许丁,仿佛见到了久别的亲人,她张开双臂轻盈地飞过来紧紧地抱着许丁,还在许丁脸上使劲亲吻了两下。

萨瓦丽娅的举动让许丁猝不及防,他感觉自己的脸有些发烫。站在一旁的欧阳青更是傻了眼,不知道许丁和这个黑人女孩怎么会这么亲密。

许丁指了指欧阳青,对萨瓦丽娅说:"欧阳青,我的伙伴。"

没想到萨瓦丽娅又上来拥抱亲吻了欧阳青。

欧阳青长这么大这是第一次和一个女孩有这么亲密的举动,看着精瘦的萨瓦丽娅,怀抱却很柔软和温暖,他的心怦怦直跳,一股热流直冲脑门儿,浑身有些颤抖。

萨瓦丽娅感觉到了欧阳青身体的激动,她感到很惊讶,这是她以前从来没有过的体验,她也感觉到自己脸热心跳。

许丁看出了他们的尴尬,他招呼欧阳青一起把行李往屋里搬。

等收拾完行李,整理好房间的床铺,许丁让欧阳青先休息一会儿,他去对面楼里跟梁艳打招呼。

看到许丁,梁艳惊讶道:"你怎么过来了? 安平还没有回来呢。"

许丁说:"我在机场遇到了中D集团的人,他们就住在我们隔壁那条街上,我就坐他们的便车过来了。"

梁艳很高兴地说:"过来就好! 晚上就在我们这里吃饭,我们给你洗尘。"

许丁说:"那就谢谢嫂子了,以后少不了打扰你,在你这里蹭饭吃。"说着把一包北京带来的稻香村糕点递给了梁艳。

梁艳接过糕点道:"你这么客气干吗,你天天来这里吃我们都高兴!出国了大家相互帮衬着才能兴旺!"

许丁说:"那是,以后还要请你和林大哥多关照!"

两个人寒暄了一阵,许丁告辞回去整理货物。

等到晚饭时间,许丁敲欧阳青房间的门,喊他去吃饭,喊了几声,房间里没有一点儿动静,许丁推门进去再喊,看到欧阳青躺在床上,一点儿动静都没有。许丁感觉不对劲,他推一推欧阳青,欧阳青哼了两声,想起来却又起不来,许丁摸一摸欧阳青的额头,都有些烫手了,许丁心想:不好!欧阳青肯定是病了,怎么办?

许丁连忙跑到对面楼里找林安平,林安平和梁艳夫妻俩正在准备晚餐,听说欧阳青病了,连忙放下手里的活儿,跑到欧阳青的房间。

林安平看到满脸烧得通红的欧阳青,对许丁说:"就怕是疟疾!"

许丁说:"疟疾不就是打摆子吗?吃点奎宁可以吧?我还专门带了奎宁来的。"

林安平摇摇头说:"不能马虎呢!非洲的疟疾和国内的疟疾不一样,非洲的疟疾要凶猛得多,要是拖久了疟原虫感染到脑部就会成为脑疟,那是非死即残!很难挽救的。"

许丁一听,很着急,他对林安平说:"那就麻烦你开车帮我把他送去医院吧。"说着就去扶欧阳青起床。

林安平说:"这里的医院不行,好多药都没有,病人完全靠自身的抵抗力跟疾病搏斗,所以国内来的大公司都带了医生和药品过来,我们要赶紧联系一家有医生的中国公司才行。"

听林安平这么一说,许丁想起在机场遇到的中 D 集团的任总来,他们还离得近。

许丁去林安平那里给任智打电话,任智正在吃饭,接到许丁的电话,任智放下碗筷,带着医生和黄薇赶了过来。

任智公司的医生是一个四十来岁的女医生,也姓任。

任医生先给欧阳青量了体温,39.8 摄氏度,再向许丁问了一下欧阳青饮食起居的情况,得知今天入关的时候打了疫苗,她让许丁拿出疫苗卡让黄薇看看,黄薇翻译说是黄热病疫苗。任医生一边问情况,一边在欧阳青耳垂上扎血,用试纸检测,检测结果疟疾呈阳性反应。

任医生拿出几盒药片给许丁说:"非洲疟疾千万不能大意,这几种药你先给他吃,现在吃一次,每隔四小时再吃两次,明天早晨如果没有好转要赶紧送医院或者回国。"

任医生跟许丁交代完,又转头跟任智说:"任总,要不你们先回去,他的情况比较严重,我不放心,我在这里再观察一下。"

任智说:"那也好,他们刚来非洲,对这边的情况不了解,你就在这里观察观察,晚上就住这边吧。"

梁艳马上接话道:"那是最好了!任总放心,我陪着任医生。"

任智和黄薇回公司去了。许丁扶起欧阳青吃完药,任医生让许丁打来一盆凉水给欧阳青擦身子降温,等忙完这些,林安平和梁艳让许丁和任医生过去吃饭,任医生说:"你们还没有吃饭啊,我吃过晚饭了,我在这里守着,你们都去吃饭吧。"

等许丁吃完饭回来,欧阳青开始出汗了,体温也在下降,许丁说:"任医生,多亏你了,太晚了回家也不安全,您就去我的房间休息,晚上我守着他。"

任医生说:"我们换班吧,你先去睡一会儿,等夜里 12 点给他吃完药后你再换我休息。"

欧阳青的病就像夏天的一场暴风雨,来得猛烈,去得迅速。第二天天还没有亮呢,欧阳青人就完全清醒过来,他感觉好累好饿,浑身软绵绵的,没有一点儿力气,像走了十万八千里一样疲惫。他在黑暗中回想自己的经历,好像是沉沉地睡了一觉,在半梦半醒中,他想起自己来到了非洲,在机场被一个黑人胖子打了一针,还被一个黑人女孩拥抱亲吻了,然后,其他的都记不起来了,就像喝酒后记忆发生了断片。他知道自己病了,有医生给自己看病,喂自己吃药,这些都成了记忆碎片。他第一次来到非洲的这些经历是他怎么都想象不到的,个人经历限制了他的想象力,虽然来非洲第一天就似乎遇到了命垂一线的生死考验,但是他一点儿也不后悔。现在他挺过来了,他需要一碗面条。

欧阳青在晨曦中依稀看到有个人蜷缩在床边的小椅子上,窗户敞开着,窗帘也没有拉上,窗外静悄悄的,只有几只早起的小鸟在那里轻声呢喃。

欧阳青摇摇晃晃地坐了起来,他想去上厕所。

蜷缩在椅子上的许丁听到响动惊醒过来,他睁开眼睛,看到欧阳青坐在床沿上,连忙起身道:"欧阳,怎么啦?"

欧阳青说:"没事,我想上厕所。"

许丁搀扶着欧阳青上厕所。欧阳青说:"许总,有没有什么吃的?我好饿!"

许丁惊喜道:"好好好!饿就好!你已经有一天多没有吃东西了。"

欧阳青说:"许总,麻烦你帮我去外面早点铺买碗肉丝面给我吃吧。"

许丁一听,扑哧笑了,说:"你烧糊涂了吧!这是在非洲,哪有早点铺呀!餐馆都没有!"

欧阳青问道:"那我们吃啥呀?"

许丁安慰说:"等天亮了我让梁艳给你做肉丝面吃,现在天还没有亮呢,你先吃点面包,垫一垫。"

到了早晨,欧阳青吃了梁艳做的一大碗肉丝面,精神恢复了一大半。任医生给欧阳青检查了一下身体,交代了一番,回公司去了。

林安平的小楼前一大早就排起了长队。吃早饭的时候林安平跟许丁说:"你把货搬到我这里来卖吧,现在罗安达是卖方市场,有多少货都能马上卖出去,我们一起把价格商量好就行。"

许丁本来想过几天,等欧阳青身体恢复后再去街上卖货的,听林安平这么一说,也觉得挺好,就是欧阳青的身体还没有完全恢复,需要卧床休息,自己也不懂葡语,一个人可能应付不了,林安平他们的货也多,不好总给他们添麻烦。

林安平看出了许丁的犹豫,就跟他建议说:"你可以请萨瓦丽娅帮忙,你付她一点儿工钱也可以的。"

林安平的话提醒了许丁,他想:我干脆把她招聘了,我不懂葡语,确实需要一个这样的帮手,就是不知道要付多少工资,许丁问林安平:"我要是把萨瓦丽娅招聘了,长期雇佣她,一个月要付多少工资?"

林安平说:"你别看罗安达物价奇高,但用人的工钱却很便宜,要招个司机之类的有技术的工人一个月工资大概也就两三百美元,一个普通的没有技术含量的工作也就一两百美元。"

许丁感到很惊讶:"怎么会这么低?"

林安平解释说:"打了这么多年的仗,安哥拉的老百姓都跑到罗安达来了,现在全国差不多有三分之一的人口集中在罗安达,这个小城市里有六百多万人,工业、服务业什么都没有,大部分人没有工作,只能维持在温饱线上,如果能找个工作一个月挣上一二百美元对当地人来说是很幸运的。"

许丁对林安平说:"那好啊!你帮我跟萨瓦丽娅说说,我聘她给我打工,每个月付她200美元工资。"

等萨瓦丽娅过来的时候,林安平跟她说了许丁招聘她的事,林安平刚说完,萨瓦丽娅的脸像早晨盛开的向日葵,浸透了一夜的开心和喜悦,见到灿烂的阳光,忍不住喷发出来。她跑上去拥抱、亲吻林安平,又跑过来拥抱、亲吻许丁,萨瓦丽娅的欢乐传染给了许丁和林安平。

林安平和梁艳开始接待顾客,许丁和萨瓦丽娅去搬运货物。

许丁把自己的货物搬进林安平一楼的大厅,他把商品的样品摆在外面,给每件商品标一个美元单价。林安平说:"你只收美元不行的,大部分客户手里拿的都是宽扎,你不收他们的宽扎他们会抗议的,宽扎换美元也很方便,现在宽扎兑美元大概是按 1:150 的比例,你稍微提高一点,按 1:160 的比例收宽扎,亏不了。"

许丁按林安平的建议,又在每个商品标价牌上标了宽扎的价格。

顾客太多,房间太小,一时拥挤不堪,林安平让梁艳在门口把关,一次只放五个客户进来,出去一个再进来一个,这样就有了些秩序。

林安平先给上次交钱的顾客发货,事情简单得多。许丁不会葡语,萨瓦丽娅就按照标价跟客户交谈,客人看好了货,萨瓦丽娅就写个数字给许丁,许丁按数算钱,收钱发货。

发明阿拉伯数字的人真是伟大,既简单又好记,语言不通都可以用这几个数字交流。

许丁接待的第一个顾客居然是第一次买他 T 恤的大胖子老高,老高也认出许丁来,他很高兴地拍了拍许丁的肩膀,许丁把林安平喊过来做翻译,问老高道:"你给我留了名片,我按照名片上的号码给你打电话你没有接。"

老高说:"我这几天很忙,都在外面跑,很遗憾没有接到你的电话。不过我现在有手机了,以后你可以随时打我的电话。"

老高把自己的手机号码告诉了许丁。老高要按照上次 T 恤衫的价格跟许丁拿货,许丁说:"不行,这次要按照这次的价格拿货。"

林安平对许丁说:"他在罗安达还挺有名的,开了好几家小商店,都是找我们中国人进货,是一个大主顾。"

许丁觉得林安平这人很实在,对同行从来不藏着掖着,德行好,和这样的人在一起做生意一定不能坏了规矩,他坚持按现在的价格给老高货,老高说:"我们是朋友了,你应该给我一个特别的价格。"

许丁说:"朋友是朋友,生意是生意,我们先谈生意。"

老高无奈,只得按现在的价格进了货。

许丁给老高清点完货物后又拿出一双旅游鞋和两件 T 恤装在一

个塑料袋子里递给老高说："现在我们谈友情,这是我送给你的!"

许丁出乎意料的礼物让老高很高兴!他狠狠地拥抱了一下许丁,心满意足地扛着货物走了。

到了中午,梁艳去厨房煮了一碗鸡蛋面条,让萨瓦丽娅给欧阳青端过去,她笑着对许丁说："忙的时候我们中午就喝茶吃面包了,委屈你了吧?"

许丁连忙接话道："嫂子你说哪里话呀!这都很感谢你们啦!要没有你们帮助,我连水都喝不上呢,还做什么生意。"

梁艳说："你不见外就好!"

欧阳青整整睡了一天一夜,第二天就参加卖货了。

不到一个星期的时间,林安平和许丁的货都卖完了,而林安平的第二批货已经到了。

许丁清理完钱款,把收到的宽扎去银行换成了美元。他想着下一步该怎么做,不能只靠自己和欧阳青两个人来回带货了,这样效率太低,至少要像林安平一样组织一个团队,有人负责在国内组织进货,有人负责货物运输,有人在这边销货,这边先要有一个基地才行,接下来一周许丁就开始忙这边后续的事情。

许丁找黄薇帮忙,去电话公司报装了一部固定电话,又买了一个手机电话卡。这时候的罗安达移动电话刚开通,由于基站少,设备、技术都落后,手机经常没有信号,使用手机的人很少,手机价格和费用高得吓人。许丁想,国内手机几乎是一夜普及的,罗安达也会一样,未来手机的发展肯定很快。

许丁咨询林安平后买了一辆二手车,车是十多年前的老式丰田面包车,跑了二十多万公里了,但外观看起来还挺好,开起来也还行,罗安达没有公共汽车,也没有出租车,要办事没有车寸步难行。

许丁在国内没有小车,只有一辆雅马哈摩托车,林安平说安哥拉承认中国的驾驶证,只需要用国内的驾驶证就可换一个安哥拉的驾驶证,可许丁没有汽车驾驶证,只有一个摩托车驾驶证。许丁带着萨瓦丽娅去罗安达的警察局办理驾驶证,警察把许丁的摩托车驾驶证翻来覆去看半天,问许丁话,许丁一脸茫然,警察只能问萨瓦丽娅,萨瓦丽娅跟警察说了半天,警察摇摇头给许丁换了张汽车驾驶证。

许丁在忙着这边事的时候,欧阳青那边却出了事,而且是大事。

这天晚上,许丁在外面跑了一天,有些累了,便早早地睡下了。

许丁做了一个梦,梦见自己回到北京,华灯初上,和以往一样,许丁牵着云琪琪的手在家附近的旅馆开了间房间,小别胜新婚,和以往不一样的是云琪琪叫唤得特别欢畅,许丁怕隔壁房间的客人投诉,他用嘴想堵住云琪琪的声音,可怎么也堵不住,越堵声音越大,许丁一着急就醒了。

醒来的许丁在黑暗中回味着美好的梦境,可云琪琪的叫唤声依然在耳边回响,许丁有些恍惚,他从床上坐起来,欢畅、激荡的声音从隔壁欧阳青的房间传来,许丁立马想到这是萨瓦丽娅在欧阳青房间亲热呢!许丁一个激灵,头发和汗毛都竖了起来,他们怎么会好上了? 这可是在萨瓦丽娅的家里呀!要是萨瓦丽娅的父母知道了怎么跟人家交代!这个欧阳青看着挺正直本分的,怎么会做出这样的事情来?

许丁按捺不住心中的愤怒,他拉开房门,使劲敲了敲隔壁欧阳青的房门,敲门声没能阻止欢畅、激荡的叫声,反而使叫声更加高亢、激越起来,仿佛是对许丁敲门声的回应,许丁怕惊动楼下萨瓦丽娅的父母,无奈地回到自己的房间。

隔壁房间肆无忌惮的欢叫声和心中的愤懑使许丁焦躁不安,他感觉自己的血液要从心脏喷射出来,在身体里奔涌,他能感觉到血液的温度在不断升高,仿佛要寻找一个可以发泄的出口。许丁想到了刚才的梦境,一种强烈的渴望和思念漫上心头,一点点弥散到了全身,这是他第一次这么强烈地想念云琪琪,渴望着把云琪琪拥在怀里。

许丁拿起床头柜上的手机,看看手机上显示的时间是罗安达深夜1点钟,罗安达和北京相差7个小时,这个时间应该是北京的早晨8点钟,许丁给云琪琪发了条短信:我爱你!想你!

这是许丁对云琪琪第一次说出这样的话,虽然云琪琪不一定能收到他的这条短信,但他发出去了,身体和心灵有了些许的松弛,仿佛充满气体的气球,眼看要爆炸了,捏着气门的手松了一下,气体"吱——"跑出了一些,鼓胀的气球瘪了不少。

许丁买了手机后用处不大,平时基本上打不通电话,短信自然也发不出去。

奇怪的是许丁的这条短信云琪琪却收到了。云琪琪刚起床,正在洗漱,听到手机一声清脆的铃声,她打开手机,是一个陌生号码发来的:我爱你!想你!她立马知道这是许丁发来的信息,和许丁在一起二十多年了,这是许丁第一次对她说出这样的话,云琪琪感觉一股暖流直冲脑门儿,眼眶发酸,这句普通恋人常常挂在嘴边的话,许丁和云琪琪平时不稀罕的一句话,他们的关系从来不需要的一句话,此时深深地打动了云琪琪平静的心,云琪琪的身体不自觉地摇晃了两下,是被远隔万里传递来的冲击波击中了吗? 还是被尘封了太久的老酒开启时散发出的浓郁芬芳熏倒了呢?云琪琪从心灵深处升起了一缕对许丁的思念,脸上升起了一抹红艳艳的云朵。她给许丁回复了一条短信:"我也爱你! 也想你! 快回来!"

许丁等了很久,他没有收到云琪琪回复的短信,他像泄了气的气球一样躺在床上,仿佛过了一个世纪,终于等到隔壁房间的叫唤声偃旗息鼓。

许丁知道这时候去打扰欧阳青不太厚道,但他实在等不到明天再跟他谈,他怕事情发展到失去控制,他要了解事情发展到什么地步了。

许丁走到欧阳青房间的门口，用尽量平和的声音说："欧阳你出来一下。"

许丁回到房间，过了好一会儿，欧阳青才光着膀子，穿着大沙滩裤和拖鞋走了进来。

许丁知道这个时候自己要是控制不好情绪就会吵起来，他提醒自己冷静，用尽量平和的声音说："你们怎么好上的？什么时候的事？"

欧阳青知道这事会让许丁感到突兀，之前他想跟许丁说来着，就是一直不知道该怎么开口，今天是非说清楚不可了。

欧阳青坐到床前的椅子上，他拿起许丁放在床头柜上的烟，给许丁一支，自己也叼上一支，点上烟，抽了两口，欧阳青才说："许总，我第一次见到她，被她猝不及防地拥抱和亲吻的时候，我差点晕倒了，这是我三十多年第一次被一个女孩拥抱亲吻，这样的时刻对我来说是奢望，我感觉到无限的美好！我生病的那几天，她总来房间陪我，我们虽然语言不通，没法用语言交流，但她纯洁、热烈的眼神让我神魂颠倒，我只要望她一眼，我们的眼神就像电流一样，身子被瞬间击倒，我们不需要语言，眼神就是我们交流的最好语言。后来我们用葡汉词典交流，她没有问过我家里有几亩地、几间房，也没有问我有多少存款，一个月挣多少钱，她喜欢中国，喜欢我，就把她纯洁美好的少女之身交给了我，这是我做梦都不敢想象的事情，我发誓要用一辈子，要用我的全部对她好！"

欧阳青一口气回答了许丁没有问出口的全部问题，对这样的感情许丁不能有任何的苛求和责怪，他甚至有些羡慕欧阳青。

许丁和欧阳青再续上一支烟，许丁问欧阳青："下一步你们有什么打算呢？过几天我们就要回国了。"

欧阳青毫不犹豫地说："结婚啊！我要跟萨瓦丽娅结婚。"

许丁问道："你们还没有跟萨瓦丽娅的父母说吧？不知道她的父母是什么态度呢？"

欧阳青说："我问过萨瓦丽娅,她很奇怪地瞪大了眼睛问我,为什么要征求我爸爸妈妈的意见?这是我的事情啊!他们只会祝福我不会干涉我的!"

许丁无语了,两个人沉默着吞云吐雾,当抽到第四支烟的时候,欧阳青说："我活了半辈子,没有人对我这么好过,她愿意跟我去中国也好,我留在安哥拉也好,反正我家里儿子多,我在哪里都没有关系,只要能跟她在一起就可以。"

停了一会儿,欧阳青接着说："我害怕和中国女孩谈朋友,怕她们问我的经济状况和家里的情况。我和萨瓦丽娅在一起时特别轻松,没有任何可担心的。"

许丁从包里拿出1000美元,递给欧阳青："我先把这个月的工资给你吧,你还是要正式地去拜访一下萨瓦丽娅的父母,他们可以不计较,但我们不能不尊重啊!"

许丁和欧阳青正聊着呢,萨瓦丽娅犹犹豫豫地走了进来。

欧阳青被许丁喊过来后萨瓦丽娅挺担心的,她不知道欧阳青做错了什么,被老板半夜喊了出来,不知道和自己有没有关系,青的这个老板现在也是自己的老板,人挺好的,中国人都挺好,他们为人和善、勤劳、温和、聪明,懂得呵护女性,她就是想找个中国男朋友。她第一次拥抱亲吻青的时候就感觉到了他强烈的身体反应。一个中国人居然对一个黑人女孩有这么强烈的身体反应,而且还只是礼貌性的拥抱、亲吻,他很神秘,也很可爱,生病的样子让人心疼,看我的眼神让我迷离。没想到他也很喜欢我,当他拥抱、亲吻我的时候,我觉得我就是世界上最幸福的人了!

萨瓦丽娅躺在床上回味着她和青交往的每个细节,几次开心地笑出声来。

萨瓦丽娅觉得过了很久,青还没回到她的身边,她担心青的老板会处罚青,她要卫护着青,帮青说话,可走进许丁的房间她看到两个男人温和地坐在那里抽烟,屋子里烟雾弥漫,这场面让她感觉有些温馨。

萨瓦丽娅没法用语言与青和青的老板交流,只是流露出发自内心的笑。

等许丁在罗安达把想到的事情安排妥当,准备回国的时候,他想到这次来罗安达有太多需要感谢的人,他遇到的这些同胞给了他太多无私的帮助,他想感谢他们,就跟林安平商量说:"我来罗安达后你和嫂子还有同胞们给我太多的帮助了,没有同胞们的帮助我不会这么顺利站住脚,我想请个客,跟大家聚聚,你看有没有好一点的餐馆帮我预订一下位置。"

林安平说:"罗安达的餐馆少,价格奇贵,你要请客就把大家请到我这里来吧,让梁艳给大家做顿饭挺好的呀!"

许丁说:"这顿饭我一定要自己请,代表我的心意!不能麻烦你们。"

看到许丁这么坚决,林安平说:"这附近有一家巴西烤肉店很不错的,算是罗安达最好的饭店之一,就是价格特别贵,其他也没有像样的饭店了。"

许丁说:"就巴西烤肉店吧,我难得请大家一次,贵一点也是应该的,麻烦你帮我订位置。"

许丁请的客人不少,有林安平夫妇、任智、任医生和黄薇,还有萨瓦丽娅和她的爸爸妈妈。大家聚齐了,拼了一张大长条桌。由于物价昂贵的原因,这时候的罗安达很少有人请这么多的客人,巴西烤肉店的老板是一个干瘦的巴西老头儿,看到一次来了这么多的客人,脸上笑开了花,他跑前跑后当起了服务员,殷勤有加。

许丁让黄薇做主,帮助点菜、点酒水,他把自己的手包递给黄薇说:"小薇,你不用给我省钱,让大家吃满意,我把钱袋子都交给你,你全权做主！"

开始时大家还有些拘谨，可喝完两瓶红酒后气氛就一下子活跃起来，举起酒杯就是最好的交流。

正当大家杯盏交错时，许丁看到旁边来了一桌客人，一起五个人，很显然是一对黑人夫妇带着三个孩子，三个孩子中最大的十二三岁的样子，最小的五六岁，首先引起许丁注意的是那名黑人男子，看上去六十多岁，个子不高，精瘦，穿着军装，肩上缀着三颗五角星，许丁吓了一跳，这应该是一个上将吧！

许丁悄悄地问林安平："这是个什么人？上将呢！就这么随便出来吃饭！"

林安平也不认识这名军人，他把餐厅的老板，那个巴西小老头儿拉过来问。巴西老板惊讶地说："你们都不认识他吗？盖利巴将军啊！在安哥拉权力极大！"

林安平把巴西老板的话翻译给大家听，一桌人都吃了一惊，大家不约而同地把目光转向了邻桌，盖利巴将军感受到了大家的目光，他举起手中的杯子，微笑着向大家示意干杯，大家纷纷举杯向盖利巴将军致意。

许丁对黄薇说："没想到在餐厅里还能遇到安哥拉有权势的人物，要是能够认识他该多好！"

黄薇说："这也不难啊，既然他能和普通老百姓一起进餐，那就能和普通老百姓打成一片，你要想认识他我们过去试试。"

黄薇说着拿起自己的饮料杯，又把许丁的红酒杯拿起来递到许丁手上，拉着许丁走到盖利巴将军面前说："尊敬的将军阁下，您好！我叫Dora，这是许丁先生，我们来自中国，很荣幸见到您！我们向您致敬！祝您和您的家人生活愉快！"

盖利巴将军站起身来，和黄薇、许丁握手："谢谢！中国人是我们非洲人的好兄弟,中国一直以来都在真心实意地帮助我们,我们十分敬重中国人! 安哥拉的内战已经结束了,马上要开始大规模重建,欢迎你们来安哥拉帮助我们重建家园。"

黄薇把将军的话翻译给许丁,许丁听到了,旁边桌上的人看到黄薇和许丁去见盖利巴将军,大家都关注着,也听到了盖利巴将军的话,大家不自觉鼓起掌来。盖利巴将军举起酒杯,大家也连忙举起酒杯,于是响起了一阵夹杂着葡语、英语、普通话的"干杯"声!

等干完杯,盖利巴将军问许丁:"你叫许丁? 来罗安达做什么呢? "

许丁回答说:"我刚来罗安达不久,现在主要做商品贸易! "

盖利巴将军拍拍许丁的肩膀说:"很好! 很好! 以后你在安哥拉有什么困难可以直接来找我。"说完让黄薇记下了将军办公室的电话。

许丁他们一顿饭吃了两个多小时,红酒瓶堆了半桌子,大部分的人都有了几分醉意,只有任智和黄薇两个人清醒着。任智不会喝酒,是沾酒倒的那种,所以每次吃饭他都是以水代酒;黄薇拿着许丁的包,担负着结账的重任,没敢多喝。

虽然黄薇有些心理准备,但结账的时候还是吓了一跳,五千多美元,相当于黄薇小半年的工资,点钱的时候黄薇的手都有些抖了。

由于买不到回北京的机票,许丁和欧阳青又耽误了一周的时间才回到北京。本来欧阳青不想回国的,他说回国他也没有家,还不如就在罗安达等许丁。

许丁知道他是舍不得萨瓦丽娅,但现在完全靠人带货,许丁一个人带不了多少货,许丁安慰欧阳青说:"现在主要指望你帮我带货,等以后人多了,不用带货的时候我就把你留在罗安达,你具体负责这边的事情。"

许丁这么说了,欧阳青只好难舍难分地与萨瓦丽娅告别,和许丁一起回到北京。

四

许丁回到北京，当许丁、赵文和何守月面对一堆美元现钞的时候，他们并没有想象中那么激动。这是他们的第一桶金，以前从来没有想到过会一下子拥有这么多的钱，可是现在忽然拥有了这么大一笔财富的时候，他们没有丝毫要分了这些钱去好好地享乐一番的念头，就连聚会的餐厅还是在聚宝源涮肉，喝的还是二锅头，好像那些财富跟他们的生活毫无关系一样。他们现在考虑的是如何抓住这样的机会把事业做大。

经过反复的讨论，他们一致认为当务之急是要成立自己的公司，采取公司化的方式运作。因为大额的美元现钞出入境既不合法也不安全，业务更不能做大，只有通过公司化运作和银行结算才能很好地解决这些问题，而且以人带货规模有限，不可能快速发展。

他们讨论了公司的章程，三个人等额出资，各占股份的三分之一，许丁任董事长，赵文任总经理，何守月任财务总监，公司的重大事项决策必须两人以上同意才能通过。

关于新公司的这些重要事项三个人很快达成了一致意见，但在公司名称上三个人却颇费了一番周折，就像爸爸给新生儿取名字一样，三个人煞费苦心，好像这个名字会影响孩子一生的成败一样。

何守月提出来公司叫"桃园国际贸易公司"，意指《三国演义》中刘、关、张桃园三结义。可大家一议，觉得"桃园"两个字有点乡土气，与公司的国际贸易特点不搭。

许丁提出来公司叫"三兄弟国际贸易公司"，大家一议，觉得有些江湖气，不太符合现代公司的形象。

名字提出了不少，讨论名字的时间比讨论公司章程的时间长了许多。最后还是采纳了赵文提出的"广渠国际"的名字，因为三个人都是在广渠门内大街长大，"广渠"二字又含有广阔的渠道的意思，寓意公司财源广进，通达四海。

在公司注册地上大家也进行了研究，开始时觉得三个人都在北京，应该把公司注册在北京，办事方便。可仔细研究一下，以后公司主要业务是在国内采购货物，而国内的小商品的集散地主要在南方如广东、江浙一带，而且货物运输的远洋码头南方也比较方便一些，经过反复比较，最后大家决定把公司注册在浙江义乌这个全国最大的小商品集散地。

一切商议妥当，时间就是金钱，效率就是生命，许丁回到北京的第三天就和赵文、何守月带着欧阳青一起去义乌考察，注册公司。

四个人在义乌一通忙乱，总算把公司注册事项办妥。接下来就是抓紧采购货物，现在公司能出去的只有许丁和欧阳青两个人，每个人只能带两件行李，这样就带不了多少货。

赵文说："我回去请假去。"

何守月说："我跟姐姐商量一下，让她回家照顾父亲一段时间，我们一起去。"

许丁想想说："靠人带货终究是个体户的做法，不是长久之计，我们现在有公司了，那就按公司化来运作啊！我们通过海运发货，虽然可能时间要长一些，可是一次性发货量大呀，我们现在的本钱也能装十几个集装箱的货了。"

这个主意好。于是大家分头开始采购货物和联系远洋轮船公司。

说来也巧,赵文去一家服装厂仓库看货的时候,看到仓库的角落堆放着一堆汗衫,上面落满灰尘,许丁抽出两件看看,全是白色的纯棉汗衫,许丁问服装厂的业务员:"这么好的汗衫怎么就这样堆放着?不要了吗?"

服装厂的业务员说:"唉!年前一家香港公司为欧洲的一个客户订购了一批纯棉汗衫,款式很传统,但要求用一种很特别的面料,还不染色,体现的是传统、复古风格,是为欧洲一个传统的庆典活动订制的,因为工期紧,厂里一时没有进到订制要求的面料,厂长自作主张换了相近的面料,人家订购商提货的时候不接受,这笔生意没有做成,还赔了客户不少违约金。这批货我们到处推销了小半年,都嫌款式太呆板,没人要,这不就成了废品了。前几天厂长让我找家生产拖把的小厂,准备当废品卖给他们去做拖把。"

赵文一听上了心,他跟服装厂业务员说:"要不你卖给我算了,反正是废品嘛,我明天就给你拉走,以后我专门找你进货。"

业务员觉得一堆废品换一个长期的固定客户也不错,他便满口答应道:"行啊!你拉走吧,以后你记得找我进货就好。"

赵文回去把这事跟许丁和何守月一说,他们像中了彩票头等奖一样高兴,看来人的高兴劲还真不一定是因为钱多钱少,他们见到许丁带回来的几十万美元时也没有这么高兴过!

也是值得高兴,他们把准备做拖把的汗衫找了一家印染厂染了色,白汗衫立马变成了五彩缤纷的汗衫,整整装了两个集装箱,这可是要在安哥拉按件卖的时装啊!

一个多月时间,公司注册好了,采购的十几个集装箱的货物也发送完毕。

已近年关,许丁想着货物一下子还到不了罗安达,他便给欧阳青放半个月假,让欧阳青回家过年。可欧阳青正日夜思念着萨瓦丽娅呢,他恨不得立马飞到萨瓦丽娅的身边,他央求许丁说:"能不能让我先去罗安达等你?我想去罗安达过年。"

看到欧阳青可怜兮兮的样子,许丁很是犹豫。不让他去吧,看到他受煎熬的样子于心不忍;让他去吧,毕竟是远隔万里,语言不通,实在让人不能放心。权衡再三,许丁想了个折中的办法,他对欧阳青说:"要不这样吧,你就别回河南过年了,在我家过年,一过完年我们就出发,怎么样?"

看到欧阳青心有不甘,许丁安慰说:"你的萨瓦丽娅跑不了的,她那么喜欢你!你放心好啦!"

许丁的话让欧阳青多少得到了些安慰,他说:"那我还是回河南看看父母亲,我初四就来北京,你赶紧订票吧!"

许丁笑道:"订票,订票,我们初五就出发。"

五

按照中国人的传统习俗,年还没有过完呢,许丁和欧阳青就去了罗安达,本以为这时候的飞机上人会比较少一些,可上了飞机,清一色的中国人面孔挤了满满一飞机。

熟门熟路,一切顺利。

很快许丁处理完了随身带过来的货物,接下来就一心一意等海运过来的集装箱了。

等了一个多月,许丁终于盼到装载自己货物的海轮抵达罗安达,他兴冲冲地跑到码头提货,可是货轮到了码头却靠不了岸。

由于安哥拉内战结束后开始了大规模的重建,几十家中国的大型工程承包商蜂拥而至,承接了大量的工程项目,安哥拉没有基本的工业企业,所有建设工程所需的建筑材料和设备全部要从国内运过来,罗安达虽然紧靠大西洋,但整个港口只有两个大型泊位,海上停满了远洋货轮,排着队等着卸货呢。

这样的状况许丁无能为力,也无法改变,他只能一天天往港口跑,眼巴巴地望着海上停着的货轮。

和许丁一样每天往港口跑的中国人很多，有的人提到货了就欢天喜地，大部分的人只能望洋兴叹。

跑多了大家慢慢都熟悉了，许丁认识了一家很有名的大型国有贸易公司在安哥拉的经理钟兆。

钟兆刚来安哥拉不久，但在非洲做贸易已经快十年了，虽然对安哥拉不熟悉，但对进出口贸易很熟悉。

许丁和钟兆性格相仿，脾气很对路，巧的是他们的货物在同一条船上，每天他们都是上午满怀希望来，中午垂头丧气地回，熟悉以后他们就约在一起喝茶、喝酒。

钟兆问许丁的公司叫什么名字？许丁说在国内刚刚注册的公司叫"广渠国际"，在罗安达还没有注册。

钟兆惊讶道："你没有注册公司怎么进货呢？报不了关啊！"

许丁满不在乎地说："我的提货单上写的提货人是我的名字，我直接提货。"

钟兆哈哈大笑道："一看你就是一个新生儿，家庭成分是个体户。"

许丁连忙问道："怎么讲？"

钟兆说："我给你好好上上课，你晚上要请我喝酒才行！"

许丁说："喝酒，喝酒，赶紧跟我讲讲。"

钟兆这才很认真地说："你在这边没有注册公司，你又没有拿到安哥拉的白卡，你怎么能在这边做生意呢！非法经营呢，轻则提不到货，重则要罚款甚至抓人的！"

看到钟兆很认真的样子，许丁觉得他讲得很有道理，以前想都没有往这方面想过，他问钟兆："那现在怎么办？"

钟兆想了想说："你这个事很麻烦，其他先不说，你根本提不到货呀！"

许丁想想说："那我赶紧注册公司去。"

钟兆说:"现在注册公司可能也不行,提货单上是你的名字,和公司名称不符。"

许丁说:"那我用自己的名字去注册公司去。"

钟兆笑道:"那不行的,自然人和公司名称安哥拉海关的官员还是搞得清楚的。"

两个人讨论一番,许丁有些着急了,他没有想到做生意还有这么多复杂的事情。

看到许丁着急的样子,钟兆思索片刻说:"你可能只有一个办法,去申请安哥拉的白卡。"

许丁问:"白卡是啥东西?"

钟兆解释说:"白卡是安哥拉政府发给外国公民的居留证,拿到白卡的外国公民才可以在安哥拉务工、做生意。"钟兆说着,掏出自己的白卡给许丁看。

许丁拿着钟兆的白卡仿佛看到了希望,他翻来覆去地把钟兆的白卡看了半天,问道:"我怎么才能拿到白卡呢?"

钟兆说:"要去移民局申请。"

看到许丁有些茫然,钟兆说:"这样,你这几天也别往港口跑了,我帮你去打听轮船卸货的事,反正即使货到了你也提不了。你就抓紧去移民局申请白卡。"

许丁觉得也没有其他办法,他当即给任智打电话,要借用黄薇,帮他跑移民局去办白卡。

任智很爽快地答应了。

许丁的白卡还没有办下来,装载许丁和钟兆货物的轮船靠岸了,钟兆很顺利地提到了货。正如钟兆所说,许丁的货被海关扣下了,这一下许丁傻眼了。

许丁思来想去,他让黄薇给老高打电话,想让老高冒充自己去提货,黄薇好不容易跟老高说清楚了这件事,老高无可奈何地说:"我的身份证不叫许丁呀!除非我当了总统,不用出示身份证。"

老高简单的一句话就打消许丁的念头,不过老高的话提醒了许丁,让许丁想起了盖利巴将军,他让黄薇给盖利巴将军办公室打电话,说要去拜访盖利巴将军。

盖利巴将军办公室接到黄薇的电话,秘书回答说要请示盖利巴将军后回话。

许丁彻底绝望了,和盖利巴将军只是在餐厅有过一面之交,他哪里还会记得我这个中国人啊,自己满怀希望来到非洲,理想的翅膀才刚刚张开就折了,这可是全部本钱啊!我该怎么跟赵文和何守月解释呢!

黄薇第一次看到许丁一筹莫展的样子,从第一次见到许丁起,黄薇就觉得许丁是一个风趣幽默的男人,做事大气,为人豪爽,这段时间经常被许丁拉着帮他办事,跟他在一起有一种特殊的安全感和亲切感。许丁从来不把黄薇当外人,要用钱和付款的时候他总是把装钱的手包交给黄薇,好像黄薇就是他家人一样。"家人"这个念头一冒出来,黄薇心头有些异样,要是能做他的女朋友该多好呀!想到这里,黄薇安慰道:"盖利巴将军的秘书说得很认真,既然她说要请示将军,将军一定会记得你的,不着急,我们等等看,黑人有时候也很靠谱。"

许丁虽然来安哥拉几趟了,由于语言不通,真正跟当地人打交道的次数并不多,交流得更少,黄薇和当地人交流得多,她的这几句话多少给了许丁几分安慰。

许丁说:"那只能等着了,现在也只有这一线希望了!"

黄薇看到自己的话让许丁得到了一些安慰,心里很高兴,她说:"中午了,海边刚开了一家中餐馆,我请你去吃中餐。"

许丁笑道:"你请我可以,但要用我包里的钱买单。"说着他把钱包递给了黄薇。

许丁和黄薇开车来到伊利亚半岛上。这是一座很奇特的半岛，一般的半岛都是连着陆地向海中间伸去，这座半岛却沿着海边横卧着，像海边的一条丝带，内侧离海岸有一千多米，外侧是浩瀚的大海。岛上只有一条长长的街道，街道靠陆地一侧有许多小楼房，看着像是有钱人家的住宅，也夹杂着几间酒吧、商店，街道外侧是大海，海边连绵着窄窄的一溜儿沙滩，沙滩上有玩水、嬉戏的小孩。远远望去，靠海的一边只有一栋二层小楼孤零零地立在海边，小楼周围挂满了红灯笼，那是再明显不过的中国餐馆的招牌。餐厅的大门临街，后面一楼和海边的沙滩连在一起，一间间包房占据了临海最好的位置，二楼有一个很大的平台，平台有一半延伸到海面上，临海一线是敞开式的，平台上面有白色的遮阳棚。虽然正是午饭时间，餐厅里的人并不多，许丁和黄薇在二楼找了个临海的餐桌坐下来，面前是浩瀚无垠的大海，海水湛蓝，海风习习，海鸟和白云缥缈，面对这样的美景，许丁没有丝毫的感触，他两眼空洞地望着大海，使劲吸着烟。

黄薇是人来疯的性格，受旁人情绪的影响大，周围人活跃的时候她就很活跃，周围人沉闷的时候她也很沉闷，她很想安慰许丁，把他从郁闷中解脱出来，但她不知道该怎么逗他开心，她拿着菜单问许丁："想吃啥？这里有中文菜单，不用我给你一道道菜翻译了。"

许丁望着大海说："我啥都吃，你点你喜欢吃的就行。"

黄薇用湖南话调侃道："我是湖南人，喜欢吃辣椒，点出来的菜怕辣得你下不了口。"

许丁回过头仔细打量一下黄薇，学着黄薇的湖南话说："没看出来你是湘妹子呢！难怪这么辣！"

黄薇受到许丁情绪的感染，笑道："你是说我人辣还是菜辣？"说着，眼睛直勾勾地看着许丁。

许丁不敢对视黄薇的眼神，把头转向大海，说："都辣！"

两个人一时都不好接话了,黄薇叫服务生过来点菜,点好菜,黄薇问许丁:"喝酒吗?"

许丁很坚决地说:"喝!"

其实黄薇只是随口一问,一般中午吃饭很少有人喝酒的,许丁这么坚决说喝,出乎黄薇的意料,她犹豫片刻说:"中午就不喝了吧?说不定下午还要去见盖利巴将军呢!"

许丁听黄薇说得有理,就没有再坚持喝酒。

没有喝酒的午餐却吃了两个多小时,百无聊赖,两个人就相互问问家里的情况,小时候的事情,彼此有了更多的了解。

等餐厅里面的其他客人都走光了,餐厅的服务生收拾完餐桌也去休息了。许丁觉得很疲惫,浑身肌肉酸痛,海风吹在身上有些发冷,许丁说:"我是不是发烧了,怎么感觉好冷。"

黄薇伸手摸了下许丁的额头,再摸摸自己的额头。"还好呀!感觉没有发烧,可能是这两天太累了,回去休息一会儿吧,这个时候你可千万别生病!"

许丁说:"去我那里喝茶吧。"

许丁和黄薇开车从伊利亚半岛上下来,刚刚拐上海滨公路,被路边一个警察拦了下来,警察让许丁出示车辆登记证、驾驶证,警察一会儿看看证件,一会儿看看许丁,反复看了很久才说:"你驾驶车辆违法,罚款一万宽扎。"

这样的事情在罗安达经常发生,警察知道中国人息事宁人的性格,看到中国人开车就会拦下来罚款。这要是在平时,许丁会跟警察讨价还价,多少罚一点走人,有时候还把和警察讨价还价当乐子。可今天许丁心情不好,身体也不好,他的犟劲儿上来了。黄薇刚翻译完警察的话,他跟黄薇说:"你问问他我违什么法了?"

警察有些诧异,他拦下中国人的时候他们一般都是说少罚一点儿吧，没想到这个中国人居然问他违什么法了。他毫无思想准备，给问住了，思考片刻才说："你超速！"

许丁感到又好气又好笑，他一把夺过警察手里的证件，说："我这个老爷车还能超速？"

许丁准备开车离开，没有想到这个警察也很拧，他一侧身站到了车头前，还掏出了手枪。

坐在副驾驶位上的黄薇吓了一跳，她连忙下车跟警察解释说："我们这是一辆老爷车，超不了速。主要是你罚得太多，少一点儿行吗？"

警察看到许丁面对枪口一点儿都不害怕，还是一副气哼哼的样子，知道遇到了硬茬，见黄薇从中劝解，忙说："你看着给，我还没吃午饭呢。"

黄薇把警察的话翻译给许丁听，两人都被警察的话逗乐了。许丁说："没吃饭你早说呀！"

黄薇掏出两千宽扎递给警察说："罚，我们认罚。"

警察收了罚款也笑了，他走到路边，向许丁挥挥手。

被警察这一罚，许丁和黄薇的心情反而好了很多。许丁和黄薇回到许丁住处，欧阳青和萨瓦丽娅正搂抱着躺在床上，房门都没有关，许丁看到了，黄薇也看到了，两个人都觉得有些尴尬。许丁把欧阳青的房门关上。他清洗完茶具，刚把茶泡好，黄薇的手机响了。黄薇一边接电话一边喜笑颜开地向许丁眨眼睛，接完电话，她情不自禁地站起来拉着许丁的胳膊说："盖利巴将军秘书来的电话，说将军下午4点钟有时间，让你去他办公室见他。"

许丁一听也很激动，就像溺水的时候终于抓到了救生圈一样，他抱着黄薇转了一圈，激动地说："走走走，赶紧走！"说着就朝门口走去。

黄薇打量一下许丁说："你就这么去吗？"

许丁看看自己的装束，无领T恤、沙滩短裤加旅游鞋，疑惑地问道："这样不行吗？"

黄薇说："你别瞧不起黑人啊,他们从小受的是西方式教育,正式场合都很讲究,你这身打扮可能连大门都进不去。"

许丁觉得黄薇说的话很有道理,他到自己的房间想找套正式一点的衣服。黄薇跟了进来,看到许丁简陋的房间里一片狼藉,衣服、裤子、袜子扔得床上、椅子上、窗台上到处都是,几双鞋东一只西一只地躺在地上,分不清哪儿跟哪儿是一双,两个大旅行箱敞开肚子躺在地上,毫无隐私地露出里面的"五脏六腑"。房间里不仅乱糟糟,还有一股单身男人特有的酸腐味,这味道刺激得黄薇鼻子痒痒的,她皱了皱眉头,弯腰把几只鞋子成双成对地归置在一起,看到许丁在两个旅行箱里翻找着,只找出一件长袖衬衫和一条休闲长裤,而且都是皱皱巴巴的。许丁无奈道:"怎么办?只能去现买一套西服了。"

黄薇想想说:"这一下子去哪里买呀!去我们公司吧,你跟我们任总身材差不多,跟他借套西服穿。"

许丁和黄薇开车直奔中 D 公司而去,见到任智,说了为见盖利巴将军要借西服的事。任智把自己的两套西服拿出来给许丁试,许丁试一下,大小正合适,于是就穿了任智的西服去见盖利巴将军。出门的时候任智说:"只怕要带点礼物才好!"

许丁脑子有点发蒙,这些细节他平时应该都能考虑到,只是这时候脑子已经不会转了,他望着任智说:"这时候到哪里找礼物去?带啥好呢?"

任智能体会到许丁急迫、紧张的心情,他说:"我这里有国内带来的茅台酒,你带两瓶去吧,也算中国特产,拿得出手。"说着便让人找了两瓶茅台酒给许丁。

许丁开着车往盖利巴将军的办公室去,他觉得自己刚才有点狼狈,便静下心来好好理理头绪,这是自己唯一的机会了,要怎么跟盖利巴将军说呢?他一边盘算着,一边开车,一路上和黄薇无语。

下午 3 点半,许丁和黄薇就到了盖利巴将军办公室,办公室的接待人员说:"将军正在开会,你们要等一会儿。"说着,接待人员把许丁和黄薇领到了一个小会客室。

许丁和黄薇坐在小会客室一时无语,四目相对,你看看我,我看看你,然后会心一笑。

说好的下午4点见面,一直等到了晚上7点,许丁觉得这是他一生中最漫长的三个半小时。中途许丁怕办公室接待人员或盖利巴将军忘记了见面的安排,他让黄薇去问一下接待人员,接待人员很友善地说:"将军在开会,请你们稍等。"

许丁的心情由期待变成了焦急,正在他感到有些绝望的时候,接待人员进来说:"将军开完会了,我带你们去将军办公室。"

盖利巴将军见到许丁的时候居然还能叫出许丁的名字,希望的火花又在许丁的心里点燃。寒暄过后,盖利巴将军问许丁最近在忙什么。

许丁马上接话,把自己发来的货物被海关扣留的事说了,希望将军能帮忙拿到这批货。

盖利巴将军听完许丁的介绍后,问道:"海关为什么会扣留你的货物呢?"

许丁解释说:"我在安哥拉的公司还没有来得及注册,货物收货人是我,可我的白卡还没有办下来。"

盖利巴将军很严肃地说:"就是嘛,我们安哥拉是讲法律的国家,一切都要按法律办事,你们来安哥拉经商、投资、搞建设我们是很欢迎的,但要遵守安哥拉的法律。"

黄薇翻译完盖利巴将军的话,许丁心里感到一阵凉意,希望的火苗渐渐暗淡,这下完了,最后的一线希望看来就要破灭了。

就在许丁再次感到绝望的时候,盖利巴将军放缓了语调说:"不过我很喜欢你!愿意帮你这个忙,让海关给你的货物先放行,回头你再补办手续。"

黄薇听了盖利巴将军的话,心里无比激动,她连忙翻译给许丁,许丁有点儿不相信自己的耳朵,他怕黄薇听错了,要她再跟盖利巴将军确认一下。

　　盖利巴将军微笑着说:"是的,我让海关给你的货物放行,不过你要遵守安哥拉的法律,该缴的税要缴。还有,你要尽快把你在安哥拉的公司注册好。"

　　许丁激动地站了起来,他握住盖利巴将军的手说:"一定!一定!"

　　许丁和黄薇从盖利巴将军的办公室出来,走到楼下,许丁才想起来,给盖利巴将军带来的两瓶茅台酒落在车上忘了带上去!

　　黄薇笑道:"那就算了,带回去我们自己喝。"

　　许丁这几天提到嗓子眼儿的心终于放回到心窝里了,他感到无比的轻松和愉悦!在罗安达街头昏暗的路灯下遥望夜空,没有月亮的晚上满天星斗,也许是空气过于洁净,每一颗星星都熠熠生辉,仿佛是缀在缎面上的钻石。这是许丁第一次这么仔细地观察罗安达的夜空,一股豪情在胸中激荡,他想吼两嗓子,唱一段京剧,刚"啊"了一声,黄薇连忙制止道:"嘿嘿嘿!小心被坏人盯上!"

　　上了车,许丁依然没法抑制自己兴奋的情绪,他给任智、钟兆、林安平、欧阳青打电话,约他们去巴西烤肉店喝酒。

　　这样的聚会上来就是高潮,许丁的情绪感染了每一个人,大家频频举杯,把红酒喝成了啤酒,很快就接二连三地倒下了。

　　在酒桌上始终清醒的是任智,自然最后收拾残局的也是任智,看到倒下的一片,任智让自己带过来的车送钟兆回去,自己开了许丁的面包车送其余的人。

　　在车上许丁和黄薇坐在面包车的前排,两个人都处于醉酒前期,脑子还算清醒,就是身体不听使唤。

　　许丁来安哥拉以后,外出办事总是找黄薇帮忙,黄薇跑前跑后,从来没有一丝的不情愿，还总是帮许丁出主意、想办法，许丁高兴的时候她也高兴，许丁苦闷的时候她总是想方设法地安慰许丁，有这样的人在身边，许丁心里感觉踏实了许多，可许丁除了不离口的谢谢外没有给过她报酬，连小礼物都没有送一份给她。许丁想：等我们公司做大了我一定请她加盟我们公司，给她一份高薪，或者给她一些股份。想着这些，许丁把自己沉重的脑袋靠在了黄薇的肩上。

黄薇很享受许丁对自己的那份信任和依赖，虽然许丁比自己大很多，可在黄薇面前许丁像一个大孩子，喜怒哀乐从不掩饰，有时像是大哥哥，有时又像是小弟，有时又像是哥儿们，他给了黄薇从来没有过的感觉，一份喜爱悄悄爬上了黄薇的心头，我能拥有这样的男朋友吗？

黄薇把自己的手插进许丁的臂间，又轻轻地握住了许丁的手。

任智开着许丁的面包车到了许丁的住处，梁艳出来把林安平搀扶回去了，萨瓦丽娅出来把欧阳青搀扶进去了，任智扶许丁下车的时候看到许丁和黄薇依偎在一起，两个人的胳膊挽着，手握在一起。

任智把许丁叫醒，扶他下车，许丁半梦半醒磕磕绊绊地爬下车，黄薇摇摇晃晃地想跟了下来，任智把黄薇按在座位上说："你下来干什么，先待在车上，等我把许总扶上去我们再回公司。"

黄薇含混地说："我送许总回去，他醉了，没有人照顾。"

任智没有理睬黄薇，他连拖带扶把许丁扶上楼，再扶着他躺在床上，看到自己最喜欢的一身西服已经麻麻点点、皱皱巴巴，任智很是无奈。他把许丁的鞋脱了，又小心翼翼地把自己的西服从许丁身上脱下来搭在椅子上。任智做这些的时候许丁一点儿反应都没有，看到许丁这样，任智有些不放心，可楼下车上还坐着黄薇呢！正在犹豫时旁边欧阳青的房间里传来一阵"哇哇"的呕吐声。

任智走到隔壁，看到欧阳青坐在床上，萨瓦丽娅拿着一只塑料桶，一手捂着鼻子，一手用桶接着欧阳青的呕吐物。

欧阳青呕吐了一阵躺在床上，人清醒了许多。任智问道："欧阳，你怎么样？没事吧？"

欧阳青说："没事，吐了就好了！"

任智说："我还要带黄薇回公司，你看着许总一点。"

欧阳青说："任总你走吧，我看着许总，谢谢你了！"

许丁第二天醒来的时候已是艳阳高照，明晃晃的阳光从窗口涌了进来，把房子照得通亮。

许丁躺在床上，回想昨天的事情，大叫一声："呀！误事了啊！"

许丁起身喊了声隔壁的欧阳青，便给黄薇、钟兆打电话，请他们帮忙去港口提货。

黄薇、钟兆也都是刚起床。

黄薇说她让公司的司机送她过来，顺便把面包车开过来。

钟兆说他直接到港口去，他今天也要去港口办事的。

等许丁开着车带着黄薇和欧阳青赶到港口与钟兆会合的时候已是中午12点多钟，钟兆熟门熟路带着许丁来到海关报关厅，黑人工作人员正准备下班吃午饭去，钟兆说："我帮你们填报关单，你赶紧跟他们交涉一下，看能不能赶在他们吃饭前把手续办了，他们一出去吃饭就没有个准头了，有时候下午四五点钟才回来上班，有时候下午根本不来上班了。"

许丁带着黄薇跟一个高个子黑人工作人员说明情况，刚说完，黑人工作人员起身进了后面的一间办公室，一会儿和一个五十多岁的黑人工作人员出来，年长的黑人问道："你是许丁？认识盖利巴将军？"

黄薇没有翻译给许丁，直接回答说："是的，这位先生就是许丁，是盖利巴将军的朋友。"

黑人工作人员递给许丁一纸文书说："我们先把你的货物给你，但要预扣关税，一个月内你要来补办报关手续。"

黄薇刚把黑人工作人员的话翻译给许丁，许丁一边"OK""Yes"一边向黑人工作人员竖起大拇指："谢谢！一定在一个月内补办手续。"

许丁喊钟兆一起去提货，钟兆正在帮许丁填写报关单呢，见许丁喊他，疑惑地问："不用报关啦？"

许丁说："不用报关了，通关文书都给我了，我只要预交关税就可以提货，一个月内补办报关手续。"

许丁一行进到港口货场，货场里堆满了货物，有集装箱，也有水泥、钢筋、电线杆、水管等各种建筑材料，货物毫无规律地杂乱堆放着，许丁他们找了很久才在一堆集装箱下面找到自己的货柜。钟兆跟码头吊装司机和货柜车司机都很熟悉，他帮助联系来吊车和运输车辆帮许丁运送货物。

在等候货柜运输车的时候，许丁接到了一个陌生电话，电话接通却是赵文的声音："丁子，在忙什么呢？"

许丁下意识地看看手表说："你下班了？是不是晚上没事干要请我喝酒？"

赵文说："是啊！我专门过来请你喝酒的。"

许丁开心地笑道："我们的货终于拿到了，正准备吊装呢，没工夫闲扯，没事我挂啦！"

赵文连忙说："别挂呀，我来请你喝酒的，你先来机场接我呀！"

许丁问："哪个机场？"

赵文说："罗安达还有几个机场呀！"

许丁说："你来罗安达了？"

赵文说："我想给你一个惊喜，怎么感觉你只惊不喜呀！快来机场接我吧，我们刚下飞机，今天一定让你好好惊喜一场。"

许丁惊喜道："我的乖乖，真来了呀！你等着，我去接你！"

许丁拜托钟兆和黄薇帮自己调运货物，自己开车去机场接人。

六

许丁来到机场的时候,赵文还没有从机场里面出来,他在熙熙攘攘的人群中等着赵文,和自己刚来罗安达的时候相比,这时候的罗安达机场已经是人满为患了,停车场停满了各种小车,好像是忽然之间就热闹非凡了,而且大部分是黄皮肤的中国人,恍惚到了中国的某个车站或码头。

许丁在人群中等了快一个小时,才看到赵文推着满满的一车行李从里面出来,赵文走到跟前,许丁忽然一惊,继而感到无比的惊喜,因为赵文后面跟着云琪琪,这是许丁做梦都没有想到的。

看到憔悴的许丁又瘦又黑地站在人群中,虽然还没有蓬头垢面,但凌乱的头发、疲惫的眼神、皱皱巴巴的衣服毫无掩饰地展示着许丁的生活窘况,云琪琪眼泪止不住哗哗往下流,她不知道自己怎么会忽然变得这么脆弱,和许丁分别也就两个多月的时间,这个自己再熟悉不过的男人忽然间有些陌生了,刻骨铭心的思念在见面的瞬间转化成母性的疼爱。

许丁把云琪琪紧紧地搂在怀里,他从来没有像现在这样切身地感受到他是多么爱这个女人，看到她怜爱的眼神，朝夕相处的时候没有过，初吻的时候也没有过的醉心的感觉像电流一样瞬间传遍全身，他从里到外、浑身上下都弥漫着一种幸福而温暖的感觉。

在车上，赵文讲了他辞职的经过。

索菲娅所在的歌舞团每年的演出任务少，大部分的时间都是在团里学习、排练。也不知道从什么时候开始，团里有人出去"走穴"，"走穴"是商业性演出，演出的收入自然相当可观。开始的时候是一些有名气的演员被邀请出去参加"走穴"的演出，而且还有些遮遮掩掩，可这种风气就跟流感一样，很快在演艺界传染开来，正规歌舞团的演员"走穴"反而成了主业，每年团里安排的正式演出活动就成了业余工作了。

索菲娅虽然只是舞蹈演员，但"走穴"的商业性演出规模越来越大，演出的质量要求越来越高，索菲娅这些舞蹈演员和乐队的乐手也被频繁地邀请参加各种商业性演出，这时候歌舞团各色人等的工资只是每个月的一点点补贴，大部分收入来源于商业性演出的"走穴"。

"走穴"不但使演员们先富起来，而且让他们睁眼看到了世界，他们很快弄清楚了巴黎、纽约流行的各种服饰和奢侈品牌，对奢侈品牌的追求又加剧了演员们对金钱的追求。

索菲娅身陷其中，没能超凡脱俗，她越来越追求金钱，越来越追求名牌服饰、包包和各类化妆品。赵文不能给她她所追求的这些东西，她只能频繁地参加各类"走穴"。慢慢地，她变了，和赵文的交往、交流也少了，开始出去走穴的时候每天都给赵文打电话报平安，走穴回来时还给赵文带一些服装、鞋帽之类的礼物，后来不带礼物了，也难得打一次电话。赵文想跟她好好谈谈，开了几次口，两个人根本不在一个频道上，谈不到一起，慢慢两个人联系就少了，他们本来也就是男女朋友的关系，也没有说分手，两个人就断了。

赵文和索菲娅的关系虽然也是温水煮青蛙慢慢断的，但与索菲娅彻底分手后赵文还是消沉了一段时间，而这时候的赵文像关云长走麦城一样又发生了一件事情。

赵文和同事在抓捕一名逃犯的时候，犯罪嫌疑人开车直接撞向了警察，造成参与抓捕的警察一死两伤，赵文就是受伤的警察之一。

韩大夫赶到医院，看到了缠着绷带的赵文，还好，只是伤到膀子，缝了好多针，赵文没事人一样，可韩大夫的心却悬起来了。

韩大夫知道干警察这一行是有危险的，可毕竟意识和现实是有差别的，意识到的危险忽然变成了现实，韩大夫心里很后怕。自从丈夫去世后，韩大夫对两个儿子倍加呵护，她想把两个儿子培养好，这是对丈夫最好的怀念，这也是她不肯再婚的唯一原因，她怕心有旁骛了怠慢儿子，她怕再婚会给儿子造成心理阴影，她把全部的爱和希望都放在两个儿子身上。

几天后赵文出院，韩大夫跟赵文进行了一次长谈，了解儿子的全部想法后韩大夫同意赵文辞职去非洲做生意，韩大夫想到既然儿子有这么坚定的想法，而去非洲的危险系数并不比在国内做警察高，便同意了。她唯一的希望是儿子要注意安全。

赵文辞职的事他没有告诉许丁，因为许丁正在为拿不到货物着急呢，他想尽快去罗安达和许丁一起努力。

云琪琪知道了赵文正在办去非洲的手续，她跟赵文商量，想请几天假去安哥拉看许丁。

看到云琪琪迫不及待的心情，赵文同意了，他们一起出发，想给许丁一个大大的惊喜！

许丁在车上知道了这一切，心里感到很温暖，自己的爱人和兄弟来到了身边，预示着最困难的时期已经过去，心里充满着希望和憧憬。

到了驻地，许丁让云琪琪先上楼去休息，他和赵文把行李搬进房子里。

云琪琪上到二楼，进屋看到一个黑人女孩只穿着内衣躺在里屋的床上，云琪琪心里咯噔一下，双腿发软，她做梦也没有想到许丁会做出这么出格的事，她把行李箱丢在地上，一屁股坐在行李箱上。

起居室的动静惊动了躺在床上的萨瓦丽娅，萨瓦丽娅起床走到起居室，看到一个漂亮的中国女孩沮丧地坐在箱子上，萨瓦丽娅的中国话有了很大的进步，她向云琪琪伸出手说："你好！你是从中国来的吗？"

云琪琪惊讶地抬起头，这是一个还没有完全发育成熟的黑人女孩，清澈的双目天真无邪，居然还能讲中国话。云琪琪好奇地质问道："你是谁？怎么和许丁住在一起？"

萨瓦丽娅大大方方地说："我叫萨瓦丽娅。"萨瓦丽娅不知道云琪琪说的住在一起是什么含义，开心地说："我、许和青，我们三个人住在一起呀。"

听萨瓦丽娅说她和许丁、欧阳青三个人住在一起，云琪琪感觉一股怒火在心头点燃，她没有想到许丁会堕落到这种地步，她站了起来，一脚踢开箱子，气冲冲地跑下楼去。

许丁和赵文收拾完行李正准备上楼，看到云琪琪气冲冲地从楼上下来，许丁正感到奇怪，抬头看见穿着内衣的萨瓦丽娅跟在后面，许丁好像明白了什么，他一把拉住云琪琪说："这是萨瓦丽娅，欧阳青的女朋友。"

云琪琪将信将疑地问："也是你的女朋友吧？"

许丁又好气又好笑地说："你瞎说啥呀！他们要结婚了呢！"

云琪琪一愣，心中的火苗仿佛被水浇灭，可脸上的气恼一下子抹不下来，她回头看看萨瓦丽娅说："看她穿成这样。"

许丁知道云琪琪的气消了，他拍拍她的脑袋说："这不更说明我经受住了考验吗？"

许丁把赵文和云琪琪带到楼上，安顿好住处，交代完注意事项，便给他们下面条吃。

平时许丁的一天三顿饭是毫无规律的，有时候在外面随便吃点儿，有时候到中资企业和朋友那里混一顿，大部分时间还是去林安平那里吃。

欧阳青很会做饭，特别是和萨瓦丽娅好上以后，欧阳青买来了全套炊具，一天三顿想着法儿给萨瓦丽娅做好吃的，开始的时候萨瓦丽娅吃不习惯欧阳青做的稀饭、馒头、面条这些东西，她觉得一点味道都没有，她喜欢吃面包和烧烤食物，后来慢慢习惯了欧阳青做的中国食物，欧阳青也学会了把食物烤着吃，时中时西，两个人的日子过得有滋有味。许丁觉得和他们俩在一起自己成了多余的人，所以很少和他们掺和在一起吃饭，只是有时候自己在家煮点儿面条吃。

中午已经过了午饭时间，许丁不好再麻烦梁艳给做一顿饭，他想先给他们煮碗面条，晚上再好好庆祝一下。

许丁在兼做起居室的厨房下面条，云琪琪过来帮忙，看到许丁倒了一大瓶纯净水到锅里，云琪琪惊讶地问："你用瓶装水下面条呀?太奢侈了吧!"

许丁说："刚才跟你讲过了啊，罗安达没有自来水，水箱里的水只能洗澡、洗衣服，千万不能喝，煮饭、刷牙都要用瓶装水。"

云琪琪伸了伸舌头，她看看除了面条外既没有生姜、蒜，也没有青菜、肉丝，更没有酱油和醋，她问道："你这就是白水煮面条，啥作料配菜都没有怎么吃呀？"

许丁笑着指指一袋盐说："有盐。"

云琪琪问："你平时就吃这些？"

许丁安慰道："平时经常在外面改善生活的，只是偶尔这样来一顿。"

许丁轻松的调侃，在云琪琪听来却是字字千斤，没有想到许丁在罗安达的生活是这样的艰辛，许丁告诉她的都是好的一面、乐观的一面，他怕她担心。她的眼睛湿润了，有泪珠在眼眶里打转。许丁看到云琪琪的样子,连忙安慰道:"傻瓜,我可不是天天这样的,晚上你看看我的奢华生活。"

云琪琪接过许丁手中的筷子和锅铲说:"我来吧,你站在旁边吹牛就行了。"

货物拿到了,云琪琪和赵文也到了罗安达,许丁很开心。他要给云琪琪和赵文搞一个热情的欢迎宴会,把在罗安达认识的朋友都请过来。

许丁在伊利亚半岛的中餐馆订了个包房,四点多钟他就带着赵文和云琪琪一起到了餐厅。

赵文和云琪琪是第一次看到大西洋,走上二楼的敞开式平台仿佛置身于大洋之中,西斜的太阳收敛起了耀眼的光芒,慢慢蜕变成一颗红彤彤的火球悬挂着,天空蔚蓝,没有一丝云彩,海水也是湛蓝色的,放眼望去海天一色,海鸟在这蔚蓝的天空下翻飞,灰白色的羽毛被余晖染了层金色,半岛岸边的树上歇满了成群的海鸟,偶尔飞起黑压压一片,海滩上有几个黑人小孩在嬉戏,一会儿扑进海里,一会儿奔跑在沙滩上,海风徐徐吹来,既温暖又温柔。

第一次面对这样的美景,云琪琪和赵文感到无比陶醉,从下飞机起就感受到的破旧和脏乱的印象在心中抹去了不少。

当红彤彤的火球慢慢沉入海水里的时候,许丁请的客人也基本都到齐了,只是缺了黄薇,新来了沈艺。

任智接到许丁邀请的时候就通知了黄薇,可平时很随和的黄薇这次却坚决表示不参加。

这段时间黄薇成了许丁的编外员工,大部分时间在帮许丁的忙,许丁和黄薇都是那种外向型的性格,没心没肺,不设防,两个人脾气秉性很投缘,许丁高兴的时候黄薇也跟着高兴,许丁遇到困难的时候她也跟着着急,慢慢地,黄薇在心中对许丁生出了情愫,她不知道许丁对自己有没有这样的情愫，有时候觉得许丁大大咧咧，有时候又觉得他很细心体贴。前几天许丁拿不到货着急上火，她很心疼他，总是想安慰他，昨天晚上盖利巴将军答应帮他，她真心替他高兴呀！晚上酒喝多了，她想试探一下他，当许丁靠在她的肩膀上的时候，她抱紧许丁的膀子，紧紧握住许丁的手，她感受到许丁的手有微微的颤抖，她很激动，紧紧地把许丁拥在怀里，她觉得他就是自己心仪的男人。

可一觉醒来，心中美好的感觉灰飞烟灭，她不知道是应该恨自己还是怪许丁，她不想再走近许丁，要把这段萌芽的感情掐死，所以任智通知她的时候她坚决地拒绝了。

任智隐隐约约似乎明白什么，他能看出黄薇对许丁的那份情愫，但没有摆明的事情他也不好多说什么，不去也好，免得酒后出现什么意外的状况。任智觉得这么多人聚会不带一个翻译不好，于是她叫了"七朵芙蓉"中的另外一朵芙蓉沈艺，沈艺是黄薇的同学兼闺密，只是两个人的性格一个外向一个内向。

许丁见黄薇没来，心里很失望，在罗安达这段时间，可以说给他帮助最大的是黄薇了，除了业务上的帮助，精神上也给予他莫大的安慰，昨天晚上他喝醉了，可迷迷糊糊中他感觉到靠在黄薇的肩上格外的踏实和温暖，他感受到了黄薇的亲昵，他想拒绝，可又于心不忍，他知道自己不能越界，可又怕伤害到她，还好是在醉酒中，还好琪琪来了。

许丁见到沈艺的时候，眼睛忽然一亮，这姑娘皮肤太白了，白得耀眼，但也不是那种像瓷一样生硬的白，而是白里透红，红里泛粉，仿佛是一束樱花忽然在你面前盛开。

许丁安排沈艺坐在赵文旁边。

有几个相互不熟悉的人，还有几位美女在，开始的时候大家都有一些拘谨，干了几杯酒后大家慢慢就放轻松了，许丁和钟兆更是段子不少，逗得大家频频举杯。云琪琪平时不喝酒，今天是宴会的女主人，又是接风酒,自然是桌上敬酒的主要对象,几杯红酒下去已是满面桃花,眼波荡漾,许丁怕云琪琪喝醉,开始给她代酒。沈艺看着很文静,话也不多,可酒量惊人,有人敬酒来者不拒,她不回敬别人,只和坐在旁边的赵文举杯。赵文的酒量也不小,除了和沈艺喝酒还要回敬桌上其他人,很快就满脸通红。许丁想起赵文是个小白脸,他跟赵文和沈艺开玩笑说:"你们俩站在一起就是两只小白兔!"

任智接话道:"不对,是一只小白兔、一棵小白菜!"

钟兆起哄道:"谁是小白兔谁是小白菜呢?"

大家便让他们俩自己选,还要背对背地选。巧的是他们俩都要当小白菜,大家起哄,让他们俩共饮了满满一杯红酒。

许丁重点关照的是萨瓦丽娅,他想把萨瓦丽娅灌醉,因为他有个小心思,萨瓦丽娅和欧阳青同居在一起,基本上每天晚上两个人在房间里闹腾半宿,激越的叫唤声让许丁备受煎熬,现在屋子里多了云琪琪和赵文,他不想第一晚就让他们感受这尴尬的一幕,特别是云琪琪在这样的环境里不知道会怎么想,他想把萨瓦丽娅灌醉,让他们消停一晚上。许丁知道萨瓦丽娅能喝酒,可许丁给萨瓦丽娅敬酒的时候都被欧阳青代了,许丁生气道:"欧阳,你啥意思啊!这么护着你媳妇。"

欧阳青把许丁拉到一旁,悄悄说:"她有啦!"

许丁脑子一时没有转过弯来:"有啥啦?"

欧阳青有点不好意思地说:"怀宝宝啦!"

许丁一听大喜,他回到桌上向大家宣布:"来来来,我们一起举杯,祝贺欧阳要当爸爸啦!"

桌上的人纷纷举杯祝贺。

宴会散场的时候又是只有任智一人独醒,他安排车把人一个个送走。

赵文来了,许丁一下子轻松了许多,他让赵文带着欧阳青和萨瓦丽娅出货,自己带着云琪琪在罗安达市里转转。

罗安达城区很小,也没啥好转的,云琪琪让许丁带着去全市唯一的一家超市,采购了满满一车吃的用的,在家给他们做了一顿丰盛的晚餐。晚上许丁拥着云琪琪说:"有你就有家,有家就有温暖。"

云琪琪爱抚着许丁说:"你在这边太辛苦了!不行就回去吧,还是国内好!"

许丁安慰道:"这边变化很大,会好起来的,你放心,我能照顾好自己。"

云琪琪来了几天,每天晚上都只是用瓶装水打湿的毛巾擦身子,实在受不了了,她问许丁:"能不能洗个澡呀!身上都馊了!"

许丁想想,条件最好的是钟兆那里,他们租了一套带院子的别墅,在院子里种了不少蔬菜,还打了水井,装了自来水,从国内带了厨师来,只有国有大公司才有这样的好条件啊。

许丁给钟兆打电话:"钟总,我媳妇想洗澡,这条件可能只有你那里有吧?能不能让我们奢侈一回。"

钟兆调侃道:"你媳妇来洗澡随时欢迎,你就不欢迎了!"

见到许丁和云琪琪,钟兆很高兴,他一边安排云琪琪去房间洗澡,一边吩咐厨房准备客饭,留许丁和云琪琪在这里吃晚饭,还让许丁打电话把赵文也喊过来。

在许丁的记忆中,这是在罗安达吃到的最可口的一顿饭菜了,正宗的川菜,蔬菜都是自己院子里种的,在罗安达能吃上蔬菜是很奢侈的,不要说价格,根本买不到时令蔬菜,唯一能买到的蔬菜是土豆,超市价2000多宽扎1公斤,合人民币50多元1斤。钟兆公司的一顿饭让许丁记挂了许多年,直到现在,只要说起什么好吃的菜,许丁会毫不犹豫地说:"钟兆公司的青椒肉丝最好吃!"

云琪琪在罗安达待了一个星期便回国去了，许丁和赵文一边出货一边办理公司注册手续。

他们这批货整整 16 个集装箱，许丁在驻地附近租了栋房子做仓库，房子很破旧，但是很大，还带有一个小院子，集装箱就码放在院子里。这段时间院子门口每天从早到晚人山人海，这里成了小商品集散地，罗安达晚上大部分时间没电，所以每天的出货时间是早 6 点到晚 6 点，午饭基本上是白水就面包，一天下来人都累趴下了。

用了三十多天的时间，这批货才全部出完，赵文跟许丁商量说："我们这一个点出货太辛苦也太慢了，货要再多肯定忙不过来，货出完我们又没事干，忙闲不均，我们要搞批零兼营才行，在罗安达城里开几家商店做零售，价格还可以再高一点儿。"

许丁觉得赵文说得很有道理，于是他们在城里考察租房，在注册公司的时候一并注册开办了五家零售商店。房子租好了，商店也注册了，员工怎么办？许丁想起刚来的时候对欧阳青的承诺，他跟赵文商量好，让欧阳青和萨瓦丽娅两个人负责招聘员工，管理五家零售商店的事。

等罗安达这边的事情办得差不多了，许丁又回到国内和何守月一起采购发运第二批货物。

七

　　赵文留在罗安达想租一个更大的仓库或者货场,看了不少地方,同时又和欧阳青一起装修整理商场,为开业做准备。

　　赵文在外面跑这些事情的时候都是请沈艺帮忙做翻译。自从黄薇和许丁之间的情感纠葛发生后,黄薇拒绝与许丁和赵文来往,每次赵文和许丁找任智借翻译,任智只好安排沈艺去。开始的时候沈艺不是很情愿,因为她知道黄薇和许丁之间的感情纠葛,虽然她知道不能全怪许丁,但心里总是护着闺密。

　　沈艺陪着赵文到处跑,很辛苦,赵文很过意不去,就尽量关心她的生活,每次出门办事一定会开车去中 D 公司接她,办完事先送她回公司。赵文知道沈艺爱吃零食,出门的时候车上总准备着零食,让沈艺一路上不停嘴。沈艺爱吃木瓜,赵文削好木瓜,用带盖的塑料碗装着,上车的时候就递给她。后来赵文还知道了沈艺的生理期,在沈艺的生理期,赵文就用保温杯给她带热水,不让她喝凉水。赵文把每天的工作安排有序,不让她太累。

　　沈艺是一个感情细腻的女孩,她感觉到了赵文无微不至的关怀和细心的呵护,少女的情窦慢慢打开。只要和赵文在一起的时候她就很开心,笑声像银铃般清脆悦耳。

一天下午,赵文带着沈艺去海关办事,回来时有些晚了。从海关出来到滨海公路有一段土路,土路坑坑洼洼,平时车少人也少。赵文驾车行驶在这段土路上,忽然有一辆摩托车从后面超了上来,一个急刹车横在了路中间。赵文只得把车停了下来。摩托车上两个黑人走到驾驶室旁,敲了下车窗。赵文打开车窗,两个黑人示意赵文下车。赵文正犹豫间,一支黑洞洞的枪口顶在了赵文头上。赵文对枪很熟悉,也喜欢玩枪,可这是第一次被别人用枪顶着自己,他知道一定是遇到歹徒了。

坐在副驾驶位的沈艺开始还不知道发生了什么事情,只听到黑人说:"下车,下车。"

当她看到一个黑人拿枪顶着赵文的头的时候吓了一跳,这是她平生第一次看到实实在在的枪,她本能地惊叫一声。另一个黑人跑过来拉开车门把沈艺拽了下来。

拿枪的黑人把赵文和沈艺逼在车旁,让他们把手机、手表和身上的现金全部掏了出来。另外一个黑人在车上搜寻,把赵文的手提包搜了出来,黑人打开手提包,里面有一大沓美元现钞,两个歹徒兴奋不已。

拿枪的歹徒对着赵文使劲踹了几脚,把赵文打倒在地,另外一个黑人上车发动了赵文的面包车招呼同伴上车,拿枪的黑人走到车门口准备上车,他看看蹲在车旁的沈艺,一把拽起沈艺往车上推,沈艺尖叫着拼命挣扎。

见此情景,躺倒在地的赵文一个鹞子翻身,在起身的同时一把抓住了持枪歹徒的膀子,顺手往后拧,歹徒本能地扣动了手枪扳机,子弹射向了天空,歹徒没有来得及第二次扣动扳机,胳膊就被赵文别过了头顶,手枪从手中脱落下来掉在地上。这个黑人虽然个子不高,但长得十分壮实,赵文本来想把他抵在车门口,让他不能动弹,没想到这个黑人力大无比,他一发力就掀开了赵文。赵文知道这是生死一搏,在被黑人掀开的刹那他抓住黑人的上衣,借力撤到黑人的身后,左手用力掏向黑人的裆部,黑人号叫一声蹲了下去,赵文连忙捡起地上的手枪。车上的黑人看到了赵文和他的同伙搏斗的一幕,他连忙从车上下来,绕过车头举着一把砍刀冲了过来,赵文用枪指着持刀的黑人,大声呵斥道:"站住!"

持刀的黑人看到黑洞洞的枪口站住了,赵文示意他放下砍刀,黑人犹豫了一下,把刀丢在了地上。赵文把两个黑人推到路边,让他们蹲下,回头对沈艺说:"赶快上车。"

赵文把地上的砍刀捡起来,持枪退到车边,立刻上车开走了。

这是一段土路,路面坑坑洼洼,还有很多的水坑,赵文开的面包车跑不起来。赵文知道被缴了手枪和砍刀的黑人应该不敢追来,只要车不熄火,不趴窝就行,十几分钟的路程感觉走了几个小时。当面包车终于驶上海滨公路的时候,赵文才长长地舒了一口气,公路上车来人往,就在城中心,再胆大的歹徒也不敢在这里作案了。

沈艺瘫倒在副驾驶座位上,她感到四肢软绵绵的,没有一丝力气,胸口依然怦怦直跳,刚才的一幕像放电影一样在自己脑海里不断闪现。当歹徒拿枪指着赵文的时候她并没有感到太害怕,因为事发突然,还没有评估出事态的严重性。后来劫匪洗劫了他们的财物,她心里很害怕,但并没有感到不可收拾的惊恐,毕竟财产的损失是有限的伤害。再后来歹徒殴打赵文,并想把她拖上车带走的时候,巨大的恐惧笼罩了心头,她感觉世界末日就要到来的惊慌,她不敢想象被黑人带走的后果,她拼命挣扎着,呼喊着。黑人的力气很大,她的挣扎和呼喊毫无作用,眼看黑人就要把她推上车了,就在她感到极度绝望的时候,她看到赵文飞身扑向劫匪,枪响的刹那她几乎晕了过去。后来的搏斗她没有看清楚,庆幸的是赵文控制住了两名歹徒。

一路上沈艺都没有缓过劲儿来,她就一动不动地瘫坐在座椅上,直到快到驻地的时候她才幽幽地说:"你怎么敢扑向歹徒的枪口呢?"

赵文平静地说:"歹徒抢劫财物的时候我能忍受,歹徒殴打我的时候我也能忍受,可是我绝对不能让他们伤害到你,后来他们想带走你,我就只能拼死一搏了,只要我活着就不会让你受伤害。"

赵文的话像子弹一样射中了沈艺的心脏,她听到了自己的心脏被击中的声音,脑子里一片空白,浑身的血液像开水一样咕嘟咕嘟直冒泡,在生死的瞬间,有个男人为自己拼命,这种感觉是一般人体会不到的,她想起了一句话:除了生死,其他都是小事。她深切地感受到这是一个可以终身依靠的男人,她有一种扑进他怀里的冲动,看着夜色中赵文柔和的脸庞,她往赵文身边挪了挪身子,伸出手握住赵文抓在方向盘上的手,把头靠在了赵文肩上。

赵文勇斗歹徒的事迹很快在华人圈传开,当地刚开办的一家华人报纸还专门做了一篇报道,赵文和沈艺的恋情也成了华人圈的一段佳话。

许丁和何守月在国内组织的新一批货物运来了,广渠国际一个批发中心、五家自营商店同时开业,广渠国际一下子成了罗安达甚至整个安哥拉最大的日常生活商品供应商,公司化的运作方式也逐步形成。

八

　　而这时候欧阳青再一次成了罗安达的新闻人物。

　　欧阳青的第一件新闻是黑人老婆萨瓦丽娅生了个儿子，这是已知的第一个中安混血儿，儿子虽然是黑皮肤，但眉眼之间还是有明显的中国人的印记，欧阳青自然很高兴，给自己的儿子取名欧阳豫罗，儿子名字表明了父亲是河南人，母亲是罗安达人。欧阳青带萨瓦丽娅回过一次中国，自然在老家也成了名人，一时间河南来安哥拉务工的人蜂拥而至。

　　欧阳青的第二件新闻就不是什么喜事了。

　　按照公司的安排，欧阳青和萨瓦丽娅负责五家自营商店的业务，主要工作就是管理招聘的当地员工，每天上午给每家商店上货，下午4点开始去商店收当天的营业款。许丁和赵文都买了越野车，欧阳青每天就开着那辆面包车送货、收款。这些事情以前都是欧阳青和萨瓦丽娅一起干，萨瓦丽娅刚生完孩子不久，大部分时间就在家里忙孩子的事情，欧阳青只能起早贪黑，一个人忙得不可开交。

　　出事这天是周末，几家商店的生意特别好，欧阳青收完营业款后已经是下午 5 点多钟，他把车开到一家当地银行门口，准备把钱存到银行去。他拎着钱袋打开车门，正要下车，面前忽然站出来一个黑人，黑洞洞的枪口顶在了胸口。欧阳青以为黑人要抢钱，他把钱袋递给黑人，可黑人把他推上了车，另外一个黑人已经坐在了副驾驶座位上，两个黑人一个在旁边，一个在后面，两支枪对着欧阳青，黑人说："开车！走！"

欧阳青的葡语已经很熟练，他当过兵，玩过几年枪，面对这样的局面心里不是很害怕，他冷静地对黑人说："钱都在这里，你们拿去吧。"

听到欧阳青讲葡语，两个黑人愣了一会儿，但依然用枪捅了一下欧阳青说："少废话，快走！"

欧阳青看看没有什么反抗的机会，只得发动车按照黑人的指示开车走。

欧阳青开着车一路向西，出了城再向南，跑了一个多小时拐进了一片棚户区。

棚户区很大，土坯的房子，塑料的、铁皮的棚子一栋挨一栋挤在一起，没有像样的街道，全是坑坑洼洼的土路，五颜六色的垃圾遍地都是，散发着恶臭的污水恣意流淌，污水在一些地势低洼的地方形成了臭水坑，成堆的苍蝇歇在臭水坑周围，有人经过漫天飞舞。

面包车在棚户区七拐八拐开进了一个小院子，院子不大，里面有一排平房，房子和围墙都是土坯垒成。这时候天色已经黑了下来，两个黑人和房子里出来的另外两个黑人把欧阳青押进平房里，一个黑人拿绳子把欧阳青绑了，再给欧阳青的头上戴了个黑布套。

欧阳青只能任凭黑人摆布，他知道这时候反抗只是徒劳，他不知道这伙黑人想干什么，抢钱吗？袋子里面有五个商店一天的营业款，对一般黑人来说也是一笔巨款了，可他们为什么还要把他抓了来呢？是绑架吗？自己只是一个打工仔，就算误会了也只是一个小商人、小老板，把自己绑来没有什么用处呀。绳子绑得很紧，欧阳青动弹不了，他坐在地上感觉又饥又渴又怕，更难受的是浑身叮满了蚊子，欧阳青能感觉到蚊子把那尖尖的口器插进自己的皮肤里，一点点吸食着自己的血液，又痒又疼。他扭动着身体，想赶走吸附在身上的蚊子，动一动感觉好些了，可刚停下来，新的一批蚊子又叮满全身，欧阳青觉得这样的折磨比被砍上几刀更难受。

慢慢地，欧阳青麻木了，在这寂静的黑夜中欧阳青想到了赵文，想到了许丁，这时候他们应该知道自己失踪了吧，他们会怎么办呢？报警，警察会找到这里来吗？要是警察找不到自己，黑人会把他怎么样？他有些后悔在银行的门口没有反抗，也许那时候反抗还是有一线机会逃脱的，他当时也想过，觉得自己制服一个持枪的黑人没有问题，但要在近距离同时制服两个黑人他没有把握，所以他犹豫了，现在看来也只有寄希望于警察了。

后来欧阳青有些困了，他迷糊了一会儿，梦见了萨瓦丽娅和自己的儿子，只一会儿工夫，欧阳青马上清醒过来，他特别想萨瓦丽娅和自己的儿子，儿子还不会知道发生了什么，可萨瓦丽娅一定焦急万分，欧阳青想着萨瓦丽娅和儿子，心里也焦急起来，他想喊几声，张开嘴嗓子干渴得冒烟，他使了好大的劲儿呼喊，喊出来的只是几声低沉的呜咽声。

许丁和赵文吃完晚饭，天已经完全黑了。停了电，他们在房间里点了几根蜡烛。这是他们新租的房子，和刚来时租住的萨瓦丽娅家的房子在同一条小街道上。不过这里比萨瓦丽娅家的房子宽敞许多，房子前面有一个小院子，后面有一排平房，许丁他们租下了整个院子，前面两层小楼住人，后面平房堆货，他们打了水井，自己装了自来水，生活条件大为改善。特别是以前这个院子的主人养了一条狗，看着跟国内的土狗一样，不白、不黄、不灰，看不出是什么毛色，站起来有半人高。别看是一条很大的狗，可这条狗长得慈眉善目，亲切极了，狗眼里充满友善和温驯,看一眼就让人觉得亲近。相由心生,它的性格和长相一样,只要见到人,不管是生人还是熟人它就往跟前凑,一会儿四肢着地趴在你面前,尾巴不停地摆动,一会儿用身体在你腿上蹭,用舌头舔你的手,只要你对它稍微表示一下亲昵,它便高兴得手舞足蹈,在院子里疯跑一圈,仿佛得了金牌的冠军一样。而且这条狗只在院子里活动,人要是进到屋子里去了,它就趴在门口眼巴巴地望着你,你要让它进屋它会赖在地上怎么都不会进去。许丁和赵文出门的时候狗就摇尾乞怜地跟在他们后面,只要许丁和赵文走出院门,狗就站在门口目送着他们离开,满眼都是不舍;许丁和赵文回来的时候狗就欢天喜地地站在门口迎接,那份期待的表情让人忍不住蹲下身子搂抱它一下,轻轻的搂抱和抚摸就会让它欢欣鼓舞。如果你在院子里晒衣服、收衣服或干点什么的时候,它会围着你团团转,总想帮你一把。见过这条狗的人都说这是见过的最善良、最温驯、最通人性的狗了。平时许丁和赵文下班回来和狗玩耍成了他们最喜欢的娱乐活动。

许丁和赵文他们搬到新家的时候问欧阳青搬不搬过来一起住,这时候萨瓦丽娅已经快生产了,欧阳青和萨瓦丽娅一家人住在一起,吃在一起,俨然一家人一样,欧阳青也愿意过一大家人在一起的日子。反正隔壁左右住着,欧阳青就没有搬过来,仍然住在萨瓦丽娅家。

欧阳青和萨瓦丽娅好上以后,他按照中国的礼节买了一大堆礼物去拜访了萨瓦丽娅的父母和家人。萨瓦丽娅的父母很喜欢这个中国女婿,还举办了一个很热闹的家庭聚会庆祝了一番,从此以后他们就跟家人一样生活在一起。欧阳青觉得和他们生活在一起很轻松,因为黑人没有小心思,想法和行动都是一致的,喜欢和不喜欢、高兴和不高兴都会说出来,所以你不会担心对方的感觉,人际关系很轻松、很简单。唯一让欧阳青和萨瓦丽娅感到不习惯的是饮食。欧阳青喜欢吃中国的面食,面条、馒头、花卷、饺子,肉食以炖为主,炖猪肉、炖牛肉、炖鸡,炖出来的汤鲜美无比，这些他都喜欢吃，而且欧阳青会做饭，这些面食和炖汤他样样做得都挺好，有时候也会炒菜。而萨瓦丽娅除了饺子，欧阳青做的其他饭菜都不爱吃。萨瓦丽娅和她的家人吃的都是非洲西餐，除了面包以外大部分是烤制食物，烤牛肉、烤羊肉、烤鸡、烤鱼，更多的时候是把棒子面和苜蓿粉拌成糊糊煮熟了放上盐巴和香料吃。开始的时候欧阳青很不适应这样的饮食，后来才慢慢适应。现在他每天都和他们在一起吃饭，周末的时候他也会给家里人包饺子，自己想吃中国菜的时候就跑去跟许丁和赵文他们一起吃。欧阳青觉得自己的生活很幸福，特别是有了儿子以后更觉得自己的生活充满阳光。

赵文和许丁准备睡觉的时候，萨瓦丽娅急匆匆地跑了过来，问道："青去哪里了？这么晚还没有回家呢！"

许丁和赵文一愣，天这么晚了，欧阳青还没回家，这不正常啊！车坏了？店里面有事耽误了？赵文连忙给欧阳青打电话，手机铃声响了很久才接通，可接电话的不是欧阳青，赵文问道："你是谁？欧阳青呢？"

对方讲了几句葡语，赵文的葡语半生不熟，他把手机交给许丁，许丁的葡语已经很地道，他接过电话用葡语问对方："怎么回事？"

对方说："这个手机的主人是你什么人？"

许丁问："他是我兄弟，怎么啦？"

对方说："你的兄弟在我们手里，我们需要10万美元才能放他，你赶快准备钱吧！"

许丁一听，心里咯噔一下，不好！欧阳青出事了。他问对方："我的兄弟怎么啦？他现在在哪里？"

对方说："你兄弟现在活得好好的，但天亮前如果拿不到10万美元，他就会变成一具尸体。"

许丁连忙说："好好好，我给你钱，你千万不要伤害我的兄弟。"

对方说："那你马上送钱过来。"

许丁想这么晚了到哪里去凑这 10 万美元呢,他试探地问道:"这么晚了,我们手上没有这么多的现金啊,我们也是来罗安达做生意的,拿不出这么多的现金呀!"

对方停顿了好久,手机里隐隐约约传来几个人商量的声音,然后对方问道:"你能拿出多少钱来?"

许丁听对方的口气好像还有商量的余地,他觉得太少了可能不行,便试探性地说:"我看能不能凑到 5 万美元。"

没想到对方很爽快地说:"5 万就 5 万,你要马上送来,不许报警,你兄弟的性命在我们手上。"

许丁问:"我把钱送到哪里呢?"

对方说:"你拿上钱,开车到环城公路维耶拉这里再给我打电话。"

对方挂了电话,许丁把情况跟赵文和萨瓦丽娅说了,萨瓦丽娅一听就着急了,她拉着许丁的手说:"许,这是怎么回事呀!他很危险吗?你一定要救他! 我和孩子都等着他呢!"

许丁安慰道:"我们想办法! 一定救他!"

萨瓦丽娅蹲在地上"呜呜"地哭了起来。

赵文和许丁商量道:"我们赶紧报警吧? 或者直接找盖利巴将军,让军队出面找人。"

许丁说:"在安哥拉从来没有听说过绑架这种事,以前都是抢劫和偷窃,现在怎么会有绑架了! 军队和警察可能一下子都摸不清头绪,到哪里去找人,我们还是先准备钱吧。"

手上一下子拿不出 5 万美元现金,许丁只好找住在附近的林安平和任智借,林安平和任智大致问了一下情况,连忙带着钱赶了过来。

钱是凑齐了,许丁和赵文准备带着钱去绑匪指定的地方救人,林安平劝道:"不行,不行,具体情况不是很清楚,我们也不了解绑匪的行事规则,按说黑人是想不出绑架这些复杂的方法的,你们不能贸然行动,最好找警察陪你们一起去。"

许丁说:"要找警察就没这么简单了,警察会按他们的方式处理,按他们的办事效率要弄清楚绑架这件事都要半天时间呢,那就来不及了。"

任智说:"要不找个黑人出面带钱去找绑匪,黑人了解黑人的行事规则,绑匪知道黑人只是中间人,也不会把他怎么样。"

赵文觉得任智的想法有道理,他马上想到了公司招聘的黑人司机高斯塔。

赵文来罗安达后不久,他们忙着注册公司,租房子开店,租仓库、住房。罗安达没有公交车,也没有的士,当地人出行的交通工具全靠摩托车和小中巴车,罗安达的中巴车都是二手的面包车,按政府的要求全部刷成蓝色,当地人叫小蓝巴,小蓝巴破破烂烂,车上人总是挤得满满的。

许丁和赵文觉得要在这边发展首先要解决好交通问题,于是他们商量买了两辆丰田越野车,还招聘了一个司机,招聘来的这个司机就是高斯塔。

说来也是有缘,公司招聘司机的时候只在门口贴了一张招聘告示,第二天就来了一大群应聘的黑人,许丁让赵文去挑一个。

赵文站在门口扫了一眼应聘的人群,一眼就看中了高斯塔,也是因为高斯塔在这群人中太显眼了。

赵文在一大群衣衫不整的黑人中看到一个黑人穿着白色的长袖衬衫,衬衫干净整洁,连袖扣都规规整整地扣着,下身穿着一条黑色的长裤,脚上穿着一双黑色的皮鞋,皮鞋还擦得锃亮,怎么看都是写字楼里出来的白领,就连中国公司的高管在罗安达平时也很少穿得这么规整。

赵文把这个黑人叫进屋子里,这个黑人坐在沙发上腰杆挺得笔直,赵文问道:"你叫什么名字?多大年纪?"

这个黑人说:"我叫高斯塔,今年 47 岁。"

赵文问道:"你当过兵?"

高斯塔回答说:"内战时期我是军队的上尉连长,战争结束后我转到罗安达警察局任分队长。"

听到高斯塔的自我介绍,赵文心中升起了几分敬意和好感,难怪他有这样的穿着和气度,原来是受过良好训练的军人和警察。

坐在一旁的许丁也来了兴趣,他问道:"警察分队长很厉害的,你怎么又不干了呢?"

高斯塔有些窘迫地说:"因为我喜欢开车,还喜欢开快车,撞死人了,所以警察局把我开除了。"

许丁和赵文没有想到是这样的一种情况,不过他们觉得高斯塔是一个十分诚实的人,在应聘当司机的时候还能承认自己开车撞死过人,这份诚实很难得。许丁和赵文当即决定聘用高斯塔。

后来证明高斯塔确实是一个十分优秀的员工,具有良好的素质。

高斯塔爱干净,也爱车,每天下班前都会把车擦洗得干干净净,许丁和赵文上下车的时候他都会帮着开关车门,就像一个保镖一样;高斯塔自己也很讲究,每天上班都是穿着整齐,长袖衬衣、长裤子,不管天气有多热,衬衣的袖扣都规规矩矩地扣着,他有两双皮鞋,深色的裤子配黑色的皮鞋,浅色的裤子配棕色的皮鞋,衬衣和长裤都烫得平平整整。高斯塔这身装束让公司的形象增色不少,现在许丁和赵文出门的时候也不得不打理一下自己的着装。

除了这些生活细节外,高斯塔也是一个正直诚实的人。有一次欧阳青把面包车停在马路边去办事,等办完事出来,车不见了,他问收他停车费的小孩,小孩说:"这里不让停车,刚才警察把你的车拖走了,我拦没拦住。"

欧阳青生气道:"这里不让停车你还收我的停车费?你收了我的停车费就应该帮我看好车!"

小孩笑着说:"我只管收停车费,警察我管不了。"

欧阳青无奈,只得打电话报告许丁,许丁打电话问警察局,警察局说要罚款4万宽扎。许丁给了高斯塔4万宽扎,让他去警察局交罚款提车。

高斯塔中午去警察局,下午5点多钟才回来,他交给许丁一沓宽扎说:"我觉得警察做得不对,青虽然把车停在路边,但那里并没有禁停标志,警察拖车就不对,罚款也不对,我跟警察理论了半天,警察终于被我说服了,说只罚款1万宽扎,1万我都不同意的,只是后面排队办事的人都集体抗议我,我才同意警察的要求交了1万罚款,回来的时候我看车没有油了,加了3000宽扎的油。"

许丁哈哈大笑道:"看来你的理论功夫很厉害呀!以后有事都让你去理论。"许丁把高斯塔退回的宽扎递给高斯塔说:"这个奖给你!"

高斯塔既得意又开心。

许丁心想:要是其他的黑人是不会去找警察理论的,就算少交了罚款也会装在自己的兜里,高斯塔真是一个正直、诚实的好员工,许丁在心里也高看他几分。

赵文让许丁把高斯塔喊来处理这件事,许丁也觉得高斯塔是最合适的人选,他打电话让高斯塔赶紧过来一趟。

高斯塔的家离许丁他们的驻地很远,但高斯塔有辆旧摩托车,许丁还给他配了部手机,平时有事找他随叫随到。

高斯塔听了许丁的情况介绍,脑子一时转不过弯来,没有完全弄清楚是怎么回事,茫然地问道:"我把钱给他们送过去,他收了钱不放人怎么办?他收了钱还是把人打死了怎么办?我看这事儿你们得赶紧报警才行。"

许丁解释说:"我们要是报警了,警察一时半会儿肯定找不到人,今天夜里匪徒收不到钱肯定会杀了欧阳青,所以我们只能按他们说的办!"

高斯塔还是直摇头,他觉得许丁没有直接回答他的问题。许丁说:"你说的可能性肯定存在,但我们现在没有别的办法,只能按匪徒说的办,至于他们收了钱不放人甚至还是把人杀了,那是他们不讲江湖道义。"

一屋子里的人都望着高斯塔,希望他能接受这项危险的工作,萨瓦丽娅哽咽着牵着高斯塔的手说:"高,你一定要去救救青,你不去他就会没命了,求求你!"

高斯塔不明白什么是江湖道义,但他思考片刻,很坚定地说:"我去,要是他们把我给抓了,你们要赶紧报警。"

赵文把装着5万美元现金的塑料袋递给高斯塔,许丁和高斯塔交换了手机,再次交代道:"你到了维耶拉就给欧阳青这个手机号码打电话,也不跟他多说,不要跟他理论,就按照他说的方式把钱交给他,然后一定要问去哪里接青。如果遇到匪徒你千万不要反抗,按他们说的做。我们会开车远远地跟在你后面,你要遇到危险就打电话通知我们,我们赶去救援。"

高斯塔一边点头,一边说:"放心,我不怕他们,我要是有一把枪就好了。"

高斯塔开着越野车出发,任智的司机开着任智的越野车和许丁、赵文一起从外的方向也往匪徒说的维耶拉那里去,这时已是凌晨1点钟。

高斯塔开着车风驰电掣般地跑了一个多小时,一路上他还在想着他的担心,匪徒收了钱会放人吗?他们干吗不直接抢钱?这样多麻烦。

到了匪徒指定的地方,高斯塔把车停在路边,他下车四处看看,这里是城外的一片荒漠,除了一些低矮的灌木丛,周围没有任何建筑物,白天车来车往的环城公路这时候静悄悄的,没有车辆,也没有行人,只能远远地望见罗安达城市的灯火,天空中有一弯新月和满天的星斗,虽然是深夜,视线却还可以。

高斯塔拿出许丁的手机给匪徒打电话,电话很快就接通了,匪徒迫不及待地问:"钱准备好了没有?"

高斯塔想试探一下匪徒,就说:"钱准备好了,但是没有那么多,晚上银行关门了也提不到钱,怕天亮了警察发现你们,所以我还是来了。"

匪徒听到高斯塔说话很诚恳,便问道:"你带了多少钱?"

高斯塔一听好像有商量的余地,他想从低价开始谈判,便说:"我只带了1.8万美元现金,手上只有这么多了。"

匪徒那边沉默了,高斯塔在手机里隐隐约约听到那边几个人商量的声音。

过了一会儿,匪徒说:"你把车往前开,前面有个十字路口,你把钱丢在十字路口的公路边,你继续往前开,不许回头。"

高斯塔心里一阵窃喜,他没有想到匪徒这么好讨价还价,一下子少给这么多的钱,不过他很冷静,没有被胜利冲昏头脑,他问匪徒道:"我把钱给你了,人怎么办?你怎么放人呢?"

匪徒说:"只要你给了钱我们就把人给你放回去,我收到钱了再告诉你接人的地方。"

高斯塔还想和匪徒理论一番,匪徒不耐烦地说:"就这样,你赶紧去放钱。"

高斯塔只得开着车往前走,在匪徒说的十字路口下车,把钱袋子放在了路边,他担心别人把钱袋子捡了去,看看四周静悄悄的,他只得开车继续往前走。

他把车往前开了十几分钟,还是有点不放心,他又给匪徒打电话,电话占线,他又等了几分钟再打,电话打通了很久才接,高斯塔着急地问道:"钱我已经按你的要求放在路口了,你们赶紧去拿,人你们可以放了吧？"

匪徒有些兴奋地说："你去环城公路的那卡拉那里接你的兄弟吧。"

高斯塔听到匪徒这么说,悬着的心放下了!他很高兴救出了青,还少付了匪徒 3 万多美元,他连忙给自己的手机打电话,许丁刚接通手机,高斯塔就兴奋地说："老板,搞定了,匪徒收了钱,让我们去那卡拉那里接青。"高斯塔听到许丁那里传来了一阵欢呼声。

许丁激动地说："高!老高!高斯塔!谢谢你!谢谢你救了我的兄弟!我们马上去接青,你也过来。"

高斯塔开车赶到那卡拉的时候看到许丁一行人正在公路上四周瞭望,还不停地大声喊着欧阳青。

这里更靠近城市,周围有一些杂乱的建筑物,高斯塔拎着个纸袋递给许丁说："老板,你看,我只给了匪徒 1.8 万美元,还剩 3 万多美元呢。"高斯塔想,这下许丁该更高兴了!

许丁听高斯塔这么一说不仅没有高兴,反而十分愤怒地吼道："你为什么要这样做,又不是你的钱,你有什么舍不得的,我们这么信任你,你反而害了我的兄弟。"

听到许丁大声斥责,其他人都围了过来,许丁说："他只给了匪徒 1.8 万美元,匪徒不仅不会放人,肯定还会杀了欧阳青的。"

赵文让许丁给匪徒打电话,跟匪徒再协商一下。许丁向高斯塔要过自己的手机给匪徒打电话,可匪徒的手机已经关机了,所有的人都为欧阳青担心起来。

赵文对高斯塔说："高,你把整个过程详详细细地说一遍。"

高斯塔满心以为立了大功,没想到被许丁一顿怒斥,他委屈地把整个过程详细地述说了一遍。

赵文听了高斯塔说的整个过程,觉得情况还不是太糟糕,他安慰许丁说:"匪徒既然收了钱答应放人,应该不会太糟糕,他们还指定我们来这里接人,我们不着急,再在这附近找找看。"

赵文把人分成两拨,分头往公路的两边找,可以下到公路两边的灌木丛和建筑物周围去看看,但不要离公路太远,公路两头也不要走太远。

欧阳青在痛苦中煎熬着,虽然身体已经麻木了,可精神上的恐惧感越来越强烈,他打了几次盹儿,也就是几分钟的时间就醒了,最后一次是被尿憋醒的,他特别想尿尿,可双手被紧紧地捆绑着,他想喊人,张开嘴却发不出声音来,嗓子干渴得冒烟,他想站起来,刚一挣扎尿就流了出来,闸门一松开,一发不可收拾,全尿在了裤子里。

尿完尿,欧阳青感觉身体轻松了许多,也不知道过了多久,也不知道现在是白天还是夜晚,一切都是静悄悄的。

忽然,欧阳青听到屋外几个人说话的声音,欧阳青想听他们在说什么,可声音太小,听不太清楚。不一会儿,有人开门进来把欧阳青拉了出去,他们把欧阳青推上了车,从车速上欧阳青可以感觉出来他们开出了棚户区,上了公路。车子开了大概半个多小时停了下来,有人打开车门把欧阳青拉下车,一脚踹倒在地。

欧阳青躺在地上,听到汽车远去的声音,他挣扎着坐了起来,再仔细听听周围没有任何动静,他想用手扯掉头上的头套,可手绑在身后,怎么也够不着头套,他干脆躺在地上,用后脑勺在地上蹭,一点点蹭了很久才把头套蹭掉,欧阳青发现自己躺在荒郊野外的公路边, 夜色正浓。

欧阳青不知道匪徒为什么把自己扔在这里, 他怕匪徒再跑回来找他,又害怕遇到其他坏人,他想要赶快跑。可这是哪里?该往哪里跑呢?欧阳青走上公路向四周遥望,远远地看到好像有一个工地,工地上还有灯光亮着呢,他向那个工地跑去。

欧阳青跑到工地跟前才发现这是一个砖厂，四周码满了砖坯，中间一孔砖窑正在燃烧着，这是典型的国内古老的砖窑，欧阳青感到很亲切，仿佛看到亲人一样，他跑到窑前，哽咽着跪倒在地。

正在给窑膛添加木柴的两个中国人忽然看到扑倒在地的欧阳青，吓了一跳，连忙上去把欧阳青搀扶起来，发现欧阳青被结结实实地捆绑着，欧阳青一时也说不出话来，他们一个人给欧阳青解开绳索，一个人跑去找老板。

正在睡梦中的中国老板看到欧阳青的时候也吓了一跳，他给欧阳青一瓶水，让欧阳青喝口水，慢慢镇定下来。

稍稍镇定的欧阳青简单把自己被绑的经过跟窑老板说了一下，他向窑老板借了手机给许丁打电话。

正在环城公路上焦急地寻找欧阳青的许丁接到欧阳青的电话，他激动不已，来不及问清楚具体情况，就问欧阳青："你现在在哪里呢？"

欧阳青不知道这里的方位，他把手机递给砖窑老板，窑老板告诉了许丁他们具体的位置，这时候天已放亮，许丁站在公路上远远地看到了那个砖厂。

在回家的车上，欧阳青讲了自己这半天一夜的经历，他也搞清楚了是许丁和赵文拿钱把自己赎出来的，一车人唏嘘不已。

回到家，欧阳青倒头就睡。

下午4点多钟，许丁把欧阳青喊了起来说："我跟赵文商量了一下，还是要去警察局报案，不然匪徒还会作案的。"

许丁、赵文和沈艺陪着欧阳青去警察局报案，警察认真听了欧阳青被绑的经过，沉默了一会儿说："匪徒既然把你的钱全部抢走了，那他为什么还要把你绑走呢？"

警察又问许丁道："你给了匪徒钱，他要是不放你的兄弟怎么办？"

警察望着他们几个人，像是对他们又像是自言自语地说："没听说过这样的匪徒。"

末了,警察说:"你们没有任何证据,只凭青满身的疙瘩和青紫的双手我没法给你们立案!"

许丁和赵文又轮番地给警察解释了几遍,警察还是摇着头没给立案,几个人只得悻悻离开。

过了几天,许丁约了盖利巴将军到中国餐厅小聚,现在许丁和盖利巴将军成了好朋友,过一段时间他们就会约在一起喝酒、聊天。许丁甚至成了盖利巴将军家里的常客,盖利巴将军家里的大小事情都找许丁,他的三个小孩最喜欢许丁,因为许丁每次去他们家他们总能得到很多新奇的玩具。

在中国餐厅喝酒的时候,许丁跟盖利巴将军讲了欧阳青被绑的事,盖利巴将军听后觉得这是一起很严重的犯罪案件,他当即给警察司令打电话,警察司令让许丁明天上午9点去警察局总部报案。

第二天上午9点钟,还是许丁、赵文和沈艺带着欧阳青去警察局,当他们走进警察局,在接待前台登记后,马上有一个黑人警察把他们带到了三楼会议室。走进会议室,里面长条会议桌前已经坐满了警察,长条桌的头上坐着的是警察局奥利维拉总司令,奥利维拉安排许丁他们几个人坐在自己的右手边,让沈艺逐一介绍了来的几个中国人。

奥利维拉亲自介绍了在座的警察,有刑事调查局局长、罗安达省警察局局长等,全是安哥拉警界的大佬,介绍完双方到会的人员,奥利维拉总司令让欧阳青介绍案发经过。

欧阳青想用葡语把自己被绑架的经过说一遍,可他没有经历过这样的架势,磕磕巴巴说了几句就说不下去了。

赵文安慰道:"欧阳不着急,慢慢说,你就说普通话,让沈艺给你翻译。"

欧阳青就用普通话说,沈艺用葡语翻译。欧阳青讲完了,从奥利维拉总司令到在座的警察大佬们一脸茫然，他们没有听说过这样的犯罪案件。

沈艺用葡语把整个过程再叙述了一遍，警察大佬们提了不少问题，欧阳青和许丁都一一做了回答，由于没有任何有价值的案件线索，警察大佬们不知道如何去破这样的案件，大家议论了半天，最后奥利维拉总司令说："这是我们安哥拉历史上第一宗绑架案，性质十分恶劣，盖利巴将军十分关心这个案件，我把这个案件就交给你们罗安达警察局办理，利马局长，你们罗安达警察局一定要把这个案子破了，把匪徒抓住。"

罗安达省警察局局长利马和奥利维拉总司令一样，是一个大块头，他很威武地站起来，很温和地说："是！我们尽力！"

从警察局总部出来，许丁和赵文都觉得这个案子破获的希望渺茫，实在是线索太少，匪徒用的是欧阳青的手机联系的，在欧阳青看来黑人的长相都差不多，没有什么深刻的印象，欧阳青开车走的路线都是匪徒临时指引的，除了经过的那条公路有点印象外，其他地方完全没有印象，破这样的案子无疑是大海捞针。

就在大家对破这个案子不抱任何幻想，慢慢开始遗忘的时候，许丁忽然接到罗安达警察局局长利马的电话，让他和欧阳青去罗安达警察局一趟。

许丁和欧阳青赶到罗安达警察局的时候已经到了晚上下班时间，利马局长把许丁和欧阳青请到自己的办公室，利马局长的办公室有一张小会议桌，桌边已经坐了两名警察，利马局长请许丁和欧阳青坐在桌子的另一边，向许丁和欧阳青介绍两名警察说："这是我们局里最有名的侦破专家，刑侦队长和他的助手，让他把你们那个绑架案的侦查情况向你们通报一下。"

刑侦队长说："我们怎么侦查的过程就不说了，这个案子我们已经侦查清楚，是一个罗安达犯罪团伙干的，人还没有抓到，但你们的面包车给你们找到了,匪徒正在追捕中。"

许丁和欧阳青听了刑侦队长的介绍,都大吃一惊,他们万万没有想到罗安达警察的办案能力有这么强,看似毫无线索的一起绑架案硬是让他们给侦破了,他们对罗安达警察肃然起敬,许丁从椅子上站起来,向利马局长和他的两个同事敬了个中国军礼,说:"你们罗安达警察太厉害了,你们太了不起了。"

利马局长受了许丁的一个中国军礼,心里很是舒坦。

许丁抑制不住激动的心情,他跟利马局长说:"你们能把这样的案子给破了真是太神奇了,为了表达我的敬意,我想请你们晚上一起庆祝一下,怎么样?"

利马局长看看手表,说:"也行啊,我让我办公室里的人都去,一起庆祝一下。"

九

安哥拉内战结束后,国内的两大主要反对派与政府和解,成立了联合政府,经历了二十七年的战火,安哥拉百废待兴,政府也制定了雄心勃勃的战后重建计划。

中国企业敏锐地捕捉到了安哥拉重建的商机,先是国有大型工程企业争先恐后地进入安哥拉市场,后续是民营企业,甚至是个体户纷纷跟进,很快安哥拉成为中国最大的海外工程承包市场,据说在安哥拉有30万中国人。大到手机网络、铁路、公路、机场、住房、港口、电站、电网建设,小到自来水工程,电线杆制造,城市道路建设、维修,电表安装,还有汽车、水泥、家电、家具、小商品的贸易等都成了中国人的市场,在罗安达环城公路两边立满了各式中文招牌。这时候的安哥拉就如20世纪80年代的中国一样物质匮乏,建设热火朝天,一派生机勃勃的景象。

安哥拉几十年积攒下来的巨额外汇储备,石油价格的一路飙升,中国金融机构的大额融资,为安哥拉战后重建提供了巨大的资金支持,在安哥拉承接建设项目的中国公司往往工程承包合同才刚刚签署,预付款就打到了账上。

中 B 集团的叶总就经常讲他第一次来安哥拉的经历：那时候战争接近尾声，和解已成为交战各方的共识，一些欧美公司正开始和安哥拉政府洽谈战后基础设施重建项目，可面对恶劣的自然环境和大量尚未清理的地雷，欧美公司报出了工程项目建设的天价。

中国公司的到来让安哥拉政府感到无比惊喜，这是一支完全不同于欧美公司的建设大军，他们不怕吃苦，不怕困难，价格还远远低于欧美公司。

很快中 B 集团与安哥拉建设部签署了第一个工程承包合同，当叶总还在回国的飞机上时，4 亿美元的工程预付款已经打到中 B 集团的国内账户了。

安哥拉战后一方面是欣欣向荣的经济发展，另一方面是大量无业人员成了城市游民，罗安达高达六百多万的城市人口给就业和治安带来了严重挑战，加上二十多年的战争造成的枪支泛滥，治安和卫生状况成为罗安达最严重的社会问题。

每年雨季来临时，罗安达都会暴发严重的疫情，有时候是黄热病，有时候是登革热，有时候是霍乱，但每年都会暴发的是疟疾，在安哥拉生活过的中国人很少能躲过这些疾病，幸运的是绝大多数人战胜了病魔。

比起疾病来，治安给中国人造成的伤害更大。

接连发生了赵文遭抢劫和欧阳青被绑架事件后，赵文觉得公司的安全问题十分突出，公司现有的五家商店和一个批发中心每天大量的现金都是自行送存银行，极易成为匪徒的抢劫目标，一旦被抢，造成财产损失不说，还会有人员伤亡的风险，而且批发中心仓库也一直存在被盗的情况，虽然每次损失不大，但这样的漏洞要是不堵住也会带来很大的风险。他跟许丁商量说："现在治安状况恶化，罗安达每天都会发生几起抢劫案，而且针对中国人的抢劫更加疯狂，我们商店和批发中心的现金每天让欧阳一个人送存可能不行了，仓库的商品也经常被盗劫，我们是不是要招一批人做保安啊？"

许丁说："是很有必要加强公司的安保了，但是只招人做保安可能还不行，一是自己招的人不了解底细，不一定可靠；二是自己招的保安没有注册，不能携带武器，遇到劫匪可能也无能为力啊。"

赵文说："那怎么办？只能找警察了。"

许丁说："我们可以去找保安公司，跟他们签协议，让他们派保安来。"

赵文说："罗安达现在有保安公司吗？"

许丁说："肯定有，你看银行门口的武装警卫就不是警察，肯定是保安公司的保卫员，我去问问利马局长，让他给介绍一家可靠的保安公司。"

过了几天，许丁直接去了利马局长的办公室，现在许丁和利马局长的关系已经到了不用电话预约，直接推门而入的地步。

利马局长坐在大班椅上打电话，看到许丁进来，利马局长指了指大班台对面的椅子示意许丁坐下，许丁坐在利马局长对面，他从手包里摸出一支烟点燃递给利马局长，再点一支自己抽，利马局长办公室没有烟灰缸，许丁拿起桌上的一张白纸，很灵巧地叠成一个四方形的纸盒，把纸盒放在桌上当烟灰缸。

一支烟快抽完了，利马局长才挂了电话，挂了电话的利马局长不说话，许丁也不吭声，两个人面对面地抽完一支烟，利马局长才说："许，你来得正好，我有点事情要找你。"

许丁笑笑说："真巧啊局长，我也有事情找你。"

两个人不约而同地笑了起来。利马局长问："你有啥事找我呢？"

许丁微笑着说："还是请局长先说吧。"

利马局长看看许丁说："我家里房子漏雨，每到雨季家里就没有干爽的时候，我先后请过两家公司维修过，都没有修好，太太天天跟我抱怨。你能不能帮我找家中国的大公司维修一下？"

许丁拍拍胸口说："就这事啊！包在我身上，我负责帮你找人维修好！"

利马局长高兴地说："那就好！我相信你！"

利马局长把戴着的近视眼镜摘下来放在桌上，眨着有些泛红的眼睛说："你有啥事找我呢？"

许丁说："现在社会治安不好。"

利马局长一听许丁说现在社会治安不好，拿起桌上的眼镜戴上，从大班椅上站了起来，分辩道："罗安达的社会治安挺好的啊，我们每天都抓了不少犯罪分子，你去监狱看看就知道了。"

许丁没有想到利马局长对自己的工作这么敏感，他马上站起来安慰道："是的！是的！罗安达的社会治安在不断改善，我们已经感受到了。"

利马局长看看许丁很真诚的样子，感觉自己有些失态，他坐了下来，说："你不是来跟我谈罗安达的治安问题的吧？"

许丁又拿起桌上的香烟，抽出两支，递给利马局长一支，把烟点上，两个人又一声不响地抽起烟来，好像他们有一种默契，抽烟是一种很神圣的活动，需要一声不吭地抽。

许丁抽烟的时候在想该怎么样跟利马局长说才能不刺激到他对自己工作的敏感神经。等烟抽完了，许丁才说："我的商店每天有大量的现金要送存银行，路上不安全，我们想找一家保安公司帮我们做警卫，我们不知道罗安达哪家保安公司好，所以想请你给我推荐一家保安公司。"

利马局长一听，心情马上松弛了下来，他再次摘下眼镜放到桌上，说："这好办，我给你派警察，每天护送你们。"

许丁吸取刚才跟利马局长说话的教训，他想想说："你派警察当然好了,那是最安全的,不过我们每天都要送存现金,还有仓库要安排人守卫,都找警察就不合适了,我们平时还是安排保安护送,要有重要事项的时候再找警察护卫。"

许丁这几句话利马局长听了很受用,他说:"那好吧,我给你推荐罗安达最大的一家保安公司,你跟他们老板联系,就说是我推荐你去找他的,他一定会给你安排最好的保安。"说着他给许丁写了这家保安公司老板的手机号码。

许丁又要了利马局长家的住址,约好明天上午许丁带人去看房子。

从利马局长办公室出来,许丁给任智打电话:"任总,又找你帮忙来了。"

任智说:"我就知道没事你不会找我的。"

许丁笑道:"你一个大老爷们儿,我没事找你干吗?"

任智也笑:"典型的重色轻友啊!啥事?你说吧。"

许丁说:"我刚从利马局长办公室出来,是他有点事,他家房屋漏雨,也不知道找谁给修了两次都没有修好,这不就找到我了,谁叫我信誉好,能耐大呢!"

任智笑道:"那你赶紧帮他修去啊。"

许丁说:"我哪有修房子的能耐呀,这不找你帮忙嘛。"

任智说:"我出力你讨好,想得真美呀!"

许丁恳求道:"不让你白干,材料费、人工费利马局长自己出,只要能帮助修好就行!"

任智笑道:"这还差不多,那我明天派技术员小胡先去看看。"

第二天,许丁带着中 D 公司的技术员小胡去看利马局长的房子。仔细查看利马局长的房子后,小胡对许丁说:"这个房子是砖混结构的,年代太久,房梁都朽了,大部分瓦都破损了,不只是修不好,还有坍塌的危险。"

许丁问:"那怎么办?完全没法维修了吗?"

小胡说:"没法维修了,只有拆了重建。"

许丁跟利马局长谈房子维修的事情没有再直接去利马局长的办公室,他约了利马局长出来吃饭。见到许丁的时候,利马局长开口就问道:"许,我太太说你带人去看过我的房子了,怎么样,什么时候开始维修?"

许丁说:"不急,我们先喝三杯酒再说房子的事。"

许丁和利马局长的酒量都很好,利马局长特别喜欢喝中国的白酒,每次聚会许丁就带白酒,许丁说喝白酒就要按中国人的规矩喝,利马局长酒量大,许丁要怎么喝他都不怕。

开始几次和利马局长喝酒,许丁想试一试利马局长的酒量,有一次他从国内带了一箱70度的原浆酒,利马局长觉得好喝,一桌人喝完一箱70度的原浆白酒都趴下了,只有任智、沈艺、许丁和利马局长没醉,任智和沈艺没醉是因为他们没喝,许丁和利马局长没醉是因为他们俩酒量大。利马局长说:"再喝,这酒好喝!"

许丁让餐厅服务生倒酒,餐厅服务生说你们带来的酒喝完了。

许丁问服务生:"你们餐厅有什么白酒?"

服务生说:"我们餐厅没有白酒,只有红酒。"

许丁就让服务生开红酒。许丁和利马局长每个人又喝了一瓶红酒才有了八分醉意。

从此以后许丁和利马局长成了最好的酒友,两个人还有了个奇特的约定,每次吃饭聚餐,两个人见面先干三杯,饭局才正式开始。

许丁和利马局长先干了三杯酒,坐下来等服务生上菜的时候,许丁对利马局长说:"我带工程师看过你的房子了,你的房子年代太久了,不只是维修不好,还随时有坍塌的危险,要拆了重建。"

利马局长很惊讶地说:"我的房子是我爸爸传给我的,也没有很久啊。"

许丁解释说:"你住的房子是砖混结构,房梁都是木质的,容易腐朽。"

利马局长很遗憾地说:"那就请你找人帮我翻建吧,需要多少钱我付给你。"

许丁说:"那好,我一定让人帮你把房子建成罗安达最美的房子,不过要请你和家人先找地方住一段时间。"

利马局长说:"那好说,我有地方住,你们什么时候开始?"

许丁说:"你把房子腾出来我们就开始吧。"

说着话,菜也上来了,许丁和利马局长正式开始喝酒。

赵文带着沈艺找到利马局长推荐的罗安达保安公司,当见到保安公司老板的时候,赵文和沈艺都很惊讶,没有想到保安公司的老板是一个残疾人,而且还不是一般的残疾,是整个右腿都没有了,老板人很乐观也很健谈,见到赵文和沈艺就自我介绍说:"我叫莱莫斯,但别人都爱叫我独腿将军。"

原来莱莫斯真还是政府军的一名将军,在内战中受伤失去一条腿,战争结束后大量士兵退伍,一时找不到合适的工作,生活颇为窘迫。莱莫斯退役后虽然有政府发放的高额抚恤金,可以衣食无忧,但他热爱自己的士兵,开办了一家保安公司,主要接纳军队退役的士兵转做保安,所以保安公司做得很大,也很有名气。

赵文和沈艺听了莱莫斯将军的自我介绍,对莱莫斯将军肃然起敬,也对这家保安公司有了好感和信任,他们和莱莫斯将军的保安公司签订了安保服务合同,一次要来了10名保安。

赵文在驻地安排了两名保安,从早晨8点到晚上8点,分两班,每个人值守6个小时;安排两名保安从下午3点开始护卫欧阳青去批发中心和商店收取当天的营业款,然后送存到银行;安排6名保安负责批发中心的安保工作,每班两名保安,二十四小时轮流看守。

批发中心不在市中心,每天有大量的货物批发出去,还有大量的现金收款,目标很大,容易成为劫匪的目标。批发中心还是广渠国际的仓库,大部分货物都存放在这里,既要防抢又要防盗,是公司安防的重点场所,所以赵文安排了大部分的安保力量。

批发中心的业务主要是赵文负责打理,这里除了赵文外还有许丁的三叔和10名在罗安达当地聘用的黑人员工。

三叔其实和许丁没有一点亲戚关系,是许丁和赵文的街坊。

三叔年轻的时候是远洋轮船公司的一名水手,走南闯北,见过很多世面,会说好几种语言,葡语虽然不精通,但日常交流没有问题。三叔50岁就退了休,在轮船上工作了大半辈子,回到家反而不习惯了,既没有朋友可以聊天,又没有爱好可以打发时间,每天就把自己关在房间里看电视,50岁的年纪说老不老,说年轻不年轻,三叔的日子过得很憋屈,心里总想往外跑,听说许丁跑到非洲去做生意,就找到许丁一定要跟许丁去非洲。许丁觉得三叔是见过世面的人,来非洲正好可以帮忙,就满口答应了。可三婶知道后坚决不同意,她很生气地数落三叔道:"我嫁给你三十年,在一起的时间加起来不到三年,好不容易把你盼落了屋,你这又要走,闺女也出嫁了,你让我一个女人还守空房啊!"

这一下三叔为难了,从内心里来说他已经习惯了漂泊的生活,很想去非洲,但又觉得亏欠三婶太多,不忍心再让她独守空房。

许丁知道三叔的难处后,跟三叔商量说:"要不这样,你跟三婶商量一下,看她愿不愿意跟你去非洲,如果她愿意,你们可以一起去,正好三婶去还可以帮我们做个饭,收拾一下家务。"

三叔听了许丁的建议,很高兴。回到家里跟三婶说,三婶听说要带她一起去非洲,坚决不同意。接下来几天三叔软磨硬泡,还把许丁请去做三婶的工作,许丁也确实需要三婶这样一个能做饭、收拾家务的人,便给三婶讲安哥拉的好,还答应给三婶发高工资,这才说动了三婶。

三叔三婶来罗安达后,一个在批发中心帮赵文收钱发货,一个在家做饭收拾家务,确实帮了大忙,现在许丁和赵文每天下班都有可口的饭菜,生活发生了彻底的改变。

赵文和沈艺的关系越来越亲密,很快进入了热恋阶段,沈艺看到赵文每天忙得团团转,想辞职过来帮忙,许丁也有这个意思,他想让赵文动员沈艺辞职加入广渠国际来。赵文始终都没有答应,赵文觉得广渠国际的生活条件和工作环境比中 D 集团差远了,沈艺过来虽然能起很大的作用,但也不能太委屈了她。赵文还有一个更长远的打算,他觉得不能让沈艺长期在非洲工作,等结了婚,还是要把她留在国内,有稳固的后方才有无忧的前方。所以沈艺就一直没有加盟到广渠国际来,只是广渠国际的一名编外员工。

许丁让任智派人把利马局长的房子拆了重建, 他让任智的工程师按照现代理念集欧洲、非洲和中国元素于一体重新设计了房子,除了房子外还翻修了游泳池,修建了前后花园,栽种了绿植。

当利马局长带着太太和两个 10 岁左右的孩子回到自己的新房的时候,一家人都惊呆了,利马局长的胖太太在前后花园里像蝴蝶一样飞舞,两个孩子连衣服都没有脱就跳进了花园里的小游泳池,抱着游泳池里的充气动物尖叫着, 利马局长站在房子前面愣了好长时间才缓过神来,他一把抱住许丁,激动地说:“许! 你太神奇了,这是我的房子吗? 这个房子比我梦中的房子更漂亮! ”

许丁笑笑说:“只要你满意就好! 我还担心你不满意呢! ”

利马局长咧着大嘴巴,开心地说:“满意!满意!你看我太太和宝贝们多开心啊! 我要在我的新房子里举办一个盛大的 Party,让我的亲戚朋友来看看我的中国兄弟帮我修建的新房子,你要把你的朋友都带来! ”

利马局长的新房 Party 在周六晚上举行，房前屋后都装上了彩灯，利马局长把巴西烤肉店的厨师请了来，在屋前的草坪上架起了烤炉，肉香四溢，欢快的摇滚音乐热情奔放。

许丁和赵文约了钟兆、任智、林安平夫妇和欧阳青夫妇，任智带上了公司"七朵芙蓉"一起参加利马局长的 Party，这是他们第一次参加黑人的聚会，大家都感觉很新鲜。按照中国人的习惯，他们晚上 6 点钟就到了利马局长的新家。

走进院子，虽然彩灯闪烁，音乐喧嚣，食物飘香，可是除了穿着雪白围裙的服务生在屋里屋外穿梭忙碌外，一个客人也没有，许丁一行正感到疑惑的时候，听到动静的利马局长带着胖太太和两个可爱的宝贝从屋里迎了出来。

利马局长穿着一套浅蓝色西服，扎着粉红色领带，短发和小胡子都打理得很整齐，戴着金丝边近视眼镜，显得斯文而绅士，全没有了警察局长的威武派头；利马太太穿着一身吊带款式的黑色的晚礼服，上面露出了大半个胸脯，下摆拖到了地面，让胖胖的身材显得雍容华贵；两个十来岁的宝贝，男孩穿着一身和利马局长西服和领带同款的礼服，仿佛是小号版的利马局长，女孩穿着一身雪白的连衣裙，更显得俏皮可爱。

利马局长带着一家人在房子大门外列队欢迎中国朋友，每个人脸上的笑容都无比灿烂。

许丁一行没有见过这样隆重而正式的场面，他们以为只是参加一个黑人的家庭聚会，来的时候只是担心吃不吃得习惯黑人的食物，全没有想到着装和礼仪方面的事情。除了任智公司的"七朵芙蓉"穿着还算时尚外，其他人的穿着很是随便，基本上都是 T 恤衫、沙滩裤，一行人在这样的环境里显得有些扎眼。见到利马局长这样隆重而正式的场合，大家都感到有些尴尬，好在利马局长和他的家人完全没有在意许丁一行人不合时宜的装束，他们与每个客人一一握手拥抱，热情地邀请他们参观自己的新房。

许丁一行人在利马局长的花园里吃着水果,喝着饮料,直到晚上 8 点多钟客人才陆续到来,来宾们不论男女都是盛装,来宾带来的礼物要么是一束鲜花,要么是一瓶红酒,宾客彬彬有礼,一派绅士风范,让人感觉这好像是欧洲某个贵族的晚宴,坐在其间的许丁一行让人感觉仿佛是另类,大家都感觉到了尴尬。

好在晚宴开始后非洲的风情马上显露出来,有着强烈节奏感的非洲音乐让人心潮澎湃,让人热血沸腾,客人们不分男女老少一边喝着香槟酒,一边踩着鼓点摇曳着身姿,很快,大家在酒精和音乐的刺激下忘记了斯文,大家相互干杯,大声歌唱,跳着节奏欢快的舞蹈。

许丁一行被这种气氛所感染,心情完全放松了下来,融入这欢快的气氛中。特别是"七朵芙蓉"在音乐的诱惑下跳了一段在学校排练的街舞,引来阵阵呐喊声和口哨声。

聚会一直持续到早晨 5 点多钟,所有的宾客都忘记了时间,当东方的遮光大幕徐徐拉开,火红的太阳冉冉升起的时候,大部分人已是醉眼迷离,客人们相互搀扶着和利马局长夫妇告别,利马局长的两个小宝贝早就没有了踪影。

许丁在和利马局长告别的时候,利马局长握住许丁的手说:"许,我的亲戚朋友都很羡慕我有这样一栋新房子,他们跟我打听这个房子是谁建的,说要请你帮他们建新房呢,回头我让他们找你。"

许丁心想:这可不是好事,我可建不了房子。他把任智拉到利马局长面前介绍说:"这是中 D 集团的任总,你的房子是他们公司帮助建的,你让你的亲戚朋友找他。"

利马局长握住任智的手说:"中 D 集团我知道,中国的大公司,我们警察局总部大楼就是你们公司建的,以后我找你。"

利马局长的新房就跟广告一样,许丁不断接到要请他帮助建住房的电话，许丁给任智建议说："我这里几天就接到了十几个要建住房的电话，看来市场需求不少，你们可以成立一个住房项目部，估计会很赚钱的。"

任智觉得许丁的建议有一定道理，他让市场部门做了一下市场调研和可行性分析报告，结果很乐观，于是中 D 集团安哥拉公司成立了一个住房项目部，专门承接私人住房项目，虽然单个项目很小，但市场反响挺好，项目部的项目应接不暇，效益一直很不错。

十

转眼又到了年底，广渠国际生意兴隆，取得了完全出乎意料的业绩，许丁和赵文商量："春节还是放一个长假，回家好好地过一个年，休息好了明年再来。"

赵文笑道："是想琪琪了吧？"

许丁说："是啊！有半年没见琪琪了，想得慌！"

等到了圣诞节，安哥拉人按照西方的习俗都放了长假，许丁、赵文、三叔夫妇准备一起回家过年。赵文想要沈艺一起回去，沈艺请不了假，她们七个翻译轮流回家过年，今年正好轮到沈艺在这边值班，赵文跟任智做工作，任智把值班安排改了又改，才答应让沈艺过完年三十，初一就回去。虽然不能在家过年，但沈艺可以赶回国带赵文去见见父母。

许丁问欧阳青回不回国过春节，欧阳青说："我已经跟萨瓦丽娅商量好了，今年回家去过春节，让我父母看看他们的黑孙子。"

于是许丁和赵文让五家商店和批发中心全部歇业，大家一起回国过年。

回到北京，许丁、赵文和何守月三个股东聚在一起开会，盘点一年的经营业绩,商量下一步的业务发展。业绩不用说,完全出乎三个人的意料,做梦都没有想到自己会拥有这么多的财富。对于未来的发展,许丁和赵文经过这几年对安哥拉市场的了解,都有了自己的想法。

许丁觉得安哥拉市场很大,不仅仅是对商品的需求旺盛,从中国工程承包企业蜂拥而至,安哥拉战后重建轰轰烈烈的情形来看,安哥拉的商机很多,我们不能仅仅局限于商品贸易,特别是我们现在已经具备了一定的财务实力,应该抓住机遇进入机械设备等大宗商品贸易和建筑材料供应,甚至工程建设领域,把生意做大。

赵文觉得现在的商品成本很大一部分是运输成本,如果把一些技术含量低的商品在当地建厂生产,利用当地廉价的劳动力,能大大降低生产和销售成本,显著提高利润,还能解决当地黑人的就业问题,在当地树立公司的良好社会形象。

何守月赞同赵文和许丁的想法,觉得安哥拉机会很多,我们不可能都介入,要选几项有发展潜力、适合自己公司的业务作为主要方向来做。而且这些业务的发展最重要的还是要靠人,有了能人才能把业务发展好。

三个人的意见完全一致,经过深思熟虑和反复讨论后决定:公司在安哥拉和国内招聘一批人才,充实公司的业务团队;进一步扩大公司的业务范围,在进出口商品方面尝试开拓工程机械设备供应,在建筑材料供应方面,考虑在当地建立生产基地,生产混凝土预制板、涵管、电线杆等预制产品和砂石等建筑材料;进一步丰富日用商品的品种,争取全方位供给日用商品;尝试将沙发、床垫、桌椅等大宗商品本土化生产。

会开完了,公司未来的发展方向也明确了,大家感到无比轻松,何守月说:"你们在安哥拉辛苦了,今天晚上我请客,我们开两瓶茅台酒,一为你们洗尘,二为公司庆功。"

喝酒的时候一向乐观开朗的许丁却有些闷闷不乐,赵文调侃道:

"是不是跟琪琪分开久了回来有些不融洽了？"

许丁苦笑道："就是太融洽了，着急啊！"

何守月笑道："没听说过太融洽了还着急的！"

许丁说："哎！你们不知道我的难，琪琪上次去安哥拉就怀上了，现在大肚子都挺起来了，你们也知道我们家里的情况，我都不知道让琪琪把孩子生在哪里呀！"

许丁这么一说，赵文和何守月也沉默了，这确实是一个大难题。

何守月想了想说："这样吧，本来我们商量过公司十年不分红的，但总不能让琪琪把孩子生在旅馆吧，现在北京也有商品房可以买卖了，我建议我们就分一次红，一个人去买一套房子，把家安顿好了才能安心在非洲工作，赚钱也是为了生活嘛！"

何守月的建议马上得到许丁和赵文的热烈响应。

这时候北京的商品房还不多，能买得起房子的人就更少，对每个月挣一千多块钱的工薪阶层的人来说，几千块钱一平方米的房子还是天价。

利用春节前的时间，赵文和许丁几乎跑遍了北京东边的所有楼盘，最后两个人把房子买在了同一个小区。

与许丁和赵文相比，何守月简直就是富豪了，他居然在北京郊区买了一栋别墅。

过完春节，沈艺轮休回国，先在北京见了赵文的妈妈，韩大夫见到漂亮、文静、腼腆的沈艺，喜欢得不得了，把赵文去非洲后一直悬着的心终于放下了，有这样的女孩在赵文身边，韩大夫放心了。

赵文跟着沈艺去杭州见了未来的岳父岳母，沈艺的爸爸妈妈和韩大夫是一样的心情。当初宝贝女儿报考北外葡语专业的时候沈爸爸和沈妈妈很高兴，可毕业后女儿要去非洲，沈爸爸和沈妈妈坚决不同意，沈爸爸和沈妈妈跟大多数中国人一样，对非洲有着天然的恐惧感，他们既担心女儿遇到危险,又担心女儿吃苦。可从小在蜜罐里泡大的女儿不理解父母的担忧,铁了心要去非洲,软磨硬泡,还搬出六朵芙蓉一起给爸妈做工作,并拿出中 D 集团的招聘简章向爸爸妈妈保证只去三年,沈爸爸和沈妈妈才勉强不反对,可自从女儿去了非洲,沈爸爸和沈妈妈的心就一直悬着呢。

女儿去了非洲一年多,带回来一个阳光帅气、懂礼貌又细心的准女婿,沈爸爸和沈妈妈自然打心眼儿里高兴,他们悬着的心也放下了。

回到北京,赵文带沈艺看了新买的房子,开始商量结婚的事情,赵文把自己的心思告诉沈艺:"等结婚了你就回国生孩子、管家,做我的大后方。"

沈艺有些不情愿,她喜欢安哥拉,觉得在那里生活、工作都很轻松,再说也不想和赵文分开,后来两个人达成共识,等有孩子再回国。

沈艺休完两周假,和赵文一起又回到罗安达。

许丁留在国内收拾新房,和何守月一起去义乌进货,还想在国内招聘几个业务员。

赵文在飞罗安达的飞机上遇到了南方汽车公司的非洲业务代表吴小勇,吴小勇负责南方汽车公司在非洲西部的业务。这几年安哥拉成为中国最主要的海外工程承包市场之一,他去安哥拉做市场调研,第一次去安哥拉就遇上了赵文,两个人正好有很多交流的信息。吴小勇跟赵文打听安哥拉的情况,赵文跟吴小勇了解汽车销售的有关问题,两个人相谈甚欢。

等到了罗安达,赵文就成了主人,他盛情接待了吴小勇,每天派车陪吴小勇做市场调研,半个月下来,吴小勇对安哥拉的汽车市场有了一个初步了解,赵文对汽车销售和安哥拉的市场也有了一些了解和认识。

赵文提出来想做南方汽车公司的安哥拉代理商,吴小勇也有此意,于是两个人一起认真商讨合作方案。

南方汽车公司对代理商的要求很高，特别是对资金投入的门槛很高，广渠国际一时难以达到南方汽车公司的要求。吴小勇建议广渠国际可以先进一批工程自卸车到安哥拉试一试，因为他经过这段时间的考察，安哥拉工程项目很多，对工程自卸车的需求很大，如果广渠国际进南方汽车公司的工程自卸车，吴小勇可以向公司申请，采取部分赊销的方式，给予广渠国际一定的支持。

赵文把吴小勇的建议和这段时间陪吴小勇做市场调研的情况告诉许丁，让许丁去南方汽车公司谈一谈。

许丁很快和何守月去了南方汽车公司，有吴小勇的推荐，南方汽车公司很重视许丁和何守月的到访，公司副总经理亲自接待了许丁和何守月，副总经理表示，公司十分重视非洲的市场开拓，希望能充分利用像广渠国际这样贴近非洲市场的公司开展合作，虽然广渠国际暂时不具备南方汽车公司代理商的条件，但可以先开始汽车销售业务，考虑到广渠国际的自身条件，南方汽车公司可以给广渠国际50%的赊销优惠。

许丁和何守月参观了南方汽车公司，经过综合分析，决定订购20辆工程自卸车，按照南方汽车的优惠条件，他们先付了10辆车的款项。

许丁在国内和何守月一起把工程自卸车和商品货物订购、发运完，新房子装修好了，他和云琪琪举办了一个简单的婚礼，一切安排妥当。就是在国内招聘员工的事不理想，只招聘到了哥哥许阳，许阳倒是很坚决要跟许丁去安哥拉发展。

许丁带着新员工许阳去了安哥拉。

十一

　　许丁回到罗安达不久，利马局长打电话找许丁去警察局谈事，许丁说："局长大人要是谈私事就来我这里谈吧，我不仅带来了北京最好的白酒，还带来了北京烤鸭，我们可以一醉方休。"

　　利马局长喜欢中国的白酒，也喜欢北京的烤鸭，他应邀来了许丁的驻地。

　　喝着白酒，吃着烤鸭，利马局长美滋滋地说："中国人了不起啊，既聪明又能干，做什么事情都做得漂亮。"

　　许丁笑道："你喜欢上中国了？把你儿子送到中国去读书，一定会变得和中国人一样聪明。"

　　利马局长一愣，随即连连点头道："你这个想法好，等我儿子大了一定送到中国去读书。"

　　酒至半酣，利马局长说："许，我有个很好的想法，想跟你合伙做一笔生意。"

　　许丁道："好啊！什么好想法说来听听？"

　　利马局长很认真地说："我在罗安达新区塔拉托纳有一块地，以前那里是一片荒芜,现在那里成了罗安达的新区,高档住宅一片片盖起来了,全是别墅小区,罗安达的高档写字楼和外国公司基本上都集中在那里,那里还在建大型购物中心。我太太很聪明,她说你跟许商量一下,在我们那块地上盖房子卖,一定能赚很多的钱。我觉得我太太的这个想法很好,你觉得怎么样?"

许丁和赵文听了利马局长的想法,感觉是一个很好的商业机会,但搞房地产开发需要大量的资金投入,虽然有现成的土地,不用拿钱买地,但建房子的投入也很大,周期还长,公司拿不出这么多的钱来搞房地产开发。

赵文说:"有一个办法,我们再找个有钱的合作伙伴。"

许丁赞同道:"能找到这样的合作伙伴当然好。"

利马局长听不懂中国话,他一会儿看看许丁,一会儿看看赵文,一脸茫然。

许丁用葡语对他说:"你太太这个想法很好!很聪明!我们愿意跟你合作建房子卖,但这是一笔很大的投资,我们需要仔细测算和规划,找时间先去看看你那块地。"

利马局长听了许丁的话很开心,他举起酒杯说:"很好!预祝我们合作愉快!"

有这样的好事下酒,自然喝得酣畅淋漓。

许丁和赵文约利马局长去看过那块地,又了解了一下周围正在建设的住宅价格,感觉确实是一桩很赚钱的买卖,但一次性资金投入也很惊人,他们想一想在安哥拉熟悉的中国公司,有实力投资的可能也只有任智的中 D 集团等几家大型国有企业了。

许丁和赵文找到任智的办公室,跟任智说了合作开发房地产的事。

任智听后也觉得这是一个很好的想法,对住房建设,任智比许丁和赵文更了解,自从按照许丁的建议他们成立了住房项目部后,半年来住房项目应接不暇,开始还担心每个住房投资小,不赚钱,出乎意料的是项目虽然小,但手续简便,工程简单,短平快,住房项目部已经成了公司做得最好的部门之一,找他们建房子的人慕名而来,排起了长队,年初就把一年的建设项目都排满了。

在任智的办公室,三个人眉飞色舞谈了半天,等谈到具体合作方式的时候,任智说:"好是好!我们做不了!"

许丁说:"为什么?还有放着钱不赚的公司?"

任智摇摇头说:"这就是国有企业的弊端,分工明确,决策链条太长。"

看到许丁和赵文疑惑不解,任智接着说:"我们是搞工程建设的,就不能做项目投资,做项目投资的人又不了解罗安达的行情,泾渭分明,不能跨行业开展业务,再好的项目也做不了。"

这是许丁和赵文没有想到的,民营企业自己对自己负责,看准什么做什么,对市场的反应快,决策快。许丁和赵文好像忽然明白了自己还有很好的优势。

许丁回到罗安达一个多月后,国内发运的货物到岸,忙碌的工作又开始运转起来。

就在大家感到忙碌充实,前景无限美好的时候,一个大雨滂沱的下午传来了一个坏消息。

这天的雨特别大,据说是罗安达五十年一遇的大雨,大雨从凌晨两点多钟开始下,赵文大清早准备去港口接收从国内运来的 20 辆工程自卸车,装载这批车辆的货轮二十多天前就到了港口,一直停在外海等泊位,原计划昨天晚上靠岸。赵文想等雨停了出发,可大雨不停地下,没有丝毫停下来的意思,赵文只得冒雨出发。

大雨中的罗安达一片汪洋,整个城市被泡在水里,平时分散在各处的垃圾和污水这时候被洪水冲了出来,远远望去,泽国里红一块紫一块绿一块,像云南传统的扎染布一样五彩斑斓,置身其中臭气熏天。街道两旁低矮的房子被大雨淋得跟落汤鸡一样,房子里也进了水,沿途看去没有一处干爽的地方。墙根旁,大树下,甚至漂浮的纸板和泡沫板上都爬满了老鼠、蟑螂和苍蝇,车辆驶过时,这些可怜巴巴又让人恶心的小东西一动不动,一副打死总比淹死强的熊样。街上的行人大部分没有雨具,任由雨水把全身浇个精湿。

赵文新买的丰田越野车这时候显示出了优势,越野车在暴雨中行驶就像一条船一样,两边犁开两条浪花,可是出门不久就堵在了路上,一眼望不到头的车龙拥挤在水里,慢慢地往前蹭,平时只需要一个小时的车程,赵文用了四个小时才到达港口。走进口岸大厅,平时热闹喧嚣的大厅今天冷冷清清,有很多口岸职员没有来上班,赵文走到一个窗口向里面坐着的一个黑人女职员打听货轮到港情况, 女职员无精打采地翻了翻面前的资料,说:"你问的昆山轮进港了,但是不能卸货。"

赵文和沈艺谈朋友后,沈艺成了赵文最好的葡语老师,平时两个人在一起沈艺不跟赵文讲普通话,不管赵文能不能听懂,反正沈艺只跟他说葡语,逼着赵文去记去说葡语,赵文的葡语进步神速,不仅能听还能说。

赵文用葡语问黑人女职员道:"进港了为什么不能卸货?"

黑人女职员瞟了赵文一眼说:"那你要去问罗安达高等法院,因为这艘货轮被罗安达高等法院扣留了。"

听了黑人女职员的话,赵文吃了一惊,他连忙追问道:"为什么?为什么罗安达高等法院要扣留昆山轮?"

看着赵文急迫的样子,黑人女职员只是无奈地耸了耸肩,一副懒得回答的样子。赵文赶紧给许丁打电话。

许丁接到赵文的电话更急了,他连忙给闽江林打电话,可闽江林的电话打不通,他再给钟兆打电话,钟兆的电话打通了,许丁焦急地问道:"钟总,怎么闽江林的电话打不通啊?我让他代运的工程自卸车到港了,但港口方面说那条货轮被法院扣押了,现在又联系不到他,不会出事了吧?"

钟兆也感到很意外:"不会吧,上个星期我还和闽总在一起喝酒来着,不过这几天倒是没有和他联系,不行你就去他公司找他吧。"

许丁说:"他的安哥拉手机和国内的手机我都打不通,他公司在哪里?我去找他去。"

许丁和赵文找到闽江林公司的时候已是下午5点多钟,闽江林的公司占的地盘不小,院子里已经积满了一尺多深的水,一排小楼龟缩在院子的一角,院子大门紧闭,赵文和许丁喊了很久,才有一个黑人不紧不慢地冒雨蹚着水走了过来开门,听许丁说要找闽总,黑人说:"大闽总不在,小闽总在。"说着指指那排小楼。

许丁和赵文蹚着积水来到小楼跟前,楼里静悄悄的,只有二楼一间屋子房门敞开着,许丁和赵文走进房间,这是一间很大的办公室,大班台前的沙发上坐着三个年轻男子正在吞云吐雾地抽烟呢。

看到许丁和赵文进来,一个精瘦的小伙子站起来警惕地说:"你们找谁?"

许丁自我介绍说:"我们是广渠国际的,我姓许,他姓赵,是闽江林的朋友。"

小伙子放松了一些紧张的神情:"闽江林是我叔叔,我叫闽山峰,我们从昨天开始到今天一直没有联系到我叔叔,昨天下午他去港口办理提货手续就没有回来。"

许丁和赵文感到了问题的严重性,他们问了些闽江林公司最近的业务,闽山峰也说不清楚,他们只好告辞离开。

晚上许丁和赵文分析了闽江林失联的各种可能性,也没有分析出一个头绪来。许丁给利马局长打电话，想着闽江林要是出事了警察局长一定会先知道，利马局长接到许丁的电话说："现在下班了啊，明天上班我查查再告诉你。"

许丁挂了利马局长的电话。赵文说："看来问题很严重，找不到闽江林我们这批车就可能拿不到，我们明天去找盖利巴将军吧。"

许丁说："如果明天利马局长找不到闽江林的下落，只能去找盖利巴将军帮忙了，要想办法先把我们的车提出来。"

第二天一大早，许丁和赵文就准备直接去盖利巴将军办公室。雨虽然停了，但城市依然泡在水中，大清早的道路已经堵成停车场，等许丁和赵文到盖利巴将军办公室的时候已经是上午10点多钟，将军办公室主任已经和许丁很熟悉了，见到许丁，她很高兴地说："许，我有一个月没见到你了吧？最近有没有回中国？"

许丁没有回答办公室主任的问候，他有些着急地说："亲爱的桑果，我找将军有点急事，他在吗？"

办公室主任说："将军上午在总统府开会，下午才能回来。"

正说着，许丁的手机响了，许丁接通手机，是利马局长打来的："许，你说的那个人我查到了，他被关在监狱里。"

许丁一听，也没有来得及跟盖利巴将军办公室主任告别就往外走，他走到楼道口，继续和利马局长通电话："是啥事？怎么会被关到监狱里了？"

利马局长说："具体情况我还没有了解清楚，好像是一宗刑事指控，等我了解清楚了再告诉你。"

许丁把利马局长电话里说的话告诉了赵文，跟赵文商量道："现在连情况都搞不清楚，没有其他办法，只能找盖利巴将军了，我们就在他办公室等吧。"

许丁和赵文又回到盖利巴将军办公室，许丁跟办公室主任说："亲爱的桑果,我们有急事找将军,能在这里等将军吗？"

办公室主任桑果看到许丁着急的样子,安慰道:"许,别着急,昨天那么大的雨今天都停了,天塌不下来的,你在会议室等将军吧,我给你们泡茶。""泡茶"一词桑果主任居然是用中国话说的。

许丁听到桑果主任的安慰,他微笑着说:"亲爱的桑果,你的中国话说得真好！"

桑果听到许丁的夸奖,很开心地笑了,她把许丁和赵文领到将军办公室旁边的会议室,说:"许,你们就安心在这里等吧,将军回来我马上通报。"

盖利巴将军直到下午1点多钟才回到办公室,他看到许丁和赵文感到有些突然:"许,你们什么时候来的？"

许丁说:"我们上午10点多钟就来了,找您有点急事。"

盖利巴将军笑道:"你们中国人整天都是火急火燎的,连吃饭都顾不上,你们还没有吃午饭吧？我也饿了。"

盖利巴将军把桑果主任叫进来吩咐道:"给我和我的两个客人准备一点吃的吧,我们都饿了。"

等桑果主任转身离开,盖利巴将军说:"许,你是饿着肚子说还是吃饱了再说？别着急,天不会塌下来的。"

许丁稳定了一下情绪说:"将军,您要是面对有可能损失几百万元货物的时候,是感觉不到肚子的饥饿的。"

盖利巴将军一听,连忙坐到椅子上说:"哦！有这么严重？那你赶紧说说。"

许丁说:"我们在中国订购了一批工程自卸车到安哥拉来,昨天运载的货轮到港了,我们却提不到车。"

盖利巴将军问道:"为什么？"

许丁接着说:"我们在国内订好了车,一时找不到合适的货轮,正好

133

有个朋友闽江林他包了一艘滚装货轮要运水泥来安哥拉,我跟他商量,把我们的工程自卸车委托他代运过来,昨天那艘货轮停靠泊位后被罗安达高等法院扣留了,我们今天了解到我的那个朋友闽江林被关进了监狱,听说可能涉及一宗刑事指控,具体情况还不清楚。"

盖利巴将军听了许丁的情况介绍,疑惑地问道:"你朋友被抓进了监狱,货轮被扣了,和你没有关系啊,法院也没有扣留你的工程自卸车。"

许丁向盖利巴将军解释道:"问题就出在这里,在国内发货的时候因为是闽江林的包船,为了手续简便我就把车给闽江林代运,报关和提货单写的都是闽江林公司的名字,我自然是提不到货的。"

盖利巴将军问道:"你们有代理协议吗?"

许丁沮丧地说:"没有。"

盖利巴将军很无奈地摊了摊手,沉默良久,很遗憾地对许丁说:"许,这种情况我可能帮不了你,因为你没法证明货物是你的!"

许丁和赵文感到很失望,盖利巴将军是他们最大的希望,眼看这希望之火就要熄灭,许丁想起了第一次找盖利巴将军帮忙的事,和这次的事虽然有些相似,可本质完全不同,他了解盖利巴将军,他相信只要有可能,盖利巴将军是一定会帮他的,现在盖利巴将军说帮不了,谁还能帮得了呢!

三个人在盖利巴将军办公室无言地静坐了十几分钟,赵文感到时间是这么的漫长,他对盖利巴将军争取道:"也许您能给我们一些建议?我们实在想不出什么办法了。"

盖利巴将军只是不住地摇头,他很想帮助这两个中国朋友,但现在正是战后第一次总统选举期间,总统在执政党大会上反复强调要维护执政党的形象,确保竞选期间不出任何乱子。他如果在法律层面上出面帮助许丁,既担心媒体曝光,也担心反对党在总统竞选期间借题发挥。

许丁和赵文在盖利巴将军办公室无言地坐了半小时，桑果准备的午餐还没有送来，赵文对许丁说："走吧，只能自己想办法了。"

就在许丁和赵文垂头丧气地准备离开盖利巴将军办公室的时候，盖利巴将军拿起桌上的笔写了一个电话号码递给许丁说："你去找找他吧，约伯特是安哥拉最好的律师。"

许丁双手接住盖利巴将军递过来的纸条，仿佛突然见到了一座灯塔，这是黑暗中的指路明灯。

出门上了越野车，许丁就迫不及待地拨打了那张纸条上的电话号码，接电话的人说的是英语，许丁和赵文都不会英语。许丁问对方："我能用葡语跟您交流吗？"

对方便改成了葡语说："请问是哪位？有什么事吗？"

许丁连忙说："是盖利巴将军介绍让我找您的，有些法律上的问题想请您帮忙。"

对方也没有详细问许丁有什么问题，他略一停顿说："回头我让助理跟你联系，约时间我们面谈。"说着对方就挂了电话。

越野车在水里慢慢地爬行，赵文和许丁心里却是万分焦急，许丁后悔道："当时钟兆介绍了这个闽江林，我看他人很豪爽，又满口答应帮忙，就没有想到要签代理合同，哪知道就出了事呀！"

赵文说："尽管没有代理合同，但我们买车的时候都有发票，发票上一般会有车辆的发动机号，这工程自卸车也应该一样的吧，有这些东西就能证明这批车是我们的呀！"

许丁觉得赵文说得有道理："我们是该找个律师研究一下了。"

快到驻地的时候，许丁接到了一个电话，电话是那个约伯特律师的助理打来的，助理以不容商量的语气通知说："我给你安排了明天上午9点整的时间和约伯特律师会面，请你准时参加，回头我会把约伯特律师事务所的地址发给你，有问题吗先生？"

许丁连忙答应道:"好的,没问题。"

第二天,赵文特地叫上了沈艺,当他们赶到约伯特律师事务所的时候迟到了十五分钟,按响门铃,走进约伯特律师事务所,许丁掏出名片对前台的接待员说:"我和约伯特律师约了9点钟的会谈。"

接待员看看墙上的机械钟道:"许先生,您迟到了十五分钟,约伯特律师已经在接待另外的客户了,您需要等着,请您在休息室等候。"接待员说着把许丁一行带到旁边的休息室。

许丁没有想到约伯特律师对时间要求得这么严格,既然晚了就只能等着。

这是一间有着落地窗的开放式休息室,约伯特律师事务所的写字楼在正对伊利亚半岛的海边,这是罗安达的黄金地段,二十一层高的写字楼在罗安达的城市建筑中鹤立鸡群,深绿色的全玻璃幕墙给这座凌乱、破败的罗安达城平添了许多现代化的气息。凭窗远眺,伊利亚半岛像一条绿色的丝带被大西洋的海风吹起,飘扬在湛蓝色的海面上。

许丁他们在休息室等候了将近一个小时,前台接待员带着约伯特律师的助理进来,助理说:"我带你们去见约伯特律师。"

许丁一行随着约伯特律师的助手穿过宽敞的走道,来到一间小型会议室,只见一个中等身材、微胖、身体健壮、40岁左右的黑人正坐在会议桌前整理资料,见到许丁他们进来,黑人站起身来与许丁一行握手、问候,示意许丁一行坐到会议桌前,黑人拿出自己的名片递给许丁、赵文和沈艺,名片的正面是英文,反面是葡文,许丁和赵文的英语和葡语只认识一些单词,沈艺看着名片向许丁和赵文介绍说:"剑桥大学法律博士,约伯特律师事务所首席合伙人。"

约伯特律师看过许丁和赵文递过来的名片,又扫视了一遍许丁一行三人,用英语自我介绍说:"女士、先生们上午好!欢迎光临约伯特律师事务所,我是约伯特律师事务所的首席合伙人约伯特。"

约伯特律师停顿片刻,接着说:"我的会谈是需要计时收费的,但你们是盖利巴将军介绍来的朋友,我就免收咨询费了,那么,我听听你们有什么事情需要我处理的?"

沈艺的英语还行,她把约伯特的话翻译给许丁和赵文听。

听完沈艺的翻译,许丁用葡语对约伯特律师说:"我们能说葡语,能用葡语和您交流吗?"

约伯特律师再次扫视一遍许丁一行人,说:"OK,就说葡语吧。"

许丁和赵文交换了一下眼神,说:"谢谢约伯特律师接待我们,我们遇到了一些法律上的问题,需要律师的帮助。"许丁便详细介绍了代运的工程自卸车被法院扣留的事情。

约伯特律师很认真地听完许丁的介绍,思考片刻说:"首先我们要搞清楚你的朋友闽涉及了什么案件,也就是法院扣留货轮的理由;其次,我们要找到这批工程自卸车是属于你们的依据,也就是主张权利的证据。"

赵文说:"那我们该怎么做?"

约伯特律师说:"这就需要律师和你们共同完成这项工作,如果你们需要我介入这宗案子,我们需要签署委托协议,当然,我是要收取律师费的,你们同意吗?"

许丁用普通话问赵文道:"怎么办?估计他的收费低不了。"

赵文说:"我们也没有其他办法,只能委托他了。"

许丁便用葡语对约伯特律师说:"行,我们就委托你帮我们处理这个案子。"

约伯特律师站起来说:"那你们去和我的助理签署代理协议和委托书,我安排律师介入处理,有进展我们再联系。"说着他与许丁一行握手告别。

约伯特律师的助理带着许丁一行人到另外一间办公室签署代理协

议和委托书,看着助理出示的收费价格表,沈艺的舌头伸出老长,许丁和赵文也都睁大了眼睛,犹豫片刻,他们还是签署了律师的委托代理文件。

从约伯特律师事务所出来,一路上三个人都在心疼那高昂的律师费,赵文自我安慰,也是安慰许丁和沈艺说:"既然他收取这么高的律师费就一定会把这件事摆平,只要能把事情搞定,付这么高的律师费也值!"

正说着,许丁的手机响了,许丁看看来电显示,指指手机说:"利马局长。"

许丁接通电话,利马局长带着表功的语气说:"许,你的事情我搞清楚了。很复杂,你有时间过来我办公室谈吗?"

许丁说:"好的,我们马上过去。"

许丁让高斯塔把车开去罗安达警察局。

半小时后许丁一行人坐到利马局长的办公室,三个人满怀希望地把目光聚焦在利马局长的眼镜片上,利马局长一副胸有成竹的样子望着许丁说:"你的朋友闽麻烦了,大麻烦。"

见许丁他们不吭声,只是用期待的目光看着自己,利马局长接着说:"月生公司是一家专门做水泥贸易的中国公司,他们从中国进口的月生牌水泥占据安哥拉水泥市场的最大份额,几个月前月生公司发现你朋友闽的公司从中国进口假冒月生牌水泥在安哥拉市场销售,月生公司找到你朋友闽,希望制止他的假冒行为,闽不听从月生公司的劝告继续向安哥拉市场销售假月生牌水泥,生气了的月生公司向罗安达高等法院起诉了闽的公司,并申请法院扣押了闽的包船上的全部货物。"

利马局长说完,很得意地看着许丁,再看看赵文和沈艺,希望能得到他们满意的赞赏。

许丁、赵文和沈艺脑子一时没有转过弯来,好像听明白了,因为利马局长把这件事基本说清楚了,好像又没有听明白,感觉这里面信息量太大，有很多的疑问。许丁问赵文道："你当过警察，对法律你比我了解，我感觉这就是一起普通的经济纠纷案，怎么还把闽江林抓起来关进监狱了呢？"

赵文说："肯定还有其他原因，就这样的经济纠纷是不会抓人的。"

听到许丁和赵文在用普通话交流，利马局长一脸茫然，他疑惑地看着许丁，许丁把他和赵文的疑问告诉利马局长，利马局长说："是的，我还没有说完。"

利马局长看看许丁他们，接着说："本来是一起经济案子，但法院在征询罗安达市场管理局意见的时候，市场管理局对闽提出了一项新的刑事指控，指控闽销售假冒商品，危害公众安全。"

利马局长又停了停，他很享受看到许丁一行人急迫而惊讶的目光。许丁他们不吭声，只是瞪着眼睛等利马局长继续讲，利马局长只得继续说："水泥是主要的建筑材料，不合格的水泥建造的房屋会坍塌造成人员伤亡和财产损失，所以安哥拉对进口的水泥、钢材等主要建筑材料都有严格的质量控制标准，这些进口材料必须有出口国质检部门出示的检测报告，质检报告的性能参数要符合安哥拉的建材质量标准。月生牌水泥并不是中国的一个水泥注册品牌，而是月生公司为安哥拉市场专门注册的一个商标，你们中国人叫'贴牌'商品，为了把这个贴牌商品注册到安哥拉，月生公司申请中国的质量检测部门对月生牌水泥进行质量检测，并出具了质检报告，所以月生牌水泥是安哥拉合格的注册商标。"

利马局长作为一个警察局长能把这些涉及技术、贸易、商业、法律的问题搞清楚费了好大劲儿，现在能完整地表达清楚，他感到很骄傲，他希望看到许丁他们敬佩的目光。

许丁他们还是没有吭声，眼巴巴地等着利马局长继续说。

利马局长接着说："闽的公司在安哥拉销售的水泥是假冒的月生

牌,没有经过质量检测,那你们知道市场管理局为什么对闽提出刑事指控了吧。"

听完利马局长的讲述,许丁他们沉默了很久,赵文说:"如果是这样的话,闽江林现在既涉及民事诉讼又涉及刑事指控,一般会先刑事再民事,这个过程就长了,我们的车怎么办?"

大家一时没有了主意。

几天过去,许丁他们继续着自己的生意,工程自卸车成了心中的一大痛点,许丁和赵文的情绪也十分低落。

这天,许丁忽然接到了约伯特律师助理的电话,约他们去约伯特事务所会谈。

这一次许丁他们吸取了上次的教训,比约定的时间提前半小时就到了约伯特律师事务所,前台接待员依然让他们在休息室等候,到了约定的时间,约伯特律师的助理准时把他们带到了那间小型会议室。约伯特律师与他们寒暄着坐下,约伯特律师打开文件夹说:"我先把这几天我们对你们委托的案件调查情况介绍一下,接下来再商量下一步的行动。"

约伯特律师抬头看看许丁他们,见他们没有异议,又低头看着文件夹,向许丁他们介绍案件调查情况。

约伯特律师通报的情况和许丁他们从利马局长那里听到的情况基本一致,许丁他们也就没有多问,接下来商量怎么办的时候,约伯特律师说:"现在我们要做的是救出属于你们的货物,要救出你们的货物就要确权,就是举证那批工程自卸车是你们的,最有利的证据是代理货运协议,要是有这个证据就好了!你们有吗?能弄到吗?"

赵文说:"我们有购车发票,发票上有车架号,不知道这样的证据行不行?"

约伯特律师说:"这不是一个完整的证据链,你曾经拥有过这些车辆不能代表你现在还拥有这些车辆,要有完整的证据链才行。"

许丁着急道:"那怎么办? 我们和闽补签一个代运协议可以吗? "

约伯特律师犹豫片刻说:"如果是建立在真实的基础上补签一个代运协议也是可以考虑的选项,不过闽已经被拘押在案,你见不到他! "

许丁说:"如果补签协议有用,我们试试吧。"

约伯特律师微笑着说:"那我就等着你们的好消息。"

从约伯特律师事务所出来,许丁就约利马局长来驻地吃饭,利马局长现在馋上了许丁的中国白酒,过段时间就会去许丁驻地或者约他去中餐馆解馋。

喝酒的时候许丁一副很沮丧的样子搂着利马局长的肩膀说:"局长,你是我在罗安达最好的朋友了,可是我们的友谊就要结束了。"

利马局长感到很突然,他诧异地问道:"为什么? 我们的友谊很牢固啊! "

许丁说:"我要回国了,你以后再想和我喝酒只能去中国找我了。"

利马局长更惊讶了,他迫切地问道:"为什么要回中国去,你不想在安哥拉做生意了吗? "

许丁端起酒杯,喝干一杯白酒,把酒杯放到桌上,往后靠在椅背上说:"我的生意出了问题,把本钱都赔光了,只能灰溜溜地回家。"

利马局长关心地问道:"你不是赚了很多钱的吗? 怎么会赔光了本钱呢! "

许丁说:"本来是赚了些钱的, 但年初我们购进了一批工程自卸车运到安哥拉来,这批车委托给我的朋友闽的公司代运的,你知道,闽的货轮被罗安达高等法院扣押了, 那条货轮上有我的 20 辆工程自卸车呢,这可是我最值钱的一批货物,现在我拿不到了,要损失了。"说着,许丁又喝了一杯白酒。

利马局长安慰道:"你可以跟法院说清楚, 让他们把你的车和闽的货物分开,你的车应该给你。"

许丁说:"关键是当时我没有跟闽签订代运协议,没有证据证明那批工程自卸车是我的,即使有也不完整。"

利马局长很担心地说:"那怎么办? 有什么补救办法吗? "

许丁用恳求的目光看着利马局长,缓缓地说:"也许只有你能救我。"

利马局长疑惑道:"我? 我能救你? 我可不是法官! "

许丁说:"我咨询过律师了,只要是真实的,我们可以补签一份代运协议。"

利马局长急迫地说:"那就赶紧补签一份呀! "

许丁说:"闽被拘押在监狱里,我见不着他呢,所以想请你帮忙! "

利马局长恍然大悟道:"哦! 你今天请我来喝酒是有条件的,不行,我可是警察局局长,不能做违法的事情! "

许丁说:"我们是兄弟,怎么会让你去做违法的事情呢,这件事本身是合理的,我们有购车发票证明车是我们公司的,我只需要见到闽,跟他补签一个代运协议,这个协议也是真实的,不违法。"

利马局长觉得许丁说得很有道理,而且他们也咨询过律师,只要不是虚假欺骗的行为,帮许丁也是一种正义的行为,于是他说:"那我想办法带你去见一下闽吧。"

接下来的酒喝得很尽兴,许丁再也没提这件事情。

当许丁出现在闽江林面前的时候,闽江林仿佛见到了救星一般,他一把抱住许丁,眼泪哗哗地往下流,哽咽着说:"许总,救我呀! "

等闽江林的情绪稍微平静一点,许丁说:"看来我们要互救了。"

闽江林问道:"你怎么啦? "

许丁说:"我让你帮我代运的那批工程自卸车也被扣押了, 如果不能证明那批工程自卸车是我的,我也拿不到那批车。"

闽江林被拘押在罗安达监狱里,就在他一天天度日如年,感到绝望的时候，见到了许丁，他觉得这是自己唯一生还的机会，不管许丁出于什么目的，提出什么要求他都会毫不犹豫地答应。

闽江林说："那批工程自卸车本来就是你的！你跟法官说，我给你证明。"

听闽江林这么一说，许丁有些放心了，来之前他还担心闽江林会提出什么条件呢，没想到闽江林满口答应了。许丁说："我咨询过律师，只要我们补签一份代运协议就可以。"

闽江林说："那好办，你把协议准备好，我给你签字。"

许丁把准备好的协议递给闽江林说："这是我草拟的协议，你看行吗？"

闽江林接过协议，看也不看就签了字。他把协议递给许丁，说："你把协议拿给我侄儿，让他给你盖一个公司的印章，我侄儿认识我的字，他会盖章的。"

事情顺利得出乎许丁的意料，许丁拿着协议问道："你怎么办？"

闽江林眼泪又止不住哗哗地流："许总，我只想死，死了还是一种解脱。"

许丁看到闽江林这个样子，心里十分同情，他觉得应该为闽江林做点什么，至少应该帮助他改善一下目前的状况，他说："我咨询过律师，你现在是刑事加民事两项指控，民事我可以帮你去找原告月生公司，看看能不能和他们和解，刑事就麻烦了，听律师的意思是说你的水泥没有经过检验，不合格的水泥用在建筑工程上会造成人员和财产损失，你的水泥虽然没有检测报告，但对你的水泥进行检测，如果能符合安哥拉的质量要求，你的刑事指控就会有转机。"

闽江林仿佛看到了黑暗尽头的一丝亮光，他惊呼道："没问题！没问题！那些水泥我都是从正规厂家购进后贴牌的，产品质量绝对没有问题。"

许丁说："那好！如果你对自己卖的水泥质量这么有把握，我去找你侄儿，让他找机构鉴定你的水泥，有了合格的质量检测报告就好办了。"

闽江林扑通一下跪在许丁面前，说："许总，我的性命就全在你手上了，你的大恩大德我用我的后半生来报答。"

许丁连忙把闽江林扶起来，说："我尽力吧。"

许丁和闽江林的会面给了他很大的心灵震撼，人要失去了自由，金钱就是粪土，要是能重新再来一次，闽江林绝对不会再做违法的事，他能感受到闽江林的痛苦和无助。许丁给利马局长打电话："局长，谢谢你给我帮了个大忙。"

利马局长笑着说："我很愿意帮助你，因为你让我喝白酒上瘾啦！"

许丁说："你上瘾了不怕，我管够。"

许丁找到闽山峰，让闽山峰在代理协议上盖了公司印章并告诉他："你赶紧回国，找中国的质检部门对你们销往安哥拉的冒牌水泥做一个质量检测报告。如果这个报告符合安哥拉质量技术指标，你赶紧提交给罗安达高等法院法官，你叔叔就有救；如果这个报告不符合质量标准，你叔叔就死定了。"

正在为叔叔的事焦头烂额的闽山峰看到了希望，他千恩万谢了许丁。

许丁找到月生公司基地，从基地的规模就看出了公司的实力，在离罗安达城中心三十多公里的机场高速公路路边有栋十分显眼的大楼，大楼白墙红瓦，楼不高，只有六层，但体量大，足有一个足球场那么大，大门正对面三根旗杆上高高飘扬着安哥拉和中国两国的国旗和一面白底色印有橙色徽标的月生公司旗帜，门前广场上停满了卡车、工程自卸车、水泥搅拌车、面包车等各种新车辆，许丁知道代理这么大规模的汽车销售需要巨大的资金实力。月生公司大楼的后面是一片规模更为宏大的建筑材料堆场和仓库，整个公司基地足有几百公顷。许丁心里好羡慕，想到广渠国际什么时候能有这样的一个基地那就算成功了，他觉得这就是他对标的公司。

在月生公司二楼装修豪华的会客室里，许丁见到了月生公司董事长伍月生，这是一个比许丁稍长几岁的年轻人，个子不高，戴一副金丝边眼镜，穿一身休闲西服，白净的皮肤让人觉得温文尔雅，要是出现在国内某个大学里，一定会让人觉得这是一个思想前卫的大学青年教师。

许丁和伍月生交换完名片后坐下，伍月生问道："广渠国际在安哥拉做什么业务呢？你们来安哥拉多久了？"他的吴侬软语和外表一样的温文尔雅。

许丁说："我们来得晚，也就四年多的时间，现在主要做日用商品贸易。"

伍月生说："晚不怕，安哥拉多的是机会，整个非洲都有很好的发展机会。"

许丁说："伍总你来安哥拉很多年了吧，公司已经有这么大的规模了。"

伍月生说："我来安哥拉只比你早一年，也就五年多的时间，但我很早就来非洲了，我大学毕业被分配到省进出口公司时就开始跑非洲的业务，非洲中西部的大部分国家我都去过。"

许丁明白了，伍月生虽然来安哥拉时间不长，但在非洲已经奋斗了很多年，难怪他在安哥拉有这么大规模的公司。两个人聊了很多关于非洲的事情，主要还是伍月生向许丁介绍自己在非洲的发展经历，从一个刚走出校门的大学生来到非洲时的心理涅槃，到学习多种语言，以人工带货的方式开服装店、鞋店，倒运木材、水泥，记不清楚经历了多少次疾病和抢劫的生命威胁，伍月生才把根深深地扎在非洲。

听了伍月生的非洲经历，许丁觉得自己经历得太少，相比伍月生，自己的经历还只是一个刚走出校门的学生。

伍月生也很佩服许丁,一个政府机关前途光明的年轻人,敢于辞职下海来到非洲,也是需要巨大的勇气和胆量的,如果说伍月生是参加工作后被动来到非洲的话,许丁就是自己主动选择了非洲。

两个人相谈甚欢,相见恨晚,有一种英雄相惜的感觉。

伍月生留许丁在公司吃午饭的时候,许丁才想起自己来找伍月生的目的,许丁说:"伍总,我昨天去监狱见了闽江林,他和一帮黑人罪犯关在一起,生活条件差不说,就那帮黑人罪犯给他带来的身心摧残让他生不如死,他知道自己错了,后悔不已,你看能不能放他一马,你们庭外和解怎么样?"

伍月生沉默片刻说:"其实我也不想这样,都是中国人,在外就应该相互合作共同发展,当我发现他假冒我的品牌后找他谈过,他根本听不进去我的话,一意孤行,我没有办法阻止他才告上法院的。"

许丁说:"他也得到惩罚和教训了,他愿意赔偿你的损失,向你公开赔礼道歉。"

伍月生又沉默片刻,很干脆地说:"行吧!都是同胞,只要他答应不再仿冒我的品牌,不用道歉,也不用赔偿,我就撤诉!"

许丁没有想到伍月生有这么高的境界和豪气,他向伍月生深深地鞠了一躬,十分真诚地说:"我代表闽江林感谢你!我也很高兴结识了你这个朋友,以后我会经常向你请教的!"

吃完午饭,和伍月生告别离开的时候,许丁忽然想起利马局长说过的合作开发房地产的事,他握着伍月生的手说:"伍总,你对罗安达的房地产市场怎么看?"

伍月生说:"经济发展的规律都是起步靠商品生产和贸易,腾飞靠房地产开发,罗安达的发展也摆脱不了这样的规律。"

许丁便把利马局长的情况和利马局长提出的合作开发房地产的事

情跟伍月生说了，伍月生特别感兴趣，他说："什么时候我们一起去看看利马局长的那块地吧。"

许丁兴奋地说："好，我跟利马局长约好了时间通知你。"

闽江林的事情很快有了转机，根据闽山峰提供的水泥质量检测报告，罗安达高等法院法官撤销了对闽江林的刑事指控，闽江林死里逃生般被释放；月生公司与闽江林的公司达成了庭外和解，伍月生撤销了对闽江林公司的民事诉讼；在这之前许丁他们通过约伯特律师事务所的帮助就已经拿到了自己那20辆工程自卸车。

可是当许丁和赵文看到自己的20辆工程自卸车的时候却一点都高兴不起来，由于没有做任何防护处理，经过三个多月赤道附近海上的日晒、雨淋，20辆工程自卸车已是锈迹斑斑，一副饱经风霜的样子，乍一看像是用了很久的旧车。许丁只得找了家汽车修理厂进行了维护保养，放在停车场卖了大半年才勉强降价销售出去，这批工程自卸车不仅没有赚到钱，还赔了不少本钱。

十二

　　许丁约了利马局长和伍月生一起去看利马局长在塔拉托纳的那块地,利马局长的这块地周围全是高档住宅,都是近几年陆续建设的,附近还有安哥拉石油公司为员工建造的巨大别墅区和巴西人开发的一个高档公寓小区,这里的房价无疑在罗安达是最高的,很多中国大公司的商务处就设在这里,一套300多平方米的别墅一个月的租金大约要2.5万美元左右,就连巴西人公寓的一套150平方米的公寓房一个月的租金也要8000多美元,可见这个新区的繁华程度。

　　塔拉托纳位于罗安达城中心和月生公司基地之间的中间位置,考察完利马局长的地块,伍月生邀请利马局长和许丁去他的基地吃晚饭。

　　当利马局长走进月生公司基地的时候着实吃了一惊,利马局长到过很多在罗安达设立的中国公司,包括一些中国的国有大公司在罗安达的基地,但像月生公司基地这样气派的还是第一家,他没有想到一家中国的民营企业在罗安达能够发展到如此规模。

　　在月生公司基地装修考究的宴会厅吃饭的时候,利马局长不停地向伍月生打听月生公司的情况,急迫地询问合作开发房地产的事情。

伍月生说:"你那块地不错,有比较好的开发价值,我愿意投资开发那块地,我会安排人做一个详细的开发计划书出来。"

伍月生问许丁道:"你是怎么想的呢?我们以什么方式合作?"

许丁虽然有合作开发这块地的想法,但要怎么开发却没有认真想过,他说:"我要回去和两个合伙人商量一下,不管怎么合作,这个项目肯定以你为主,你先拿出开发计划书吧。"

伍月生问利马局长:"局长,你有什么好的想法呢?除了土地你还愿意投钱吗?"

利马局长听伍月生说要投资开发自己那块地很高兴。一块毫无用处的荒芜土地眼看就要变成沉甸甸的钞票,他当然高兴!但他没有想到过要另外拿钱投资,只是想着让土地变现,他看看许丁说:"我只有那块地,没有现金投资,我就出土地,你们出现金,我们联合开发。"

伍月生说:"等我做了计划书我们再商量,今天我们就先喝酒。"

伍月生的酒量很小,他只能喝点红酒,没喝两杯就已经面红耳赤了。不过他叫来陪客人的办公室主任和销售部主管都很能喝酒,陪着许丁和利马局长一起喝了五瓶茅台酒。

几周后,伍月生再次把许丁和利马局长邀请到自己的公司,商量合作开发塔拉托纳住宅项目的事。

这次商谈很正式,在月生公司基地的二楼会议室,长条会议桌上摆着许丁和利马局长的名牌,除了他们以外,会议桌前已经坐了几名月生公司的高管。

会议由伍月生主持,伍月生首先向许丁和利马局长介绍了参加会议的月生公司高管,也向月生公司高管介绍了许丁和利马局长。然后伍月生让月生公司策划总监介绍塔拉托纳住宅项目的规划方案。

策划总监一边放着 PPT,一边介绍了一个由不同造型的别墅组成的时尚小区,别墅依地势而建,每栋别墅都能形成自己相对独立的空间,别墅外墙以米黄色为主色调,镶嵌部分浅灰色毛石贴片,屋顶造型各异,盖灰色波形瓦,除了小区配建的公共游泳池、网球场、篮球场外,每栋别墅都带有小型私家泳池,别墅之间以绿篱隔离,具有很好的私密性,一条环道串联起别墅群,小区入口建有水墙和音乐喷泉。

策划总监介绍完小区规划方案,会议室鸦雀无声,沉默了几分钟,伍月生问道:"各位,这个规划方案怎么样?"

利马局长这时才想起鼓掌来,他边鼓掌边说:"漂亮!太漂亮了,我敢说这将是罗安达最漂亮的别墅小区。"

伍月生问许丁道:"许总,你觉得怎么样?"

许丁说:"很漂亮,我还没有见过这么漂亮的别墅小区,别墅既有中国建筑的风格,又有欧洲别墅的影子,中西合璧,很吸引人。"

伍月生道:"这只是规划方案,经过修改后再做设计方案。今天我们要先讨论一下合作方案,后续的工作才好开展,看看你们两位有什么合作的想法?"

利马局长看了规划方案心里很激动,也很迫切,他希望能马上看到这些漂亮的别墅,他看看许丁,站起来说:"我就以我的这块地入股,不管能挣多少钱我能得到50%就行。"

伍月生把目光转向许丁,许丁说:"我们公司三个合伙人已经研究过了,广渠国际成立较晚,公司处于发展的关键时期,由于房地产开发时间长,资金占用量大,广渠国际现阶段资金实力有限,所以我们公司不准备参加这个房地产项目的开发。"

许丁的话让伍月生和利马局长都感到惊讶!

伍月生以为许丁很热心地推荐这个项目,帮伍月生和利马局长牵线搭桥,他担心许丁有主导这个项目的想法,见许丁很诚恳地表示不参加投资,伍月生既意外又有些放心了。可利马局长的胃口很大,要价很高也大大出乎伍月生的意料。

伍月生思考片刻,说:"房地产开发投资期限长,占用资金大,风险高,如果房子销售不出去就只能养老鼠了。我理解许总你们的想法,不勉强。"

伍月生盯着利马局长说:"利马局长可能对房地产开发了解不多,我们的方案可以建在任何地块上,房地产开发的主要投资不是土地而是各种税费和建筑成本,还有资金成本和风险成本,一般土地的投资只会占到房地产项目的30%左右,而且你的土地是一块生地,路、电、水都不通,所以你的土地入股最多只能占到项目投资股份的30%左右。"

利马局长没想到许丁会不参加项目投资,其实他对房地产投资没有任何的概念,想占到项目50%的股份也只是想当然说的,没有任何依据,听伍月生说土地投资只能占到总投资的30%左右,他也并不知道算高还是低。他问伍月生:"伍总,我对房地产投资完全外行,我说的占比50%,你说的占比30%我都没有概念,你就告诉我,这个项目能给我分到多少钱就行。"

会议室的人全都忍不住笑了起来,坐在利马局长旁边的许丁说:"局长大人,任何投资都会有风险的,没有只赚不赔的生意,房地产投资也一样,如果开发的房子卖不出去,投资的本钱都收不回来,哪里还能赚钱啊!"

利马局长把头摇得跟拨浪鼓一样,说:"不会,不会,这么漂亮的别墅怎么会卖不出去!"

伍月生笑道:"漂亮的房子是要花钱建的,房子越高档,投资就越高,投资高房价就高,房价高了购买的人就会少;房价低了购买的人多,但房价低了投资进去的钱收不回来,这就是风险,罗安达现在有多少人能买得起上百万美元一套的房子!"

利马局长好像明白了一些,他想了想说:"我都不知我能赚多少钱,我怎么跟你们合作呢?"

伍月生道："利马局长，要不我们改变一下合作方式，你把地卖给我，我去投资建房，这样你就能很明确地知道自己能赚多少钱，风险就由我一个人承担了，赚多赚少，亏不亏钱都是我的事，你觉得怎么样？"

许丁对利马局长补充说："这样你就十分清楚地知道自己赚了多少钱了。"

利马局长听明白了，他问伍月生："你能拿多少钱买我的地呢？"

伍月生说："那我们就要看看塔拉托纳现在成交的地价再评估它的投资价值了，你是许总的好朋友，我和许总也很投缘，一定会给你一个很公平合理的价格。"

利马局长看着伍月生说："我还有一个要求，你们的别墅建好了要送我一栋。"

会议室的人又都笑了，伍月生走到利马局长跟前，伸手握住利马局长的手说："好！就这么说定了，一定送你一栋。"

十三

就在许丁为工程自卸车到处奔忙的时候，赵文在忙着办另外一件事。

赵文与独腿将军的保安公司签订保安服务协议，要来了 10 名保安后不久，欧阳青就天天跟赵文抱怨，今天说一个保安没来上班，明天说保安开车把人撞了，后天说两个保安都没来上班，赵文觉得这两个保安一天都没有消停过。赵文再有心观察了一下驻地的两名保安，天天就在眼皮子底下，每天也没有多少事，可是经常见不到人，配备的一支 AK–47 常常被随便扔在门口的椅子上。赵文想到了值守批发中心的 6 名保安，便在晚上 10 点多钟的时候和许阳一起去查岗。

许阳来安哥拉后接手了赵文在批发中心的事情，现在由他全面负责批发中心的业务。

赵文和许阳来到批发中心的时候，批发中心的院门紧闭，从窗口看去，院门口的值班室空无一人，赵文问许阳："这个点儿不应该一个人都没有吧？"

许阳说："肯定不应该呀！"

许阳使劲敲院子的大铁门，敲了很久才从里面慌慌张张跑出来一名保安，保安自然认识赵文和许阳。平时赵文和许阳对员工和保安都很客气和蔼，公司里的员工和保安就跟他们很随意，可今天这名保安见到赵文和许阳有点怯生生的，保安打开院子的铁门让赵文和许阳进去，赵文问保安："怎么只有你一个人值班？还有一个保安呢？"

保安不安地说："他还没有来，晚一点儿会来。"

"都几点了还晚一点儿！"赵文说着走进值班室。

值班室很小，里面只有两把椅子，赵文看到门后靠墙放着一个编织袋，赵文指着编织袋问保安："这是什么？"

保安耷拉着眼皮，不回答赵文，赵文走过去打开编织袋，里面有两双旅游鞋和几件女装。

许阳惊讶地问道："这是哪儿来的？"

在许阳再三追问下，保安承认是自己在批发中心仓库的窗口用棍子挑出来的。

许阳很生气，正要训斥保安，赵文连忙向许阳摆摆手，用普通话对许阳说："这个时候跟他闹翻了怕他走极端，先稳住再慢慢处理吧。"

赵文看看手表，晚上11点多了，按值班安排，晚上12点钟另外一班保安就会来接班，赵文让许阳去库房周围看看，他让保安把值班室的两把椅子拿到院子里，两个人坐着拉家常。

赵文问保安："你家有几口人？住在哪里呢？"

保安在仓库里偷拿的东西被赵文发现后他很害怕，他怕赵文打他，更怕赵文把他告到保安公司，那样他就会被保安公司除名，他的工作是一家人的生活保障，要是被除名，他们一家人的主要生活来源就会断了，他心里很惧怕。后来看到赵文并没有打他，连训斥都没有，他不知道赵文对许阳用中国话说了什么，心里很忐忑。现在赵文很亲切地跟他聊家常，心情一下子轻松了许多，他告诉赵文："家里有妈妈、老婆和两个孩子,一个9岁,一个7岁。"

赵文问:"是男孩还是女孩? 上学没有? "

保安说:"是两个男孩子,都没有上学。"

赵文问道:"你年纪也不小了,怎么只有两个小孩? "

保安说:"我有过五个小孩呢,有三个都得病死了,现在只剩下两个了。"

赵文吃惊道:"五个就死了三个,啥病啊? "

保安说:"这很正常啊,安哥拉小孩病死的很多! 每年到了雨季,疟疾、黄热病、登革热暴发,得了病也没有钱上医院,全看自己的身体强不强壮了,我们邻居基本上每家都会有人得病死去,有孩子也有大人。"

赵文很少跟安哥拉人聊家常,没有想到疾病对他们具有这么大的摧毁力,可他们谈起死亡来是这么淡定,这么习以为常。

赵文又问了些家里的生活状况,才了解到保安一家五口人全靠保安的工资生活,保安的老婆每天去市场上进些水果、面包之类的食品去沿街叫卖,微薄的收入贴补家用,生活甚是艰难。像保安这样有一份工作的人在罗安达还是少数,大部分家庭根本没有固定的生活来源,食物还处于有就吃,没有就找的原始状况。好在安哥拉处于热带地区,幅员辽阔,物产丰富,水里有鱼虾,树上有水果,地里有木薯、花生,还有很多野生动物,要混饱肚子不难。

赵文、许阳和保安聊着天,很快到了深夜12点多钟,两个接班的保安前后拖拖拉拉地来接了班,看到赵文和许阳都在这里,他们感到有些意外,赵文把三个保安召集在一起说:"这个批发中心也是我们公司的仓库,这里库存商品很多,很重要,你们一定要帮我们看好了,这也是你们做保安的职责所在,要是出了问题我们是要找你们保安公司赔偿的。"

这次查岗后,赵文考虑了几天,把这些情况告诉了许丁,跟许丁商量说:"这些保安没有受过什么训练,也没有很好的职业素养,说得不好听一点就是一帮乌合之众,这样的保安不仅不能起到安保的作用,我还担心会出事。"

许丁说:"那怎么办? 看来只有请警察了。"

赵文说:"请警察做保安也不是长久之计,我考虑了一下,以现在罗安达的治安状况,安保工作十分重要,我们办一家保安公司吧,训练出一批称职的好保安,先满足我们自己的需要,做得好还可以向中国公司提供安保服务,这个需求会很大!"

许丁听了赵文的想法说:"你这个想法很好,现在中国公司都雇保安,他们和我们的苦恼应该是一样的,办保安公司肯定有市场,更何况我们自己也需要好保安呢。你回头再跟何守月商量一下,我们来办一家保安公司。"

两个人统一了思想,赵文说:"回头我跟何守月商量,估计他不会反对,我还考虑让欧阳青来负责保安公司的事,他当过兵,有部队生活经历,正好可以用上。"

许丁想了想说:"欧阳虽然当过兵,但要管理公司不一定能行,他家萨瓦丽娅刚生了老二,一时半会儿那几家商店的事帮不上多少忙,那一摊子事还找不到合适的人接替他呢。"

赵文说:"接替欧阳的人还真不好找,我们公司要发展,能干的人太缺乏了。"

许丁忽然拍一下脑袋说:"我想到了一个人,他肯定行,高斯塔怎么样!"

赵文有些犹豫地说:"高斯塔能行吗? 他没有什么管理经验,对我们的想法也不一定能很好地理解,只怕他担不起这样的重任吧?"

许丁说:"他的思路清晰,是一个明白人,为人很正直,有这两条就让人很放心了,错也错不到哪里去,先让他试试,要真是不行我们可以再换人。"

赵文觉得许丁说得也有道理,高斯塔靠谱,值得信任,错不到哪里去,可以先让他试试。

当赵文把高斯塔叫到办公室,很认真地告诉他让他负责组建保安公司的时候,高斯塔愣住了,他一时没弄明白赵文说的是啥意思,赵文便把要成立一家保安公司,这个保安公司从组建到训练到运作全部由高斯塔负责的想法跟他谈了。

高斯塔疑惑地问道:"你是让我当新成立的保安公司的 Boss 吗?"

赵文说:"不是 Boss,是 CEO。"

在高斯塔心中 Boss 和 CEO 是一样的,他不敢相信这是真的,他看着赵文一脸认真的样子,一时不知所措。他站了起来,风一样往外跑。

高斯塔在街上狂奔了好远,才气喘吁吁地停了下来,他不知道中国人为什么让他做保安公司的 CEO,但是他知道这几个中国人是很有本事、能做大事的人,他愿意在他们公司做事,不管中国人是出于什么想法让他做保安公司的 CEO,他一定要把它做好,不让中国人失望。高斯塔又一路狂奔地回到赵文办公室,气喘吁吁地对赵文说:"好!你说要怎么办,我一定把这个 CEO 做好。"

赵文问道:"你读过几年书?"

高斯塔有些得意地说:"我读过高中,而且成绩特别好,在军队时我做过长官的文书,也做过上尉连长,所以你们让我做 CEO 是很正确的。"

赵文找出一个厚厚的笔记本和一支笔,递给高斯塔,说:"我跟你谈谈我们办保安公司的想法和要求,你记下来,你就负责实施。"

高斯塔接过笔记本和笔,说:"我脑子记忆力好,记在脑子里就行。"

赵文说:"你还是把我的主要意思记下来,记录能帮你厘清工作的思路。"

赵文把组建保安公司的初衷，以及自己思考的保安公司如何运作的想法跟高斯塔谈了，并且提炼总结了对保安公司要求的三句话："素质过硬，纪律严明，正直可靠。"

　　高斯塔很认真地听着，把自己觉得重要的内容记了下来。虽然这件事对他很突然，他从来没有想到过自己会成为一家中国公司的管理者，没有任何的思想准备，但高斯塔是一个善于思考的人，平时看到什么事情都爱思考，比如说，他看到赵文和许丁穿着很随意，有时候穿着一套西服，鞋子却是休闲鞋，有时候穿着牛仔裤，鞋子又是皮鞋，高斯塔看到了觉得很别扭，他就跟赵文和许丁指出来，赵文和许丁只是笑笑，觉得高斯塔挺好玩。

　　听到赵文跟他仔细讲了保安公司运作的思路，他的心里也开始琢磨和思考，慢慢也理出一些头绪来。

　　赵文知道要高斯塔马上进入角色是不可能的，好在保安公司先以满足自身需要为目标，工作还比较单纯，重点是要训练一批合格的保安，这正好是高斯塔有能力胜任的工作，保安公司运作的事还需要慢慢带，因此赵文把事情想得比较细致。他对高斯塔说："你要做的第一件事情是要租一个地方，保安公司需要办公、训练的场地，你在罗安达找一个交通方便，能容纳一百人左右开会、训练的房子和场地；租好了房子再去注册公司，购买办公家具；公司注册好了就开始招聘保安人员；接下来是训练和上岗。"

　　赵文讲得这么清楚，高斯塔完全听明白了，只要把事情都搞清楚了，高斯塔办事情还是很有自信的，他踌躇满志地说："我的工作什么时候开始？"

　　赵文说："你要是弄明白了现在就开始，你先去买一辆皮卡车，作为你的交通工具，我会在会计那里给你开一个专门的户头，每个月你做一个费用预算交给我审查签字后就可以在会计那里领款开支了，工作上的事你随时可以和我商量,每周你要向我汇报一次工作。"

如果说高斯塔开始听说要他做保安公司的 CEO 感到十分意外的话,现在听到赵文说要给他买一辆皮卡车,还拨给他专项的费用开支,他感到无比震惊,他完全不相信这是事实,他以为这个 CEO 就是个大办事员,他无法相信他这个 CEO 还有这么多的福利和权力,在震惊的同时,他对自己的中国老板充满了感激,一种无以言表的激动涌上心头,他想狂奔!想飞翔!

高斯塔开着他的皮卡车在罗安达城里转了五天,终于在总统府附近的海边找到了一处满意的房子。这里原来是总统府卫队的一处营房,战争结束后,总统府卫队大幅度裁员,空出了这处营房闲置在海边。高斯塔对这处营地特别满意,主要是营房宽敞,一百多人吃住、开会、训练都没有问题,关键还很便宜。高斯塔看中了这处房子,辗转找到总统卫队司令,总统卫队司令没有想过要把房子出租,高斯塔跟他提出租房子的事,他才想到原来这处空房子还能赚钱,飞来的钱财,以高斯塔的理论功夫,自然租金很便宜了。

等保安公司注册好,要开始实际运作了,高斯塔心里还是很忐忑,他找赵文商量招聘保安员工的事,赵文说:"做保安,专业能力很重要,要能打得赢匪徒,但是个人品质更重要,要为人正派,一定要选好人。你先招聘 80 人左右,再通过考核、培训进行淘汰。"

高斯塔现在考虑问题也很细致了,他问道:"这么多人集中在一起吃饭是一个问题,我们能不能中午管一顿午饭,便于管理。"

赵文说:"可以啊,中午一顿饭由公司免费供应,你可以招聘两个厨师做饭,另外你还可以招聘一个助手兼司机。"

广渠保安公司招聘保安的消息轰动一时,应聘的人大清早就排起了长龙,高斯塔一边面试,报名的队伍一边不断延长。

高斯塔一个人面试,他牢记赵文要求的除了能打赢匪徒还要个人品质好的标准，对面试极其认真，每次叫进来5名应聘人员，先看形象气质，有满意的应聘者再一对一地询问，询问内容很详细具体，从结婚与否，家庭成员情况，到个人经历和有没有犯罪记录。应聘面试进行了整整一天，直到黄昏，保安公司营地还排着长长的应聘队伍，不过高斯塔已经挑选完他满意的80个人了。

接下来的培训高斯塔很有经验，因为他既当过兵带过队伍，又当过警察，都是纪律部队，对军事训练很在行。他一个人既管军事训练，又管理论培训，上午在营房前的操场上进行队列训练，下午在大礼堂进行职业培训，高斯塔的理论功夫了得，每次轻轻松松就能讲两个小时，都是些人生哲理，下面参加培训的保安听得津津有味。

高斯塔把自己的老婆和小姨子招进公司做厨娘，把自己的弟弟招进公司做了他的助手兼司机，公司管理成了他家里的事。不过尽管这样，高斯塔依然是一个正直的人，有高斯塔和自己老婆大吵一顿为证。

保安公司员工开始培训，高斯塔的老婆和小姨子每天中午给员工做一顿午餐，80多人吃饭，难免会有些剩余食物，这些剩余食物高斯塔的老婆就带回家去给孩子吃。开始的时候高斯塔不知道这件事情，过了一段时间高斯塔知道了，他把老婆叫到自己的办公室质问老婆为什么要这样做，老婆理直气壮地说："吃剩了的食物放着就坏了，扔了又浪费，要坏了的食物我带回家给孩子吃有什么错？"

高斯塔性格温和，平时对老婆很温顺，可这次他很生气，看到老婆一副不认错的样子就更生气了，他吼道："食物坏不坏是另外一回事，不能把公司的东西私自带回家，这是原则，是不能破坏的规矩，如果你想到能把食物带回家，买食材做饭的时候你就会有意无意多买一些，多做一些，这样剩的食物就会多一些，损害了公司的利益。"

老婆气愤地想解释两句，高斯塔一挥手，继续说："公司的食物就是公司的财产，公司的财产无论有任何的理由都不能带回家，作为一名公司员工,考虑的应该是如何把公司的财产保护好,而不是带回家。"以高斯塔的理论功夫,他老婆自然不是对手,几分钟后高斯塔的老婆就败下阵来,她委屈地说:"那剩余食物你说该怎么办?"

高斯塔没有想过这个问题,一下子被老婆问住了。他想了片刻说:"有办法,我每天评选几名在训练中表现好的保安员,把剩余的食物作为奖品奖励给他们,既处理了剩余的食物,又对员工起到了激励作用。"

高斯塔很得意自己能想出这么高明的办法来,他很骄傲地跟老婆说:"怎么样?这个办法好吧?"

老婆嘟哝道:"你就是一傻瓜!"

高斯塔很严肃地说:"这次我给你一个警告!下次再有这样的事情发生,我就开除你了!"

看着高斯塔严肃认真的样子,老婆不敢反驳,她知道高斯塔认真的个性,他要开除她绝对不是一句吓唬她的话,她只能再嘟哝一句:"开除我,开除我你回家就没有饭吃。"

保安公司培训班训练两个月后结束,赵文和许丁邀请了一批相熟的中国公司老总来参加保安公司培训班的训练考核。

上午9点,来宾陆续来到保安公司营地。在营地入口,50名保安队员身穿迷彩服,头戴普鲁士军帽,整齐列队,排成两行,欢迎来宾光临。营地操场一侧整齐摆放着三排桌椅,桌椅罩着白色的布套,桌椅上方搭有遮阳棚,操场四周插满中安两国国旗。

赵文和许丁看到这些安排很满意,特别是观礼台的布置大大出乎他们的意料,没有想到高斯塔能考虑得这么周到,做得这么好!赵文指着观礼台上的遮阳棚问高斯塔:"你怎么想到还做一个遮阳棚呢?"

高斯塔说:"我看总统外出视察的时候都搭遮阳棚,为了显示对来宾的接待规格,我们就搭了这个遮阳棚啊!"

许丁笑着拍拍高斯塔的肩膀说:"想得周到!干得好!"

9点半钟,考核正式开始,高斯塔站在观礼台前,高呼一声:"保安队员注意啦! 全体集合! "

　　50名保安队员分成5队,整齐进入场地,列队完毕,高斯塔整理完队伍,转身走到赵文面前,敬礼:"报告赵文总经理,广渠保安队训练考核集合完毕,请指令。"

　　赵文起立,回了高斯塔一个军礼:"考核开始! "

　　高斯塔回礼,转身跑步回到队列前,指挥道:"现在队列考核开始,从第一小队开始自行组织操练。"

　　接下来是每一个小队分别在小队长的指挥下开展队列操练。中午的阳光明晃晃的,气温高达四十多摄氏度,一会儿工夫,坐在遮阳棚下的来宾已是汗流浃背,50名黑人小伙子在烈日下很认真地操练着,虽然队伍不算很整齐,但那种饱满认真的精神给来宾留下了深刻印象。

　　队列操练完毕,开始射击考核。在观礼台对面的海边竖立着10个靶标,队员们匍匐前进30米进入射击位置进行射击,每人3发子弹,射击完后起立,等待前方报靶。

　　整个考核用了两个小时的时间,考核完毕,高斯塔又将队伍集合起来,让赵文给学员讲话。

　　赵文走到队列前面说:"大家辛苦了! 我刚才看了大家的训练汇报,整个队伍纪律严明! 士气高昂! 技能过硬! 完全符合我们对保安队员的要求。我们的上岗培训到今天就暂时告一段落,从明天开始,你们就正式走上工作岗位了,你们是广渠保安公司的第一批保安队员,你们要记住,你们的形象代表着广渠保安公司的形象,作为一名保安员最重要的是正义、正直、勇敢……"

　　保安队的考核刚结束,在场的中国公司老总纷纷要求跟广渠保安公司签订安保协议,任智对赵文说:"你这50名保安我全要了。"

　　显然,保安队员太少,远远不能满足几家中国公司的需求。赵文对高斯塔说:"你看到了吧,50名保安队员远远不够,你马上组织招聘新的队员,这次要扩大招聘规模,招200人。"

高斯塔咧着嘴很开心,从赵文让他担任保安公司CEO开始,两个多月来他费尽心思,独立完成了找营地、注册公司、组织训练的全部工作,今天能够圆满地通过考核,得到了老板和中国公司来宾的肯定,心里感到无比得意。他也从这些工作中找到了自己人生的价值,对未来的工作更加自信。赵文提出的新要求他也考虑过,正好借机把自己的想法提出来:"保安公司不仅是训练,训练只是第一步,更重要的是管理,以后保安员每个月都要在这里轮训两天,以保证他们的纪律性、团结性和斗志,还有大量新员工要训练,我一个人肯定忙不过来,要增加管理人员才行,我想向你推荐一个人。"

赵文笑着调侃道:"是不是推荐你老婆呀!"

高斯塔有些羞涩地说:"她不行!没那个本事,只能做饭。"

赵文问道:"那是推荐你弟弟?"

高斯塔说:"也不行,我弟弟没有这个能力。"

看到高斯塔很认真的样子,赵文疑惑道:"那你要推荐谁?"

高斯塔把身边一名保安队员拉过来说:"我要向你推荐的就是他,马里奥。"

赵文打量一眼这个黑人,中等身材,不胖不瘦,虽然年纪有些偏大,但眉宇间很有些英武之气。

高斯塔介绍说:"他是我在军队时的团长,上校,管一千多人呢,本来他退役了有政府补贴,只是他老婆太能生育,孩子太多,养不活,他就出来找事做。"

听高斯塔介绍马里奥的情况,赵文心里对马里奥多了几分钦佩,他问马里奥:"你有几个孩子?政府补贴还不够生活的。"

马里奥有些不好意思地说:"我有12个孩子,8个男孩4个女孩,最大的 20 岁,最小的 2 岁。"

赵文吃了一惊,笑道:"你应该得安哥拉最佳生育奖了。"

马里奥说:"我哥哥有 14 个孩子,比我厉害。"

赵文更加吃惊,安哥拉人生育能力很强,但小孩存活率不高,每年流行的传染病夺走了不少人的生命,所以一般家庭能有四五个小孩就不错了,像马里奥这样有十几个小孩的家庭比较少见。

高斯塔说:"我想让马里奥担任保安队队长,负责保安队的培训工作,我负责保安公司的全面管理和运行,这样我们两个人分工配合最好了。"

赵文觉得高斯塔的想法很好,高斯塔一个人要管理整个保安公司也确实很难,再看看眼前的马里奥,感觉挺可靠的,就说:"行!就按照你说的,让马里奥担任保安队队长,你们两人分工协作,抓紧招聘新员工,我们要把广渠保安公司办成安哥拉最好的保安公司。"

高斯塔和马里奥同时举起手来向赵文敬了个军礼,很响亮地说:"是!"

十四

广渠国际进入了快速发展的轨道，每年的业绩都以翻番的速度增长，公司的规模也在迅速扩大。

云琪琪生了个女儿，许丁给她取名叫许安。赵文与沈艺奉子成婚，婚后沈艺回到国内去给赵文建设大后方。欧阳青有了一儿一女，他有点遗憾的是两个小孩都是黑皮肤。

许丁、赵文和何守月在罗安达召开了一次很重要的公司会议，会上他们提出了公司新的发展目标：公司规模化、生产本土化、经营多元化。

公司规模化方面要建立现代企业制度，规范公司的经营管理模式，招聘公司高级管理人才，使广渠国际成为现代化大公司；生产本土化方面要在安哥拉建立自己的生产基地，培训当地员工，变国内采购商品为安哥拉本土生产；经营多元化方面要尽快改变以商品贸易为主的经营状况，向建筑材料生产销售、商品生产销售、服务业、养殖业等多方面拓展业务。

为了实现这一目标，公司决定在罗安达购地，建设自己的生产和生活基地，为此许丁、赵文和何守月开车在罗安达转了几天，都没有看中合适的地方，要不就是地块太小，要不就是价格太贵，而且这几年罗安达迎来了发展的高峰，土地紧缺、地价飞涨，要找块合适的地还真的很难。

何守月回国前，许丁约盖利巴将军小聚，餐桌上说起这几天在罗安达看地的事，盖利巴将军问道："你们要在罗安达买地吗？"

许丁便向盖利巴将军详细介绍了公司的发展战略，表示想在罗安达购置一块土地，建设发展基地。

盖利巴将军听了许丁对公司发展战略的介绍，十分欣赏他们提出的生产本土化蓝图，认为这既对公司的发展有利，也给安哥拉经济的发展做出了贡献，还能提高当地居民的就业率，外国的公司就应该走这样的道路，能支持当地经济的发展，自己的公司才能稳定持久地发展。盖利巴将军赞扬了许丁他们一番，转过话头说："我在罗安达有一大片土地，是战后总统对将军们的奖励，离城中心稍微远了一些，你们去看看，如果觉得可以，我低价转让给你们一块。"

许丁他们一听很感兴趣，问盖利巴将军地块的具体位置，将军说："明天上午我带你们去实地看看吧，看不中也没有关系。"

第二天上午许丁一行开车跟着盖利巴将军的车去看地，与平时低调行事的风格完全不同，盖利巴将军这次坐的是自己的大奔驰车，奔驰车前面有一辆军车开道，军车上有6名全副武装的军人。

三辆车风驰电掣地开出了罗安达城中心，向南驶上环城公路，这是一条刚完工不久的城区大道，大道两边很快成了中国公司的聚集地，一路驶过，都是中、葡两种文字的招牌，有公司的基地，也有空调、汽车销售维修服务站，也有木材、钢材、水泥市场，还有家具城、商场、餐馆、茶馆、歌厅，如果把葡文去掉，和中国某个城市开发区的面貌几乎完全一样。

盖利巴将军的小车队开出城中心大约四十分钟后从环城公路转到新机场高速公路，行驶十几分钟后右转进入一条石子铺成的公路，公路路面不宽，只有两条车道，虽然是石子铺成的路面，但路基很结实。放眼望去,路的尽头是几座小山丘,路上没有车辆和行人,路两边是无边无际的荒漠,荒漠里长满荆棘和巨大的非洲树木,这些树木中许丁只认识猴面包树。

猴面包树又叫波巴布树,主要生长在非洲干旱的热带草原上,是一种大型落叶乔木,树干粗壮,往往需要十几个人手拉手才能合抱,相较于树干,猴面包树的树冠和枝丫显得有些稀疏,外形活像有些秃头的胖子。它的果实呈长条形,中间粗两头尖,像面包一样,果实富含丰富的淀粉,是猴子喜欢的食物,因而得名猴面包树。

在猴面包树生长的非洲大地上,一年之中只有旱季和雨季两个季节,而且旱季还特别长,约八九个月时间,雨季很短。在这样环境下生长的猴面包树,在雨季来临的时候拼命地吸收水分,储存在肥大的树干里,猴面包树的树干外皮很硬,里面却很疏松,质地就像海绵一样,一棵成年猴面包树能储存几千公斤的水。等到旱季来临,它就将叶子全部落光,以减少树内水分的蒸发和流失,度过漫长的旱季。

这样的生存能力使得猴面包树的树龄一般在 500 年左右,最长能活到 5000 年以上,在地球环境的不断变化中,猴面包树一直演绎着适者生存的自然规律。

猴面包树的果实也是人在饥饿的时候很好的充饥食物,旱季的时候在树干上挖个洞,一会儿洞里就储满了水,可供很多人饮用,一棵猴面包树的果实和水能养活一家人。所以很多非洲国家将猴面包树列为保护树种,法律禁止砍伐。

猴面包树很好地诠释了适者生存法则,许丁每次看到猴面包树,就会想到自己在安哥拉的种种经历,不免心生感叹。

车队在石子路上行驶了大约十分钟,遇到一个军人值守的检查站,持枪的士兵看到盖利巴将军的小车队,连忙升起栏杆,挥动绿色信号旗,让盖利巴将军的小车队通过,车队通过检查站时,全体士兵立正敬礼。

车队通过检查站几分钟后行驶到一条河边,从河边左拐,进入一条更窄的土路,在土路上行驶了不到十分钟,盖利巴将军的小车队停了下来。

下了车,盖利巴将军指着前面两座小山丘说:"这两座小山丘之间,包括这两座小山丘,全是我的土地,你们要多少都行。"

许丁看看四周,东面是一条宽广绵长的河流。盖利巴将军介绍说,这条河就是宽扎河,是安哥拉的母亲河,正是雨季,河水充沛。北面和西面是两座平缓的丘陵,西面的丘陵后面应该就是那条新机场高速公路。南面是一望无际的荒漠。丘陵和荒漠一样稀疏生长着一些大树,大树下荆棘丛生,土质是红色的沙土地。

许丁跟赵文和何守月商量道:"地块不错,很开阔,就是稍微偏僻了些。"

赵文说:"我们主要是用作生产基地和仓储基地,偏僻一点更好些。"

何守月说:"这里没有市政配套设施,水、电、路都不通,要自己建,价格上一定要压下来才行。我们可以先少买一点儿地,不用压那么多的资金,以后发展了还可以再扩大,比较灵活。"

三个人在用普通话商量,盖利巴将军问许丁说:"他们俩有什么看法?"

许丁说:"他们俩都觉得离城区有点远,没有任何市政配套设施,要自己建,成本太高!"

盖利巴将军说:"我这块地荒在这里也没有用,原来想做农业种植的,这里的土质也不适合,我和你是老朋友了,价格你说了算,多少钱都可以的。"

何守月听不懂葡语,赵文就把盖利巴将军的话翻译给他听,他忽然灵机一动说:"我们跟他提出来三年分期付款,要是他能同意,公司的资金压力就小多了。"

许丁说:"那我们就跟他提出来按环城公路最近地段的30%的价格,分三年付款怎么样?"

赵文和何守月都表示了同意,许丁问:"我们要多少亩呢?"

赵文说:"那就先来10公顷怎么样?"

三个人用普通话商量好了,许丁便把商量的意见告诉盖利巴将军,盖利巴将军很爽快地答应了,因为他知道这块地根本不会有人买。

买卖地皮的事谈妥了,盖利巴将军嘱咐许丁道:"你们在这里建基地的时候,有两种树是不能砍伐的,那就是猴面包树和格尼里莫戈尼树。猴面包树是我们旱季时候的粮仓和水库,千百年来就跟这宽扎河一样养育着我们,安哥拉的法律禁止砍伐;格尼里莫戈尼树是我们的宝贝,生长很慢,很珍贵,虽然法律没有禁止砍伐,但我们安哥拉人都很珍惜它,不会在它活着的时候砍伐它。其他的树你们可以砍伐。"

许丁点头道:"胖子树不能砍我们都知道,这格尼里莫戈尼树是什么树?没听说过呢。"

盖利巴将军说:"格尼里莫戈尼树的树干中心是黑色的,和你们中国的红木一样很坚硬,这样的树老死以后,我们用它的树干雕刻成工艺品,你们中国人都很喜欢!"

赵文恍然大悟道:"是黑木,盖利巴将军说的这种树就是黑木。"

盖利巴将军笑着学赵文的普通话说:"黑木!黑木!"

何守月略有所思地说:"可惜不让砍伐,要是能弄一批黑木回去也很赚钱的。"

许丁说:"你这话提醒我了,虽然不能砍伐黑木,但我们可以砍伐普通的木材啊,这几年国内木材价格飞涨,我们尝试做一下木材进口生意怎么样?"

赵文连忙接话道:"有进有出的贸易才是最赚钱的,可以减少汇兑损失。这几年安哥拉外汇短缺,宽扎不断贬值,往国内支付货款需要排队购汇,排队的时间越来越长了。如果我们将这边的宽扎变成木材进口到国内,一举多得,良性循环。"

三个人越说越兴奋,仿佛中世纪的航海家发现新大陆一样。站在一旁的盖利巴将军问道:"你们有什么开心的事?能和我分享吗?"

许丁连忙解释说:"您刚才说到砍树的事让我们想到了向中国出口木材的生意,我们都觉得这个生意很好,还能解决购汇的问题。"

盖利巴将军释然道:"这是个很好的想法,别看罗安达周围没有多少森林,但安哥拉南部的森林资源很丰富,你们可以去那里建一个砍伐基地。"

就在他们聊得火热的时候,两辆军用吉普车疾驰而来,从车上下来五名军人,为首的是一名少将,他们走到盖利巴将军面前,很恭敬地向盖利巴将军敬礼。

盖利巴将军向许丁一行介绍道:"这是马努埃尔将军,这旁边就是他的军营,他指挥着安哥拉唯一的快速反应旅,这个旅是全机械化的装甲旅,安哥拉军队的王牌,马努埃尔将军就是这个旅的旅长。"

许丁打量一下马努埃尔将军,这是一个魁梧健壮的军人,身高足有一米九以上,皮肤不像一般安哥拉人那么黝黑,而是深红色。

盖利巴将军向马努埃尔旅长介绍许丁他们说:"这几位中国人是一家中国公司的大老板,我的好朋友,他们准备买我这里的地做公司基地。"

马努埃尔旅长走过来和许丁一行人一一握手:"中国人是我们的好兄弟,中国军队很厉害,在朝鲜把美国人都打败了!"

许丁笑道:"那都是很久以前的事了,不过我爷爷参加过那场战争。"

马努埃尔旅长连忙向许丁敬了个军礼:"向你的爷爷致敬!老兵是最伟大的!"

许丁连忙回了马努埃尔旅长一个军礼,连声说:"谢谢!谢谢!"

马努埃尔旅长对盖利巴将军说:"将军,你们谈好了吗?我们要和中国人做邻居了?"

盖利巴将军微笑着说:"是的,我们已经谈好了,以后你要保护好我的中国朋友。"

马努埃尔旅长立正道:"是!将军!"

马努埃尔旅长邀请盖利巴将军去驻地吃午饭,盖利巴将军犹豫了一下,邀请许丁一行说:"怎么样,你们跟我一起去尝尝安哥拉军队的伙食?"

许丁看看赵文和何守月,对盖利巴将军说:"那我们不胜荣幸!"

何守月回到国内,对国内的木材行情做了一个深入调研,由于国内木材砍伐量越来越少,随着国内经济的高速发展,对木材的需求却越来越大,木材价格一路飙升。何守月在调研中还发现了一个新情况,由于安哥拉基础设施和民生工程建设的需要,中国每年向安哥拉大量出口水泥、钢材等建筑材料和施工机械设备,而且中国对安哥拉的出口多,进口少,远洋货轮都是单边运输,所以货轮返程的运费特别便宜,能大大减少运输成本。

许丁和赵文了解这一情况后着手在安哥拉寻找木材资源,他们分头跑了万博、北宽扎、本格拉等几个木材资源丰富的省份,在比较了木材资源量、生产条件、运输条件后,决定在万博省建立木材生产基地,砍伐加工木材,出口到中国。

赵文这段时间把主要精力放在木材生产基地上,为了做好这个项目,公司在安哥拉招聘了一个木材生产基地的项目团队,又在当地招聘了一批工人,购置了木材砍伐、加工设备和运输车辆。

半年后广渠国际的第一船木材运抵镇江港。不可思议的速度彰显了广渠国际强大的执行力!让安哥拉的中国公司咋舌。

十五

广渠国际基地的地买好后，一直不知道该从哪里开始建设，许丁和赵文商量了几次，也没有商量出一个所以然来，主要也是没有精力去好好策划。

半年后的一天，许丁路过中国驻安哥拉大使馆，远远地看见大使馆门前聚集着一群人，走近了才看到这群人举着五星红旗在大使馆门前静坐，许丁见到大使馆张秘，问道："这是怎么啦？"

张秘说："大使正在会议室跟他们的代表会谈，你可以进去听听，没啥保密的。"

许丁是大使馆的常客，和大使及使馆上上下下的工作人员都很熟悉，许丁走进使馆，一楼会议室门敞开着，许丁就坐在了会议室门边的椅子上。

大使正在了解情况，坐在大使对面的是年纪一大一小两个人，年纪大的那个人四十多岁，有点小胖，他很惶恐地坐在那里，并不说话。

跟大使说话的主要是那个年轻人，年轻人戴一副黑框近视眼镜，高个儿，精瘦，只有二十多岁的样子，他说："我大学毕业才五年就是中 E

总公司的项目经理、工程师,蔡老板找到我,给我做工作,让我跟他来安哥拉做项目,答应给我年薪 10 万块。我家在农村,家里条件不好,读大学还是找亲戚朋友借的钱,我想着尽快把家里的债务还清,让父母过几天好日子,就把中 E 总公司的工作辞了跟蔡老板来了这里。跟我一起来的还有 18 个农民工,都是蔡老板老家的人,他们以前都在建筑工地打工,蔡老板说给他们每人每年 5 万块钱的工钱,包吃包住,包往返机票。我们觉得乡里乡亲的,很相信蔡老板,就跟着他过来了。我们来了三个多月了,住着集装箱,没有任何卫生条件,每天吃的都是米饭咸菜,大部分人都得过疟疾、痢疾,我们想回去,蔡老板不给结工钱,也不给买机票。没有办法,我们只好请大使馆出面,为我们主持一个公道。"

大使问道:"你们和蔡老板签订劳务合同了吗?"

那个年轻人说:"在国内的时候,我们要跟蔡老板签劳动合同,蔡老板说到了国外再签。到了安哥拉,他又说等拿到了项目合同再签。他的项目合同一直没有拿到,他就不跟我们签劳动合同。"

大使问一直在过道里给蔡老板打电话的张秘道:"小张,联系上蔡老板没有?"

张秘走进会议室说:"联系不上,他的手机关机,找了一些人打听,都说不知道他的行踪。"

大使问对面的两个代表说:"怎么办?你们有什么想法?"

那个一直没有开口的中年人说:"在国外我们也不想给祖国抹黑,我们现在只想回去,能给我们买张机票让我们回国就行了。"

许丁观察一大一小两个代表,觉得他们很明事理,把事情也说得很清楚,自己被骗了,也没有找政府胡搅蛮缠,他对蔡老板的做法很气愤,也很同情这几个同胞的遭遇,他想帮他们,忽然想到那个基地建设的事,如果让他们去建基地也许能行,特别是那个年轻人,看着很踏实的,还是中 E 总公司的项目经理和工程师呢。

许丁到过道里给赵文打电话商量了一下,他回到会议室对大使说:"大使,我有个想法跟他们商量一下可以吗?"

大使说:"行啊,你有什么好建议坐下来说。"

许丁对两个代表说:"我刚才在旁边听了你们的情况,我有一个想法,看看你们觉得怎么样。"

两个代表疑惑地看着许丁,大使介绍说:"这是广渠国际贸易公司的许丁董事长。"

许丁接着说:"我可以把你们招到我们广渠国际来,工资就按照你们刚才说的蔡老板答应给你们的标准,但我有个条件,就是有三个月的试用期,试用期我按一半的工资发,试用期满双方互相选择,如果双方都满意,我们签订正式劳务合同,工资按标准上浮20%,如果你们有人不满意或者我不满意的人,我可以帮助他买回国的机票。"

许丁的话让两个代表看到了希望,他们满怀希望想来安哥拉赚钱,可三个多月以来不仅没有赚到钱,还吃了不少苦,现在想回国都很难。

这18个农民工都是来自湖南汨罗的同一个乡镇,其中有好几个人和蔡老板还是亲戚关系,这个年长的代表叫杨永兴,在家的时候当过很多年的村长,出来后不当村长了,但威信还在,年龄也长一些,自然就成了这十几个农民工的头儿,大伙儿还叫他杨村长。这个年轻的代表来自湖南湘西,武汉大学毕业的高才生,叫曲爽,大家都叫他小曲工。

小曲工和杨村长听了许丁的想法,心里又重新燃起了希望,但也有几分顾虑和担心,他们不明白这个许丁董事长为什么要帮他们,他们不知道能不能相信这个素昧平生的人。

大使看出小曲工和杨村长的顾虑和担心,他进一步介绍说:"许丁董事长在安哥拉的口碑很好,他说的话你们可以相信,我们大使馆也会监督他兑现承诺的。"

小曲工和杨村长交换了一下眼神,他们觉得这个许丁董事长比蔡老板开出的条件还要好一些，也更实在可信一些，小曲工问杨村长："杨叔，你觉得怎么样？"

杨村长说："既然许董事长说得这么诚恳，大使也做了见证，我们就跟许董事长去试试吧！"

大使对小曲工和杨村长说："那你们赶紧去跟大伙儿商量一下吧。"

小曲工和杨村长出去后，大使握着许丁的手说："谢谢你帮我们大使馆排忧解难，要是中国的企业都像你这样顾全大局该多好！"

许丁说："这也是我们的责任，您放心，我会安排好这批人的。"

许丁和大使告别出来，问小曲工："怎么样？跟大伙说清楚了吧？是不是都愿意跟我走？"

小曲工说："行，我们都跟你走。"

许丁便给任智打电话说："任总，又给你找麻烦来了。"

任智笑着说："我现在几天不被你麻烦就想得慌，说吧，啥事。"

许丁说："我招了十几个工人，麻烦你派个中巴车到大使馆来帮我把他们接到你们基地去，先安排在你们基地住几天，你们帮我安排一下吃住，费用我来结。"

任智说："我说不行也不行啊！几个人？"

许丁说："一共 19 个人，一辆中巴就可以了，我在大使馆等着。"

在等任智派来的中巴车的时候，许丁向小曲工和杨村长交代说："一会儿我让中 D 集团派车把你们接到他们集团基地去，他们集团有两千多名国内来的工人呢，他们的基地有专门的接待中心，国内来的工人都在那里落脚，然后再分配到各处的工地上去，要回国的工人也是先到接待中心集中再送回国内，接待中心吃住的条件都不错，你们先在那里住下，我们再商量下一步的工作。"

听到许丁这么周到的安排，大伙儿彻底放心了，小曲工问道："不知道董事长准备让我们去做什么事呢？"

许丁说："我们公司在罗安达城外买了一块地，准备建一个基地，地买了很久，还没有想好该怎么建，见到你们，我就想，可以请你们帮我们公司去建那个基地，刚才听你说你是工程师，还当过项目经理，你可以帮我们好好规划一下。"

小曲工听说要建基地，心里更踏实了，他说："那就好，这是我们擅长的工作，有把握一定能做好！我们先直接过去看看基地吧。"

许丁看看手表说："一会儿车来了，你们先去中 D 集团的基地安顿一下，吃了午饭后其他人先休息，我带你和杨村长去看看基地。"

说话的工夫，任智派来的中巴车到了，许丁把他们送上车，自己也回公司。

吃完午饭，许丁和赵文一起带小曲工和杨村长去看基地，一路上许丁和赵文问了些小曲工和杨村长以前在国内工作的情况，问他们怎么会轻易就相信了蔡老板，跑到罗安达来了。

杨村长说："我们村里有一些人去国外打工，收入比国内高很多，出去干几年，回来就在村里盖楼房了，乡亲们都羡慕啊，蔡老板回家说要找一批人出国打工，大伙儿都抢着来，我们有几个人还跟蔡老板带点亲戚关系，没想到来了是这样一种情况！这个老蔡除非不回家，他要回去了我们扒了他的皮。"

赵文说："都是乡里乡亲的，这个蔡老板怎么骗到自己家乡去了？"

小曲工说："蔡老板开始也不是想骗我们的，有家中国大公司在安哥拉接了个电网项目，要用大量的水泥电线杆，他就想分包生产电线杆，还在国内买了套旧设备来，可我们生产的电线杆人家检验不合格，蔡老板就没有拿到这个活儿，他怪我们技术不好，生产的产品不合格。"

许丁说："电线杆也不是什么尖端产品，你们在国内没有做过吗，怎么就不合格呢？"

小曲工委屈地说:"电线杆也就是普通的水泥制品,我们干这活儿一点儿问题都没有,就是这个蔡老板想赚黑心钱,他进的钢筋和水泥都是小厂生产的不合格产品,质量很差,我跟他说这些钢筋和水泥不行,肯定达不到质量要求,他不听,还说我不会做生意,结果生产的电线杆人家拉去检测,肯定不合格啊!这还能怪我们?"

赵文说:"那只能怪他了,安哥拉的质量控制标准比国内还高,中国公司施工的工程都是找的葡萄牙的监理,欧洲标准,同样的工程钢筋比国内要多用好多,所以造价也比国内高很多,想要糊弄别人是不可能的。"

说着话,也就一个多小时车程,他们就到了购买的盖利巴将军那块地上,他们在那块地上转了一圈,许丁对小曲工说:"这块地我们买了半年多了,一直没有想好该从哪里开始建设,你是工程师,就帮我们好好策划策划。"

小曲工问:"这块地你们买来想干什么呢?"

许丁说:"我们现在主要做商品贸易,需要很大的仓储基地,租仓库很贵,想在这里建一片库房和堆场;我们还想把那些技术含量不高、块头较大、不好运输的产品,比如说床垫、沙发、桌椅这些东西放在这里生产,这就需要盖一些厂房和工棚;我们还有一个保安公司,有两百多号人呢,想把训练基地也搬过来,需要建一些生活设施。近期就是这些吧。"

赵文接着说:"以后还想做一些工业项目,比如说水泥制品、塑料制品、工业产品,甚至搞养殖业,这周围地多,可以随时扩大。"

回到车边的时候,小曲工说:"我看了下周围的环境,按照你们的要求,我有个初步的想法。"

看着许丁和赵文期待的眼神,小曲工接着说:"我们连我一起只有19个人,人说多不多,说少不少,基地的建设不可能全部铺开,要排一个先后顺序,起步先要做四件事:第一件事是要建一圈围墙,把你们这块地围起来，这一片荒地怎么能叫基地呢，谁都能进来也不安全，这块地也不小，建围墙如果都用机砖成本有点高，可以先用干打垒的方式建一圈围墙，虽然施工速度慢一点，也不太美观，但成本低。第二件事是要引水，基地没有水啥都干不成，你们这块地里虽然有一个小水塘，可水太少，到了旱季可能就没有水了，所以必须要引水进来。我看东边那条河离这里也就两公里不到吧，把河水引过来不难，引水有两种办法：一种是明渠引水，一种是管道引水，明渠成本低，但引水效用差一些，管道效用高，成本也高，不过我看这里都是沙土，明渠必须做得很严实，否则一路漏水过来效用就更低了，这样就和管道的成本也差不多，建议还是铺管道引水，好在距离也不远。第三件要做的事情就是接电，高速公路那边有城市公用电网，接过来也不远，但要向供电部门申请。第四件要做的事情是建生活设施，我们这些人要吃要住，只有安顿下来了才能安心工作，我们可以先盖几栋平房作营房，自己盖，投资也不大，让大伙儿住舒服一点，现在我们可以先搭几个工棚住下来。这是我觉得先要做的几件事，第二步……"

许丁和赵文听了小曲工很有条理的想法，心里都暗暗吃惊，没想到小曲工这么年轻，考虑问题这么周到，把他们想了半年都没有想清楚的事情，他几句话就理清楚了，他们心里很佩服这个年轻人。

许丁打断小曲工的话说："后面的事我们再商量，先从你说的这几件事开始。"

许丁说着转身跟赵文商量说："我看我们把这个基地建设的事就全部交给小曲工来办，让他做我们基地建设的总指挥怎么样？"

赵文和许丁想到一块儿了，他说："可以，就让他做我们基地项目的项目经理。"

许丁对小曲工说："基地建设的事我们是外行，也没有精力管那么细，我们就全部交给你了，除了马上着手安排你刚才说的事情外，你还要把我们这个基地建设做一个完整的规划方案出来，我们分步来实施。"

赵文接着说："我们在会计那里给你开一个专门的项目户头，你每个月做一个项目预算，给我审批后就可以在会计那里自行开支，会计给你做项目核算。"

听了许丁和赵文的一番话，小曲工心里很激动，眼睛一阵潮热，素昧平生，上午才刚刚认识，对自己毫不了解，这两个老板就把这么重要的事全部委托给自己，就连他们商量事情也不避讳自己，这是多大的信任啊！能遇到这样的老板，三生有幸啊！

小曲工有些激动地说："许总、赵总，既然你们这么信任我，我就是赴汤蹈火也要把你们这个基地建好，不辜负你们这份信任。"

小曲工跟杨村长商量道："杨叔，我们难得遇到这样的好老板，我看我们明天就进场，先搭几个工棚住进来，开始干！"

在一旁的杨村长一直没有开口，但他很认真地听着他们的对话，他很佩服小曲工的才能，只看一眼，转一圈，就能把基地建设的事情说出一个子丑寅卯来。这两个老板更是好人，坦诚、真诚、实诚！我们打工的到哪里去找这样的好老板啊！见小曲工征求他的意见，他也很爽快地说："进来，明天就进来！"

许丁很开心，他跟赵文商量说："基地建设的事就全部委托给小曲工了，杨村长年长，就给小曲工当助手吧，帮着小曲工一起干，你们工资的事我们再商量。"

小曲工说："你们能这么信任我们比给我们涨工资更让我们满意了。那我们明天就要开始去购置一些生活用品和材料工具了。"

赵文说："你们回去做一份生活用品清单，安排两个人专门负责生活，再做一份需要购置的工具和建材的清单，可能还要买一些必需的施工机械和设备，大型机械设备我们去租，小型机械设备能租就租该买就买。"

赵文对许丁说:"先让他们买一辆皮卡车吧,没有车在罗安达啥事也做不了,只怕还要给他们招个翻译才行。"

小曲工说:"皮卡车在工地不适用,买一辆小卡车吧,既能拉货又能载人,实用。翻译能招就招,招不到也没问题,我的英语还行,出去办事大部分是找中国公司,去找黑人办事比画比画也能行。"

许丁说:"行,先买辆小卡车。你们十几个人是不是少了点,我们再招十几个当地员工吧,你们一个人带一个人干活儿,那样效率会高很多。"

杨村长接话道:"是的,是的,这么大的基地十几个人干活儿太慢了,带一帮黑人干体力活儿没问题。"

大家都觉得许丁这个想法好。

赵文跟许丁商量说:"搭工棚可能不行,罗安达蚊子太多,白天也太热,我们先拉几个集装箱来,让他们住一段时间集装箱,总比住工棚强吧。"

杨村长说:"集装箱可以,我们原来在蔡老板那里就是住的集装箱,你们多拉几个集装箱,让大伙住宽松一点儿就成。"

许丁说:"成,我明天就安排人拉集装箱来,你们自己也把生活安排好一点儿,蔬菜、肉都要买,身体棒才有力气干活儿嘛。"

等他们一起返回中 D 集团基地的时候,基地建设的事就基本上商量妥当,大家按照商量的意见分头行动。

小曲工和杨村长把大家召集起来开会,他把和杨村长去基地察看的情况以及和许丁、赵文商量的意见跟大家讲了一遍,又谈了自己对两个老板的感受,大家听了很高兴,一天的时间大家从失望、愤怒中又回到了美好的期盼中,大家来非洲本来是做好了吃苦的准备的,大家都不怕吃苦,就是想赚到钱。

趁着大家高兴，小曲工便把自己考虑好的工作告诉大家，并进行了分工安排，他说："既然老板委任我为基地建设项目的总指挥，那我从现在开始就行使总指挥的权力了，大家没有意见吧？"

大伙儿异口同声地喊道："没意见！"

小曲工吩咐道："杨叔，你管我们的生活，负责生活物资的采买，给大家做饭、卫生、健康你都给大家照看着，你就是我们的后勤主管，怎么样杨叔？"

杨村长说："做饭没问题，但没有辣椒我不会做，到哪里找辣椒去啊？"

小曲工说："这没问题，回头让老板给我们从国内发一集装箱辣椒来，让大伙顿顿吃辣椒。"

杨村长说："那最好！管你们吃好！吃饱！"

小曲工说："我们那个基地离河很近，不到两公里，那河里肯定鱼多，我们去河里钓鱼，就天天有鱼吃了。"

大伙儿一听很兴奋，既有鱼吃，又能娱乐，钓鱼大家都喜欢。

小曲工说："我们也不能天天劳动，人总是要休息一下的，我们每周每个人休息一天，大家轮流休息，休息的人除了睡个懒觉，搞搞个人卫生，就去钓鱼，权当娱乐嘛！"

大家一听更高兴了！都觉得小曲工想得周到。

杨村长说："小曲工，你让老板找人帮我们从国内带些蔬菜种子来，那么大的基地，我们开几垄菜地，保证一年到头蔬菜吃不完。"

有人插话说："土豆、红薯罗安达也有，我们买一些种在地里，两个月就能吃上了。"

大伙儿越说越激动，小曲工连忙拉住话头说："生活的事没问题，中国人走到哪里都能很好地生存。下面我跟大家说说施工的事。我们分成三个班。第一班是营房施工班，满湘负责，你带 7 个人盖房子，先盖我们自己住的房子;第二班是土建施工班,王叔负责,5个人,负责建基地围墙;第三班是水电施工班,先架电线接电,再做水泥引水管引水,小石由你负责,带5个人,等老板招了当地员工再一个人带一个当地员工一起干。我主要负责材料、工具采购,施工图纸设计,工程监理。"

小曲工说完看看大家:"怎么样?大家有意见没有?"

大家都说没意见,服从小曲工安排。

小石说:"我有一个建议,让老板多招几个女工,男女搭配干活儿不累。"

满湘敲着小石的头说:"让你带一个黑姑娘干活儿你还有想法啦?"

大伙儿哄堂大笑。

杨村长说:"我们来安哥拉三个多月,一分钱没有挣到不说,没有好好地吃过一顿像样的饭菜,没有洗过一次热水澡,没有睡过一次安稳觉,难得遇到这样的好老板,今天我们早点睡,明天大家开始卖力干活儿。"

几天后基地的集装箱工房安装好,小曲工带着18名民工全部搬到了基地。

广渠国际在当地报纸上刊登了招工启事,又是几百人到基地排队应聘,赵文挑选了20名黑人员工交给小曲工。

基地建设轰轰烈烈地展开。

十六

许丁在大使馆招回十几名静坐的农民工后不久，大使把许丁叫到大使馆，和许丁做了一次长谈。

大使说："现在在安哥拉的中国人将近三十万，安哥拉的各行各业基本上都有中国人参与，有投资办厂的，有做贸易开店的，有种植、养殖的，有做工程施工的，有开餐馆、茶馆的，有卖车修车的，有开理发店、花店的，五花八门，林林总总。人员也很庞杂，有国有企业员工，也有私营企业老板和员工，还有很多个体经营户，在这样一种环境下，难免鱼龙混杂出现各种问题，比如说你几天前遇到的劳资纠纷，还有工伤事故、人身安全、法律维权、同业竞争、欺骗诈骗等等，大家出来了，有事就想到大使馆，到大使馆来申诉，来维权，来寻求保护，寻求帮助，可是大使馆也忙不过来啊，有些事也不方便出面，所以，现在安哥拉需要成立一个自助、自律性的组织——商会。去年国有企业已经成立了一个这样的商会，他们主要是要团结互助，规范市场行为，减少无序竞争。还需要成立一个民间商会，把民营企业甚至个体工商户组织好，协调好，保护好！这也是为了维护国家形象，减轻使馆的工作压力。你以前在政府部门工作过,思想觉悟高,来安哥拉比较早,对这边的情况比较熟悉,你的人品和责任心也得到大家的认可,说话有一定的威信,你牵个头,先找一些有影响力的公司跟他们谈谈成立商会的想法,如果大家都有这个愿望和积极性,你就联合他们倡导成立安哥拉总商会,作为自律性组织把民营企业和个体商户组织协调好,让他们有个家。"

许丁虽然从来没有想过这件事情,但觉得大使的想法很有道理,这是件很有意义的事情,他很诚恳地说:"您的这个想法很好,我也觉得很有必要,很有意义,我完全赞同和支持,但让我来牵头做这件事情有点无从下手,也有些力不从心。"

大使说:"你只是先牵头号召把这个总商会建立起来,至于商会的会长、副会长等牵头人还需要民主选举产生,你能不能当上会长或副会长就看大家对你的认可度了。"

许丁笑道:"那成,我先吆喝着把总商会成立起来!"

大使说:"我相信你,也支持你,一定要办好!"

对大使交代的这项任务,许丁很用心,他先找了自己比较熟悉的民营企业老板进行交流。

月生公司算得上是安哥拉最有影响力的民营企业之一,公司规模比很多国有大公司还强,上次因为闽江林的事认识了伍月生,两人就成了朋友,许丁觉得伍月生为人正直,做事厚道,成立商会要是能得到他的支持,号召力就强了。

许丁把大使的想法和自己的考虑跟伍月生谈了,伍月生说:"这是件好事,有这样一个商会,大家心里就有家的感觉了,做事也有了敬畏之心,我全力支持,商会的开办费由我们公司赞助。"

开局良好,许丁又抽时间去找钟兆和梁艳谈。

钟兆原来是中 F 公司的安哥拉分公司经理,开始几年,中 F 公司在安哥拉业务做得特别好,最好的几年,安哥拉分公司的利润占到了中

F公司全部利润的60%。钱赚多了，公司在安哥拉的几个业务员眼红了，慢慢动起了小心思，在国内发货的时候也给自己带一点儿货，在安哥拉出货的时候自己的货先出，公司的货后出，甚至高价卖自己的货，低价卖公司的货，后来自己的货越来越多，公司的货越来越少。为此，中F公司辞退了安哥拉分公司的领导和员工，但利益的驱使，新领导和员工前赴后继地走前任的老路，几年下来，公司业务全面萎缩，为此中F公司下决心关闭了安哥拉业务。

中F公司给钟兆这个安哥拉最后一任经理的选择是要么辞职，要么回国内上班，但不管是辞职还是回国上班，一定要把安哥拉公司的收尾工作做好，特别是要处理收回安哥拉公司账面上的30万美元资产。

钟兆心里很清楚，公司在安哥拉资产的实际价值远不止30万美元，他觉得这是一个机会，想买断公司在安哥拉的资产作为自己辞职下海的本钱，可是自己一时拿不出这么多钱，他找许丁借，许丁想到吃过钟兆的那顿美味中餐，就满口答应了。

等钟兆凑齐了30万美元要汇给中F公司的时候，中F公司领导说公司在安哥拉的资产已经转让出去了，让钟兆把公司在安哥拉的全部资产移交给买方。

一笔现成的好生意钟兆没有抓到，但是他还是觉得安哥拉的机会多，于是他向公司提出了辞职，留在安哥拉继续做生意。一样的商品、一样的客户，熟门熟路，只是这生意由国有公司的变成了自己的，钟兆的业务很快发展起来。

比起钟兆这段无趣的经历来，梁艳的故事却要感人得多。

许丁在罗安达收到鬼画符邀请，很久没有联系的鬼画符那天突然打电话邀请许丁回国参加他的个人摄影展，许丁的记忆中，鬼画符从来没有这么严肃认真过，他说这是自己半辈子的心血，也是用生命换来的艺术，无论如何请许丁和赵文回去参加他的个人摄影展。许丁和赵文都知道这次摄影展对鬼画符具有的特殊意义,那时候正好赵文在国内,许丁便专程回国和赵文一起去参加旭钰非洲摄影展。

在旭钰非洲摄影展的开展仪式上,许丁和赵文看到一个雍容华贵的女子挽着鬼画符的胳膊走进展厅,他们觉得这个女子有点面熟,等他们走近了发现很像梁艳,当他们握手寒暄的时候,许丁和赵文才确认真是梁艳,他们都感到很惊讶,倒不是觉得鬼画符和梁艳在一起有什么不合适,只是怎么都没有想到他们俩走到了一起。

鬼画符完全变了个人一样,穿着一套宝蓝色的西服,扎着一条红色条纹领带,又蓄起了长发,一身儒雅之气。

梁艳一袭宝蓝色长裙,高挑的身姿,发髻高绾,典雅而华美,谁能说他们不是一对才子佳人的绝配呢!

鬼画符很感激许丁专程从罗安达赶回来参加他的摄影展,他邀请许丁和赵文道:"我们很久没有在一起喝酒了,晚上我请你们俩一起聚聚,带上你们的太太。"

梁艳也很期待地看着他们俩。

许丁和赵文说:"好!难得有机会在北京相聚,你们应该欠我们一顿喜酒。"

晚上三家人聚在了一起,这是朝阳公园附近的一家新开的私人会所,幽静而温馨,几个人都熟悉,只是第一次在一起聚会。

酒过半酣,客气、恭维的话都讲完了,许丁让鬼画符讲一讲自己的蜕变过程。鬼画符目光幽幽地看看梁艳,把自己杯中的红酒一饮而尽,轻声而徐缓地说:"小丁子,你来罗安达不久,林安平在罗安达也成立了公司,公司的业务快速增长,就在日子越来越光鲜的时候,林安平第二次得了登革热,在罗安达住了两天医院,病情加重,梁艳赶紧把他送回国内,到北京的时候,林安平已经处于昏迷状况,在北京医院抢救了一周,还是没有抢救过来。"

这些许丁是知道的，许丁还专门赶回国内参加了林安平的葬礼。林安平是许丁在安哥拉遇到的第一个生意合伙人，也可以说是许丁生意上的领路人，没有他，许丁很难这么顺利地在罗安达扎下根来，所以许丁对林安平是有特殊感情的。

鬼画符给自己的酒杯斟上酒，接着说："林安平病逝后，梁艳接替了林安平在罗安达的生意，而我依然过着放荡不羁的生活。前几年我和林安平一起做些生意，以维持生计，由于散漫惯了，生意有一搭没一搭，渐渐本钱都要吃光了。林安平看到我这个样子，跟我商量说，你的心思不在生意上，也不是一个做生意的料，你就一心一意地去画你的画，摄你的影去吧，把你那点本钱给我，我帮你打理，还能管你的生计。

"从此以后，我再也没有考虑过生意上的事了，不管生意怎么样，林安平每个月给我几千美元，林安平说是帮我做生意，连我自己都知道，就我那两三万美元的本钱，怎么做一个月也赚不了几千美元的利润，是林安平一直在暗中资助我。林安平病逝后，梁艳依然保持着对我的资助，在我的心中，林安平和梁艳的家就是自己的家，林安平和梁艳就是自己的亲人。

"我依然四处浪迹。一天深夜，在安哥拉最西边的丛林里，我做了一个梦，梦见林安平站在我的越野车旁边，双手伸进驾驶室，使劲握住我的手，忧伤地说：旭钰，我把梁艳交给你了，你帮我照顾好梁艳吧！说着转身隐入夜色中。

"我一惊，醒了，刚才分明是在做梦，可眼前的一切和梦里一模一样，车窗半开着，我坐起来，摸一把被露水浸湿的额头，抬头看看天空，没有月亮，星星晶莹闪耀，天空辽阔，无边无际，周围安静得能听得见自己的心跳声。我忽然感觉到心灵无比的孤寂，一种无边无际的空虚，灵魂就像被秋风卷起的树叶，无处着落，无处安放，我强烈地渴望着温柔和怀抱！这种感觉开始只是一丝一缕，很快沁成一片，转瞬弥漫到全身，情绪就像被打开的香槟，汩汩冒泡，一发不可收拾。

"我无法抑制自己的情绪，颤抖着启动汽车，一路狂奔，一口气整整开了六个小时的车，当我风尘仆仆、疲惫不堪地跪倒在梁艳面前的时候，梁艳并没有感到惊讶。她仿佛等待我很久，又仿佛洞悉我心灵的孤寂。"

梁艳不仅是熟悉，而且很了解面前这个男人，论生活能力、生存能力，他还是一个幼儿，就像四五岁的孩童一样，只能坐在餐桌前勉强把自己喂饱，但是他心底纯净得像山泉一样毫无杂质，他活在自己的世界里，他懂得美，欣赏美，追求美。这样的男人最能激起女性的本能，一种母性与生俱来的强烈的保护欲，一种对欣赏的男人的依赖感，她无比温柔地把他搀扶起来，用她温暖的怀抱接纳了他，两颗心就像两片嘴唇一样无声地贴合在一起，仿佛地老天荒也不会分开……

鬼画符用他低沉而沙哑的声音讲出自己的故事来，让三位女士泪流满面。梁艳始终和鬼画符十指紧扣地依偎在一起，沉浸在对过往的回忆中；琪琪挽着许丁的胳膊，紧紧地握着许丁的手；沈艺早已泪流满面地扑在赵文的怀里，身子随着哽咽起伏……

现在梁艳在罗安达打理着自己的公司，鬼画符，不，我们现在还是叫他旭钰比较贴切，旭钰几乎形影不离地跟在梁艳身边，梁艳生意上的事他从来不插手，只是每天摄影、画画，他感觉有了梁艳，就是天下最幸福的男人。

同在罗安达，林安平去世后，许丁和梁艳的交往就少了，与旭钰的联系本来就少，旭钰讲述的故事让许丁他们听起来好像是发生在很遥远的过去，其实算算时间，这个故事也才刚发生不久。

对许丁提出来成立商会的事，钟兆和梁艳都表现出了很高的热情。
除了这些熟悉的公司老板，许丁还找了一些不太熟悉，没有打过交道,但在安哥拉有较大影响力的公司老板商量成立商会的事,让许丁感到意外的是所有的老板都大力支持成立商会,并表现出极大的热情。

许丁把征求意见的情况向大使做了汇报,大使说:"如果大家都支持就很好,那你牵个头,组织一个商会筹备组,开始筹备成立商会吧。"

经过几个月的准备和筹划,正当安哥拉商会准备成立的时候,四川汶川发生强烈地震,造成人员和财产的巨大损失,海内外华人纷纷捐款捐物,支持政府抗震救灾。

经商会筹备组协商,决定举行安哥拉中国总商会成立暨汶川地震捐款大会,大使馆给予充分肯定和大力支持。

安哥拉总商会正式成立,许丁被选举为总商会会长,钟兆等四人被选举为总商会副会长。

在随后的捐款活动中,两百人的会场从早到晚被挤得水泄不通,一天时间,商会收到了捐款 40 多万美元。

十七

这段时间许丁忙着组建总商会的事,赵文回国去了一段时间,他们俩像忘了基地的事情一样,也是精力有限,顾不过来。

小曲工打电话给许丁和赵文说:"基地的营房建好了,你们来验收一下,我们准备搬进营房去住了。"

许丁和赵文便去基地验收营房,检查建设进度。当他们的车驶进基地的时候,根本不敢相信自己的眼睛,也就是两个多月的时间,眼前的基地已经大不一样了。

一圈土坯夯实的围墙把整个基地围了起来,围墙有一米多高,虽然只做了一大半,还没有完全合拢,但有了这圈围墙,里外泾渭分明,基地才有了完整的概念。

基地的东边两排平房整齐排列,白墙红瓦,平房前面是那口水塘,水塘旁有一片整理好的空地,空地两头支着两副简易的木头篮球架,虽然场地是沙土地,但不下雨的时候打篮球还是没有问题的。

水塘里几只鸭子在那里悠闲地戏水,水塘四周和营房前移栽了许多大小树木,新栽的树虽然还不茂盛,但房舍、水塘、鸭子、绿树,让基地有了生机。

在营房前的树上牵了几根绳子，绳子上一串串晒着许多大大小小的干鱼，走进营地就能闻到鱼干的特殊味道，这味道使基地有了生活的气息。

更为神奇的是，在靠近营房的南面开垦出来的几垄菜地里，有土豆、红薯、西红柿、辣椒、茄子，还有一些叫不出名字的秧苗，这片菜地足有两亩地，有些蔬菜才刚刚挂果，有些还只是秧苗，有些显然已经开始吃上了，绿油油的一片生机勃勃。

基地的东北面搭了一片很大的工棚，生产的水泥输水管堆放在旁边，占据了很大一片地方，工棚里传出一阵阵切割钢筋的声音。

围墙边、营房旁和工棚里都有戴着安全帽正在施工的工人，中国人和黑人相互配合着，呈现出祥和繁忙的景象。

看到许丁和赵文走进基地，小曲工戴着安全帽从工棚里迎了出来，许丁高兴地说："小曲工，我们还以为走错了地方呢，几天不见，旧貌换新颜啊！"

赵文说："你们辛苦啦！要我们自己来组织搞，肯定做不了这么好！"

许丁和赵文的表扬让小曲工有些不好意思，他一边向许丁和赵文汇报基地的建设情况，一边带着他们往营房那边去。

走进营房，里面的布置和设施样样齐全。后排是宿舍，被隔成六个房间，每个房间摆放着四张木床，顶头的地方是洗漱间和厕所；前面一排是公共活动的地方，有五个房间，根据需要被隔成大小不一的空间，有厨房、中国员工餐厅兼会议室、黑人员工餐厅兼休息室、娱乐室，还有一间办公室。

很神奇的是宿舍的木床，餐厅兼会议室、休息室的桌椅，娱乐室的乒乓球台和办公室的桌椅，都是新做的，木头被刨得很光滑，但没有上油漆。

许丁问道："这些家具都是你们自己做的吗？"

小曲工说："我们有两个木工，基地里面的树不少，我们伐了些做房梁和椽子，找了两根枯死的木头做了这些家具。"

赵文连连点头说："后面的宿舍专门给你一间，另外5间房住人也够了，前面的办公室也给你用。"

小曲工推辞道："我还是跟大伙一块儿住吧，前面的办公室我想着你们来了也有个办公的地方。"

许丁说："就按赵总说的安排，你一个人住一间也是为了工作，你是基地建设总指挥，这算我们特地给你安排的，不要推辞。我们来得少，办公室你先用，等办公楼盖起来了你们再给我和赵总安排办公室。"

小曲工还要推辞，赵文摆摆手岔开了话题："把中国员工和当地员工的餐厅分开不太好吧，他们会不会认为我们歧视？"

外出采买回来的杨村长热情地跟许丁和赵文打招呼说："是他们提出来跟我们把餐厅分开的，他们怕辣，闻不得辣椒味，吃饭的时候躲我们远远的。"

许丁笑道："连我这个北京人都不愿意跟你们湖南人一起吃，太辣了！"

赵文问道："现在黑人员工的生活怎么安排的？"

杨村长介绍说："开始的时候想让他们跟我们一起吃，可他们吃不习惯中国饭菜，菜怕辣，不爱吃白米饭，不吃馒头花卷。后来小曲工跟他们商量，每天我们就到外面给他们买两顿的餐食，主要是面包、烤鸡腿，还有我们钓的鱼他们也爱烤了吃。中午一餐他们自己吃了，晚上一餐他们都带回了，说是跟家人分享。"

赵文问："你们这些鱼哪里来的，干鱼味闻着就想吃！"

杨村长说："小曲工安排我们每个人每周休息一天，休息的人就去前面宽扎河里钓鱼,既娱乐休息,又改善生活,河里的鱼特别多,一天能钓上百斤,吃不完的鱼我用盐渍两天,晒成了干鱼。"

许丁第一次见到杨村长的时候觉得他有些木讷,话不多,今天见到他完全成了话痨。他说:"那你晚上就给我们做顿鱼宴吧,让我们解解馋。"

杨村长连忙说:"好好好,我去准备。"

杨村长去忙活准备晚餐,小曲工带着许丁和赵文去看围墙和预制水管施工情况,小曲工还带许丁和赵文踏勘了一下引水线路和取水口,在路上,小曲工建议说:"我们的引水线路正好经过安哥拉快速反应旅的军营旁边,我看他们那里也没有自来水,每天上午都是由水车往这里送水,为了跟我们这个重要的邻居搞好关系,我们可以在军营旁给他们接一根支管,顺带也给他们军营供水,花不了多少钱,但能帮他们解决大问题。"

许丁问赵文道:"小曲工这个建议好,你觉得怎么样。"

赵文说:"我们以后还要多跟我们这个邻居联系,除了供水外,我们把从高速公路下来到我们基地的这段路也修一下,铺成沥青路,安上路灯。我们还可以跟罗安达市政府申请,将这条路命名为广渠路,可以树立公司品牌形象。改天我们一起去拜访一下马努埃尔将军,把我们接水管、修路的事跟他商量一下。"

许丁说:"我来跟他联系,约时间。"

许丁和赵文跟着小曲工在基地转了一圈,对建设进度和建设质量都十分满意。回到营房的那间办公室,小曲工拿出一张基地建设规划图,向许丁和赵文汇报整个基地的建设规划情况,有可容纳 200 人吃住的保安公司训练中心,有仓储基地,有养殖、种植园,有工业厂房,有员工生活区,有公司办公区,等等。整个规划分三期建设,每期的建设内容用不同的颜色标注。

许丁和赵文对规划方案十分满意，只是对区域的大小、建筑物的规模和位置做了一些调整。

谈完基地规划方案，已到了收工时间，黑人员工领了晚餐都回家去了，许丁对小曲工说："你去张罗一下晚上聚餐的事，从我们车上搬两箱酒下来晚上喝，我们今晚慰劳大家。"

小曲工出去后，许丁和赵文商量道："你觉得怎么样？"

赵文很满意地说："完全出乎意料，这么短的时间建得这么好！要是我们自己来做是做不到的！"

许丁说："你觉得小曲工这小伙子怎么样？"

赵文连连点头："这是一个宝，被我们捡到了，我们一定要把他留住！"

许丁说："我很喜欢这个小伙子，做事能力强，又认真，踏实肯干，我忽然想起一个人来，黄薇，你觉得把黄薇和他撮合撮合怎么样？"

"很般配啊！不过这事你不能出面，你要出面黄薇肯定跟你急，这个好事我来做，我先让沈艺跟黄薇电话聊聊。"

许丁说："对黄薇我有愧，总在心里搁着呢，这事要是能办成也了却了我的一块心病。"

赵文说："改天我跟任智商量，让他带人来我们基地玩儿，把黄薇也带上，这样他们就很自然地见面了！"

许丁说："这事就全交给你了，一定要想办法帮我办成啊。"

许丁又跟赵文商量说："我们今晚就宣布结束对这批员工的试用期吧，工资就按我们当初答应的上浮 20%，至于小曲工的报酬我们可能还要往上涨一些才行，这样的人才一定要留住。"

赵文说："提前结束试用期，工资上涨 20% 我都同意，小曲工这么优秀，我们要留住他就要有大手笔，我觉得把他的工资给他翻倍都不为过，另外你还可以把蔡老板的事跟大家宣布一下。"

许丁和赵文刚商量完,小曲工进来说:"大伙儿都到齐了,就等你们开始了。"

许丁和赵文跟着小曲工走进会议室兼餐厅,只见大家围坐在长条桌两边,每个人面前一个大餐盘、一塑料杯白酒,都以拘谨而期待的目光望着走进来的许丁和赵文。

杨村长递过来两盘盛满菜的餐盘,放在桌子的顶头,小曲工请许丁和赵文坐下,自己也坐在旁边的位置上。

许丁站起来说:"今天我和赵总走进基地的时候有点不相信自己的眼睛,我们也就两个多月没有来,这里就发生了翻天覆地的变化,由一片荒漠变成了充满生机的基地,真是不可思议,这些都是大伙辛勤劳动创造出来的,我们感谢大家。"

许丁停顿了一下,以为会有掌声响起,可下面安安静静的,大家等着许丁继续说呢。

坐在门口的杨村长得意地说:"中国人嘛,生存能力强,只要有土地就能生存。"

一片得意的笑声。

许丁接着说:"杨村长说得对,中国人只要有土地就能生存。下面我跟大家宣布两件事:第一件是我刚才跟赵总商量好了,提前结束大家的试用期,如果大家对我们公司满意,我们现在就签正式的劳务合同,工资就按我跟大家承诺的上浮 20%……"

热烈的掌声打断了许丁的话。

许丁举起面前的塑料白酒杯说:"愿意签合同的就干一杯!"下面一片干杯的叫喊声,大伙把酒都干了。

"第二件事,你们刚到我们这里来不久,那个蔡老板就跑来找我,跟我说想把他从国内买来的那套电线杆生产设备打折转让给我,我说打折转让给我可以,但你必须把你拖欠工人的工资给补上,要是不给补上再便宜我也不要。他说打折转让给我就已经亏了，再给补工资就亏上加亏，他不干，我也不干。没想到前几天他又来了，提出把欠你们的三个月的工资全补上了，给我少打一点折，我同意了。虽然把补欠的工资和他的折扣加起来，与他原来想要的转让价格差不多，但这一码归一码，做事要讲良心，讲规矩。"

许丁心想，我帮大家要回了拖欠三个月的工资，这下大伙该鼓掌了吧？可下面还是一片寂静。

安静了一会儿，有人大声吼道："干！"跟着一片吼声："干！"

赵文想阻止一下，怕大家喝得太凶，没想到紧接着下面传来一阵稀里哗啦的声响，有两个人倒在地上，有几个人趴在桌子上，还夹杂着几声抽泣。赵文拍拍巴掌，大声说："今天不再喝酒了，大家吃饭，吃饭！"

到了周末的时候，任智应赵文的邀请去广渠国际的基地吃饭，按照赵文和任智商量好的计划，任智带了黄薇和"四小天鹅"。

和黄薇一起招进中D集团安哥拉公司的"七朵芙蓉"，几年下来，辞职的辞职，嫁人的嫁人，现在只剩下两朵了，眼看这两朵也要不保，中D集团去年又去北外招了四个翻译，还是四个小女生，和前面20世纪80年代初出生的"七朵芙蓉"不一样的是，这次招的四个20世纪80年代末出生的女生都是高个儿、肤白的美女，被大家称为"四小天鹅"。

"七朵芙蓉"和"四小天鹅"，两批学生，同一个年代，也就相差五六岁的样子，可性格、外貌就有了代沟一样的差距。

"七朵芙蓉"是内敛的、羞涩的，只有在夜色中才会芬芳四溢，大部分的时候她们只会安安静静地看着眼前发生的一切；"四小天鹅"却是外向的、奔放的、随风飘洒的绚丽，什么事情她们都会叽叽喳喳参与其中。

任智带着"一朵芙蓉"和"四小天鹅"来到广渠国际的基地的时候，赵文还没有到，小曲工自然就成了主人，小曲工自我介绍说："我叫曲爽,原来是中 E 公司的工程师,他们都叫我小曲工,现在是广渠国际基地建设项目的项目经理。"

小曲工刚刚自我介绍完,"四小天鹅"就叽喳开了:"小曲工?好有意思的名字,干脆就叫蛐蛐儿还好玩些!"

"我就知道你喜欢蛐蛐儿,你把他捉回家养着去!"

"高挑、精瘦,还有两个小酒窝呢!我喜欢!"

当走到几垄菜地跟前的时候,"四小天鹅"更兴奋了!她们从来没有见过这么葱郁的蔬菜,四个人踮着脚尖跳进菜地,一边抚弄着只有拇指粗的茄子、青绿的西红柿、指甲盖大小的辣椒,一边摆 pose 拍照,兴奋的尖叫声又细又长。

走近基地刚刚盖起的营房,看着绳子上挂满的干鱼,又是一阵阵尖叫。

特别是看到水塘里游着的几只鸭子,"四小天鹅"在水塘边又蹦又跳,让人担心她们随时都会跌进水里和鸭子们为伴。

黄薇跟在任智后面只是静静地看着,她感到很神奇,就这一片荒漠能开垦得这么生机盎然,整个基地井井有条,这个年轻人不简单呢!看着他应该很年轻,和自己差不多年纪。

"四小天鹅"逗够了鸭子,转身看到水塘边的篮球场,拿起场边的篮球玩起了投篮,对她们来说什么都好玩,什么都是乐趣。

晚餐没有安排在大餐厅,赵文让杨村长在娱乐室单独摆了一桌,餐桌就是乒乓球台。杨村长就地取材,做了满满一桌子菜,鱼就上了五道,有清蒸鱼、红烧鱼、水煮鱼、炸小鱼、蒸干鱼。

赵文让小曲工给大家倒上红酒,举着酒杯说:"我们基地这块地买了大半年没有开工建设,因为我们不知道该怎么建,无从下手,后来遇到了小曲工。"

有"四小天鹅"插话道:"蛐蛐儿!"跟着一片笑声,坐在小曲工身边的黄薇瞅瞅小曲工,见他黝黑的脸庞泛出一片红晕,眉宇间有了几分羞涩,很是动人。

赵文笑道:"蛐蛐儿,蛐蛐儿工是学建筑的工程师,我们就把基地交给了他,让他全面负责基地的建设,任基地建设总指挥,才两个多月的时间,基地就建成了这个样子,大家觉得怎么样?"

大家鼓掌齐声说:"好!"

"四小天鹅"的声音特别响亮。

任智说:"你们别只顾说好! 等会儿多给蛐蛐儿工敬酒啊!"

跟着又是一片叫好声。

赵文说:"那我们先让小曲工讲几句。"

在大家的掌声中小曲工站起来,他不敢抬头看大家,因为"四小天鹅"都忽闪着水灵灵的眼睛看着他呢。平时很机灵,说话很溜的他一时不知道说什么好,愣了片刻,他说:"我把在国内的工作辞了,被人骗到非洲来,在走投无路的时候许丁董事长救了我们,还很信任地把基地建设的重任交给我们,所以我一定要把这个基地建设好,不辜负许总、赵总的重托和信任, 我的目标就是要把这个基地建成中国企业在非洲的模范基地,欢迎大家多提意见,多来指导,我敬大家!"小曲工说完把自己酒杯的酒干了。

除了任智,大家都把自己杯子里的酒也干了,赵文说:"大家先别只顾喝酒呀,尝尝我们大师傅的手艺。"

杨村长做的菜有荤有素,素菜绿油油,荤菜红扑扑,看着有模有样的,可摆上桌就辛辣扑鼻,吃一口,一缕辣流像火苗一样顺着嗓子直往里钻,胃里像是装满了汽油,被火苗点着,"嘭"地一下大火直往外冒,眼泪和鼻涕跟着流了出来,任智和赵文连忙大口喝水解辣,"四小天鹅"把舌头伸出老长, 不停地用手往舌头上扇风, 只有小曲工和黄薇没事一样,不停地点头说好吃,小曲工好奇地问黄薇:"你不怕辣呀?"

黄薇笑道:"我是辣不怕!"

小曲工问:"你是湖南人?"

黄薇用湖南话说:"我是湖南长沙人。"

小曲工惊喜道:"我们是老乡呢! 我是湘西人,我们这里都是湖南人呢,杨村长他们是汨罗的。"

黄薇笑道:"我早听出来了,罗安达这里的湖南老乡很少,听到你们的乡音很亲切!"

小曲工连连点头:"是的,是的,那你以后多来玩!"

"四小天鹅"一边扇着手,一边嚷道:"我们也想经常来!"

小曲工有些腼腆地说:"欢迎啊! 欢迎大家经常来!"

赵文对小曲工说:"你把黄薇的电话留一个,下次出去办事要讲葡语的时候你可以打电话给她,让她帮助翻译。"

小曲工说:"是的,这样可以救急。"

黄薇把自己的手机号码报给小曲工, 小曲工用自己的手机拨了黄薇的手机,电话通了,黄薇说:"这是你的手机号?"

小曲工说:"是的,以后我会经常找你麻烦的,周末你没事就来我们基地吃湖南菜。"

黄薇笑道:"我可交不起伙食费。"

小曲工连忙说:"不用,不用,我还想拜你为师,让你教我葡语呢!"

正说着,"四小天鹅"围了过来也要加小曲工的手机号,叽叽喳喳地说:"我们也给你做翻译,我们也教你学葡语,就是不吃你的湖南菜。"

任智笑着说:"去去去,薇薇姐在谈正事呢,你们别打岔,这么辣还封不住你们的嘴!"

四小天鹅回到自己的座位上,嘀咕道:"任总偏心眼儿!"

小曲工和黄薇的相识成就了一段好姻缘, 他们的恋爱经历后来被

199

评选为安哥拉最浪漫的四件事之一，被称为"躺在床上学葡语"。

小曲工第一次见到黄薇，觉得她沉稳、内敛，有一种女性的恬静之美，像沉静之后的湖水一样清澈。后来知道还是老乡，乡音更拉近了彼此的距离。以后小曲工出去办事，遇到不能用英语交流的人，就打通黄薇的电话，让黄薇跟对方把事情说清楚再告诉小曲工，遇到黄薇没事的时候，小曲工就让黄薇跟着自己去办事，给他当翻译。到了周末，小曲工请黄薇来基地玩儿，黄薇就教小曲工葡语。

开始的时候"四小天鹅"中的两个"小天鹅"也经常主动找小曲工，跟他打电话聊天，跑到基地看他，找他帮一些小忙。小曲工心有所属，丝毫没把"小天鹅"放在心上，慢慢地她们就放弃了。

几个月后，小曲工的葡语能说能写，很多人都感到很惊奇，问他的葡语怎么学得这么快。小曲工有几分不好意思地说："我是躺在床上学葡语，当然学得快了！"

别人问他怎么躺在床上学的葡语，他说跟女朋友谈恋爱，女朋友只跟他说葡语，说英语、普通话和湖南话女朋友都不理他，所以他的葡语很快就学会啦。

小曲工躺在床上学葡语的事很快在安哥拉被传为美谈，由此还评选出了安哥拉四大最浪漫的事，除了躺在床上学葡语外，另外三件浪漫事是葡语和英语聊天，面对面发短信，男孩为男孩写诗。

中 B 集团安哥拉分公司的财务总监是一位女士，中国人，中 B 集团安哥拉分公司的设计总监是一位男士，葡萄牙人，财务总监会英语不会葡语，设计总监会葡语不会英语，但两个人特别聊得来，经常在一起聊天，旁人很奇怪，问他们语言不通，怎么能聊天呢？他们饱含笑意地说："这是心灵的沟通，只要用心交流，两个人就能彼此明白对方的意思。"

这件事被评为安哥拉最浪漫事之首。

第三件最浪漫的事发生在中 D 集团安哥拉分公司，"四小天鹅"之一的女孩担任项目工地的翻译,日久生情,和项目经理谈上了朋友,每天早晚两个人乘同一辆交通车上下班,热恋中的人有说不完的情话,可当着满车人的面不好说,于是两个人面对面地发起了短信,时间长了,车上的人发现他们俩的短信提示音频频响起,看短信的时候两个人都面露春风,还不时抬头凝视对方,深情的目光像早晨树叶上的露珠,欲语还休,谁能说这样的事不浪漫呢!

前面这三件最浪漫的事大家毫无争议,但第四件最浪漫的事却引起了很大的争议,很多人都不认可是浪漫的事。

男孩胖哥和男孩帅哥是好朋友,两个人有共同的兴趣爱好——打篮球、喝酒。业余时间两个人总在一起活动,这一年春节的时候,帅哥回中国过年,大年三十的晚上,留在安哥拉的胖哥喝多了酒,异国他乡,思念起家乡和朋友,他特别想跟帅哥聊聊天,可帅哥的电话打不通,情急之中,诗兴大发,他以帅哥的名字为诗句的第一个字,写了一首藏头诗发给帅哥,帅哥收到这首诗很感动,便把诗发到了朋友圈,朋友们看到都觉得很浪漫,也把这件事推举为安哥拉最浪漫的四件事之一。

任智带着黄薇和"四小天鹅"参观广渠国际的基地后不久,他跟赵文商量说:"我看你那个基地已经建起来了,特别是你们招的那批工人真的不错,我有个事救急,请你们支援一下。"

赵文说:"一直都是你给我们支援,能有机会支援你,我们义不容辞。"

任智说:"我们接了安哥拉南部输变电项目,投资好几亿美元,但安方要求的工期特别紧,我们从国内增调了几百名工人来加紧施工呢,现在遇到的一个大问题是电线杆供应跟不上,从国内运来又不划算,安哥拉这边我们建了个电线杆生产厂,还有一家中国公司在帮我们生产电线杆,可还是不能满足施工进度的需要!能不能让你基地的工人帮我们生产电线杆啊？"

赵文笑道："真是巧了，他们这批人就是蔡老板招来安哥拉生产电线杆的,来了后蔡老板用劣质水泥、钢筋生产的电线杆不合格,没有拿到分包项目,工资都不给他们发,是我把他们接收过来的,前段时间那个蔡老板把国内买来的生产电线杆的设备都转让给我们了，我们是准备等基地建设告一段落后,建一个电线杆生产厂的,你说这事巧吧？"

任智说："巧,也不巧,那个蔡老板原来是想分包我们这个项目的电线杆的,他生产的样品不合格,我们没有分包给他。"

赵文说："那我们就给你救急,先暂缓基地施工建设,全力以赴先帮你生产电线杆。"

任智说："那好,谢谢了！不过友情归友情,商务归商务,我们还是签订分包合同,产品质量一定要保证。"

赵文保证道："那是一定的,有小曲工把关你放心好了！"

赵文去基地跟小曲工说了帮中 D 集团生产电线杆的事,路上还担心小曲工不愿意呢,可小曲工听了很高兴,因为他带着这批工人生产的电线杆被承包商检验不合格,他觉得很郁闷,坏了他的名声,现在有机会再次用同样的设备生产同样标准的电线杆,他要挽回自己的声誉,让大家看看不是他们的生产技术不行,也不是他把关不严,作为一个严谨的工程师,他觉得自己的声誉比薪酬更重要。

一周后,小曲工组织生产的电线杆出来,完全符合中 D 集团的质量要求,中 D 集团与广渠国际签订了分包合同,广渠国际的电线杆生产线便加班加点地开始了生产。

十八

随着全球石油危机的爆发，安哥拉以石油为支柱的经济遭受巨大的打击，物价飞涨，失业率直线上升，政府部门出现了拖欠工资的情况，社会治安急剧恶化，抢劫、绑架等案件每天都在发生。中国人喜欢保存和携带现金的习惯全球闻名，自然也就成了绑架和抢劫的主要目标。

罗安达的中国公司和商店主要集中在环城公路的东段和南段，这里就成了抢劫、绑架案的高发区。

一个中国商店的老板，下午5点多钟准备把当天的营业款送存银行，刚上车就被一个黑人拿枪指着要钱，中国老板不甘心被抢，他一脚油门，想开车逃离，黑人对着小车连开几枪，有颗子弹正好击中老板的头部，老板当场死亡。

光天化日，还是人口密集区，发生抢劫杀人，有人报警，正好有一辆警车经过，三名警察立即下车追赶匪徒，将匪徒击伤抓获。

这是安哥拉中国商会成立后发生的第一起中国公民死亡事件，许丁会长代表商会慰问家属，协助处理善后事宜，为家属募捐。

大使召开专门的会议研究中国公民的安全保护问题，在会上，警务参赞提出，罗安达的治安问题有经济下滑、失业人口激增的原因，也有警察反应不力，打击力度不够的问题，我们可以采取国内治安联防的方式，自己组织联防联保。

大家觉得警务参赞的提议很好，在罗安达能行得通，大使把这项工作交给了总商会，让总商会拿出具体方案，组织实施，并提出不违反法律、不代替警察的要求。

许丁组织召开总商会理事会，大家热烈讨论了警务参赞的提议和大使的要求，制定了治安联防联保的方案。

总商会成立治安联防队，联防队队员以保安公司的员工为主，商户募集十辆皮卡车，联防队分成两班，每班四辆车二十名保安，从早晨5点到晚上10点在中国公司和商户集中的环城公路的东段和南段巡逻，另外每班增加一辆车五名保安作为机动力量和指挥车，在重点路段把控和指挥治安联防队行动。

中国商户和公民遇到险情时可立即拨打治安联防队紧急呼叫电话，指挥车接到紧急呼叫电话后，在与警察联系的同时，指挥在事发地附近巡逻的治安联防队车辆赶往出事地点。好在安哥拉法律允许保安公司员工在执行安保任务时使用枪械，带枪的治安联防队就有了很强的震慑力。

对总商会治安联防队的成立，大家表示支持。各商会成员单位有人出人、有车出车、有钱出钱，很快装备、人员筹备到位，并在警务参赞的协助下在罗安达警察局备案，和警察建立了联动机制。

这天上午10点左右，钟兆带着会计准备去凯罗超市购物，刚把车停在超市停车场，还没有下车，两个黑人拉开车门上到车里，两个黑洞洞的枪口指着开车的钟兆和副驾驶位上的会计，低声喝道："开车！"

钟兆的第一反应是遇到了劫匪，他看看周围并没有人注意到他们，面对两个凶恶的匪徒，他只得装作听不懂葡语，掏出自己身上的钱和手机,用普通话说:"我就这么多钱,都给你们,你们放我们走吧,我是小老板,没什么钱,你看我开的车都很差,哪有钱啊!"

钟兆连比画带说,还把自己衣服上的兜翻过来给两个匪徒看,又把自己携带的双肩包打开给匪徒看,就在钟兆吸引两个匪徒注意力的时候,会计悄悄地把事前编好的报警短信发给了总商会治安联防队。

正在带队值班的治安联防队队长接到钟兆会计发来的报警短信,他一边让保安队队员向警察局报警,一边呼叫正在环城路上巡逻的治安联防队巡逻车赶往凯罗超市附近拦截被劫车辆。

治安联防队的巡逻车很快在环城路上发现了被劫持的面包车,他们一边跟踪追击,一边呼叫指挥车增援,指挥车指挥其他巡逻车在前方拦截。

钟兆发现自己车的前后都有治安联防队的巡逻车后,一个急刹车,两名匪徒还没有明白发生了什么事情,十几名手持AK47冲锋枪的联防保安队队员已将面包车团团围住,彪悍的匪徒只得乖乖地束手就擒,联防队将两名匪徒交给了随后赶来的警察。

这样的事情接连发生了几起,总商会联系了当地报纸、电台和电视台予以大量报道,环城路上中国公司和商店集中的地方治安状况显著改善,针对中国人的绑架、抢劫案件明显下降。

许丁在事后勘察钟兆绑架案案发现场时遇到了老朋友老高,老高现在是凯罗超市的老板。

老高见到许丁十分高兴,给了许丁一个大大的拥抱。许丁说:"好久没见到你了,现在你都成大超市的老板了啊!"

老高咧着大嘴说:"以前都是在你那里进货,后来赚了些钱,我就跑到中国去了一趟,发现中国的商品太便宜啦!后来我就自己去中国进货了。"

许丁竖起大拇指说:"聪明!"

老高哈哈笑道："我是跟着你们中国人学的。"

老高热情邀请许丁参观他的超市。

许丁走进超市，发现这是一个超大型的卖场，从服装鞋帽，到家具家电，再到肉禽蛋奶，商品种类齐全，除了来自中国的商品外，还有来自欧洲和南美的商品，商品的档次也是有高有低。没想到几年不见的老高发展到了这样的规模和水平，这给了许丁很大的刺激和启发。

回到公司后，许丁把参观老高凯罗超市的情况跟赵文讲了，感慨地说："我们是不是有点故步自封了？虽然公司在罗安达的商场从五家发展到了十家，每家商场的规模也有所扩大，但品种、档次都十分单一，和老高的凯罗超市已经没法相比了。"

赵文说："近来我也发现了这个问题，罗安达市近几年开了好几家像老高这样的超市，有些比老高的凯罗超市的规模还要大。现在国内的大商场也向综合性商业体转型，除了购物方式的转变外，集购物、娱乐、休闲于一体的商业综合体代表了商业模式的发展方向，我们在罗安达的商店也要考虑转型了。"

许丁说："一定要转变，我们跟守月商量一下，如果他同意这个想法，你就抓紧做方案。我们现在基地也建起来了，可以建一些商品生产厂，除去运费和关税可能比国内的商品成本还低。"

赵文亲自动手，在家关起门来花了几天时间做了一个商业综合体规划方案，经过和许丁、何守月反复讨论商量后确定了初步方案。

赵文找中 D 集团建筑设计院，委托他们做商业综合体设计，设计方案经过反复讨论修改完成后进入实施阶段。

许丁和赵文商量道："欧阳青是跟着我最早来安哥拉的，吃了不少苦，来了后也一直负责几家自营商店的业务，人挺可靠，也很努力，这个商业综合体项目就由他来负责组织实施吧，你觉得怎么样？"

赵文说："欧阳青人不错，但要组织实施这么大的一个商业综合体项目,他的能力只怕不够吧？毕竟这需要很强的专业能力才行。"

许丁说:"我们可以先让他试试吧,高斯塔、小曲工这些人我们不都是试出来的吗？"

赵文说:"那就先让他干干看吧。"

欧阳青把十家自营商店的管理工作全部交给了萨瓦丽娅，全身心地投入到商业综合体项目的实施中。

欧阳青接手商业综合体项目两个月后,中 D 集团安哥拉公司负责广渠国际商业综合体项目建设的顾经理找到赵文:"赵总,你这个商业综合体项目我们干不下去了,即使能勉强建完也是一个豆腐渣工程。"

赵文惊讶道:"顾总，别着急，你可千万不能给我建成豆腐渣工程啊! 有什么问题你跟我说说。"

顾经理说:"你们欧阳总接手这个项目后，对我们签订的工程承包合同进行了全面的审查,认为我们的工程承包合同价格太高,太浪费,提出要进行全面的修改,他自己亲自与国内建筑材料、设备供应商联系,以最低价格标准选货,还发来了不少建筑材料样品,要求我们按照他的要求调整建筑材料和设备的品牌与供应商。前几天我们打开欧阳总订购来的玻璃幕墙的玻璃和仿大理石地板砖的样品,我的天啊!这样的建筑材料在国内还真难得买到了。蓝色的玻璃居然还有明显的色差,颜色有的深,有的浅;更离谱的是瓷砖,居然不是规整的方形,那怎么贴? 有些瓷砖的釉面坑坑洼洼。赵总,你让我们用这样的材料我们是不能保证建筑质量的。"

欧阳青接手商业综合体项目之前是赵文组织工程设计和项目招标的,欧阳青接手后赵文对项目上的事情过问得少了,只是有时候路过工地进去看看,不知道欧阳青有了这样的想法和安排。

赵文说:"顾总,我们一起去项目现场看看吧。"

到了商业综合体项目现场,工程土建部分已经基本完工,正在进行装修施工,工地上干活儿的人很少,显得有点冷清。

见此情景,赵文问道:"顾总,怎么像停工了一样,没几个人干活儿呢?"

顾经理说:"因为材料的问题,这几天我们撤走了一些工人,要等你们决策好我们再干。"

顾经理领着赵文查看了玻璃、瓷砖、门窗、五金件等装修材料样品,越看赵文越着急,这样的建筑材料建起来的房子不能想象会是什么样子,这和要把广渠国际商业综合体建成罗安达最大、最好的中高档商业综合体的初衷完全背道而驰。

赵文正在工地上转着呢,欧阳青急匆匆地赶了过来:"赵总,不好意思,为了跟国内供应商联系,我昨晚1点多钟就起床了,一直谈到早晨5点多钟,刚才在办公室眯了一会儿。"

看到工地上这种状况,赵文真想狠狠地批评欧阳青一顿,可看到欧阳青一身疲惫,眼睛里布满血丝,整个人瘦了一圈,赵文又有些不忍心,他缓和了一下情绪说:"工程进度怎么变缓了啊?"

欧阳青看看顾经理说:"我们这个项目造价太高了,我想把材料和设备调整一下,正在跟国内供应商联系砍价呢,能节约尽量节约,能省不少钱呢!"

赵文带着责备的口吻说:"这么大的事情你应该先跟我商量一下,已经签订好的合同不能随意更改,我们的定位是中高档的商业综合体,你把材料、设备的档次一降下来,这个定位就不能实现了。"

欧阳青听出了赵文的责备,连忙分辩道:"我们不管什么定位,就是为了赚钱嘛,少花一点儿、节约一点儿也相当于赚钱了!"

赵文心里有点秀才遇到兵,有理说不清的感觉,他觉得一下子很难转变欧阳青的观念,便吩咐欧阳青说:"你不要再跟国内供应商联系了,后续怎么调整等我和许总商量后再定。"

赵文说完上车走了，留下欧阳青和顾经理面面相觑。

在回公司的路上，赵文想，思想观念的局限和不专业可能还不是欧阳青一个人的问题，现在还只是建设阶段，以后的管理怎么办？

赵文回到公司，把商业综合体项目进展情况告诉了许丁，商量道："看来还是需要专业人做专业事，我也好，欧阳青也好，对大型商业综合体的建设没有任何经验，特别是建成以后的管理，这样的大型商业综合体和小商店可是有本质的区别的，要靠我们自己管理肯定不行，我们可能要像老高的超市一样，聘请专业的管理团队才行。"

赵文介绍的商业综合体项目的进展情况是许丁没有预料到的，当时让欧阳青负责这个项目主要是出于对欧阳青人品可靠、能吃苦方面的考虑，忽略了专业能力，赵文介绍的欧阳青的想法和做法是许丁所熟悉的。

许丁说："看来我们忽略了欧阳青的眼界和观念上的局限性，你说得很对，只有硬件不行，软件更重要。我们应该聘请专业团队来管理和经营商业综合体，我们去国内招聘一个管理团队吧？"

赵文说："国内的商业管理团队可能不太适合罗安达这样的环境，首先是语言不通，中国人的生活习惯和思维模式和黑人区别很大。干脆！我们去找一个葡萄牙或者是巴西的管理团队，既没有语言障碍，又比较适应罗安达的营商环境。"

许丁笑道："还是你比我思想开放些，老高的超市就是请的葡萄牙管理团队在经营，我们去招聘一个葡萄牙管理团队，既然瞄准了高端就不要怕花钱。"

赵文问许丁："欧阳青怎么安排？"

许丁说："你跟他好好谈谈吧，引导他转变观念。把他安排到商业综合体管理团队里面去，让他跟别人好好学习一下。"

思想转变了，办事方式也跟着转变，赵文在网上联系了一家欧洲的猎头公司，物色到了一个有着二十多年商业营运管理经验的葡萄牙人——丹尼尔，丹尼尔不仅有在葡萄牙大型商业中心管理的经验，还分别在澳门和罗安达工作过几年，这样的经历让许丁和赵文很满意。

赵文约丹尼尔面谈，这是一个五十多岁的葡萄牙人，面色黝黑，身体微胖，表情总是一副很严肃的样子。赵文把广渠国际的历史和创建广渠国际商业综合体的初衷很详细地向丹尼尔进行了介绍，带着丹尼尔去项目现场进行了考察。

丹尼尔对广渠国际和商业综合体项目产生了浓厚的兴趣，他向赵文提出了自己对商业综合体项目经营的初步设想：中高档定位、品种齐全、全球采购、本土化服务。丹尼尔表示愿意加入广渠国际，组织团队管理商业综合体项目。

赵文和丹尼尔面谈三周后，丹尼尔向赵文提交了商业综合体项目经营管理方案，根据方案，丹尼尔作为管理方牵头人，负责组织管理团队管理商业综合体的经营活动，管理团队 15 人，其中丹尼尔负责招聘12 人，广渠国际选派 3 人参与管理，管理团队的管理费分为固定费用和利润分成两部分，并与经营目标挂钩。

赵文和许丁、何守月经过认真商讨，同意了丹尼尔的管理方案，并选派欧阳青、三叔和苗苗加入管理团队。

苗苗是中 D 集团"四小天鹅"之一，小曲工的热烈追求者，虽然没有追求到小曲工，但在她的强烈要求下加入广渠国际，在广渠国际办公室工作，受黄薇直接领导，这次在黄薇的极力推荐下加入了商业综合体管理团队。

十九

广渠国际基地第一期工程顺利建成,分包的中 D 集团电线杆生产任务也如期完成,按照小曲工的规划开始第二期建设。

许丁、赵文和小曲工经过认真研究,决定趁罗安达新机场尚未建成,靠近新机场这边的土地还没有升值的有利时机,找盖利巴将军再购买 100 公顷土地。二期建设主要建四项内容:商品库房和堆场、保安队训练基地、扩大建设水泥制品厂、家具生产厂以及配套的员工宿舍、食堂等日常生活设施。

为了加快基地建设进度,找机会介入安哥拉建筑工程承包市场,赵文和许丁商量,委托小曲工和黄薇回国休假的时候新招聘了 30 名员工,新招员工到位后,又在当地招聘了 50 名黑人员工,形成了一个颇具规模的建筑公司,基地建设进度明显加快。

眼看着基地规模越来越大,基地的工人和管理人员也越来越多,大伙的干劲越来越大,一片热火朝天的繁荣景象。

这时候杨村长有了自己的想法,他趁赵文来基地吃饭的时候,把赵文拉到一边,犹犹豫豫地说:"赵总,我有一点自己的想法,想跟你提一提,你要觉得可以我就干,你要觉得不行就当我没说。"

赵文看到杨村长很严肃的样子,问道:"这么严肃,是不是想老婆了要回国去呀?"

杨村长稍微放轻松了些:"我们老夫老妻了没啥好想的,再说像你们这样的老板我在国内都找不到,怎么会舍得走呢!我要一直跟着你们干,老了还要留在这里帮你们看大门。"

赵文笑道:"那是啥事呢?"

杨村长便把在心里琢磨了很久的事跟赵文谈了:

"现在公司的管理人员和员工越来越多,罗安达物价奇贵,各种食物要都去市场上采购,很不划算,公司基地这么大,可以划一块地出来搞一个种植和养殖基地,种蔬菜、水果、蘑菇,养鸡、鸭、鹅、猪,既能保证自己公司的食品供应,多余的还可以对外出售,多好的事啊!我们本来是农民,做这些事驾轻就熟,毫不费劲,我大致算了个账,你让我带一个中国员工,再给我 10 个黑人员工,给我划 10 亩地,投 10 万块钱,我保证公司的全部食品供应,每年还能创造几十万的收入,公司可以根据我创造的收入给我适当的报酬。"

杨村长根据自己每天在商场采购食品的价格仔细给赵文算了个账,真是不算不知道,一算吓一跳,公司每个月的生活费已经是一笔不小的开支了,按照杨村长算的账,有了这个种养场,每年可节约两百多万的开支,这样的账赵文和许丁从来没有算过。

赵文当即把小曲工找来,一起商量划一块地给杨村长办种养场的事,小曲工也全力支持杨村长的计划,对种养场的建设提出了很多好建议。

半年过去,杨村长负责的种养场效果显现,移栽的水果园大部分果树成活,水果园里散养的鸡、鸭、鹅成群,每天都能宰杀几只,猪圈里的几头猪已有百十来斤,鸡棚圈养的一万只蛋鸡每天产蛋几千枚,除供应公司内部外,还定点给几家中国大公司的食堂供应鸡蛋,几亩菜地郁郁葱葱,每天都能给公司大小食堂供应不同品种的新鲜蔬菜,特别是蘑菇棚里种植的蘑菇,每天采摘两百多公斤口蘑,供应到罗安达全市所有的西餐厅,实在销售不完的蘑菇拿去喂鸡、养鱼,用蘑菇喂养的鸡和鱼特别鲜美,被戏称为蘑菇鸡、蘑菇鱼,成了广渠国际食堂的招牌菜,很多朋友慕名而来,就想尝尝蘑菇鸡、蘑菇鱼。

种养场不仅使公司员工的伙食明显改善,为公司创造了良好的收入,还使基地成了员工休息、朋友聚会的大本营,每到周末,基地都是高朋满座,热闹非凡,广渠国际在其他地方工作的员工休息的时候都愿意往基地跑。

许阳是最喜欢往基地跑的人之一,只要有空就去基地,去了就不想走。

不过许阳到了基地既不去菜地、果园,也不钓鱼、打球、唱歌,就爱在水泥制品厂和家具厂转悠,看工人做工,一待就是半天儿。

许阳在家具厂认识了满湘,满湘是木工,而且手艺不错,营房里的家具就是满湘做的。家具厂成立后,小曲工把满湘调到家具厂当师傅,满湘说两年多时间他带了三个黑人徒弟,前两个徒弟都出师了,现在这个徒弟才来两个多月,已经能打个下手了。

许阳好奇地问:"你们语言不通,你怎么教他?"

满湘说:"第一个徒弟教得最难,两个人没法沟通,我说什么他都听不明白,我们从递工具开始,慢慢地他熟悉了各种工具的中文名称,我也跟着学习葡语的叫法,后来让他打下手,从比画到简单交流,时间长了,他也熟悉了一些木工活儿,我只要用手指一指他就明白了意思,两个人用简单的词汇就能很好地配合了。第一个徒弟跟我学了一年半才出师,第二个徒弟只跟我学习了一年,等把这个徒弟带出来我也差不多要回国了。"

许阳笑道:"那你是教会了徒弟饿死了师傅!"

满湘也笑:"这个家具厂开始的时候是 5 名中国师傅带 7 名黑人徒弟,现在是 8 名中国员工 23 名黑人员工。工厂实行计件工资制,大部分的黑人员工完成的产量比中国员工多。"

许阳问道:"怎么师傅还不如徒弟了呢?"

满湘说:"要说技术还是中国师傅好,要说吃苦耐劳黑人不比我们差,他们中午不休息,吃完午饭接着干,不像我们干一会儿歇一会儿。"

许阳问:"那黑人员工的工资不是比你们还高呀?"

满湘说:"不会,中国员工除了计件工资还有离家补贴,社会统筹的医疗、养老保险的水平也不一样。"

许阳有些明白了,黑人员工的劳动生产率已经超过了中国员工,但黑人员工的工资比中国员工低,显然中国员工在这里已经开始失去了优势,许阳说:"过几年公司就应该不会再招中国员工了吧。"

满湘满不在乎地说:"中国员工也不想再来了。"

许阳诧异道:"为什么?"

满湘说:"我们刚来罗安达的时候这边的工资比国内高四倍,大家都抢着来,现在我们只比国内的工资高一倍多一点儿,这里远离家人和朋友,生活环境远不如国内,已经没有人愿意来了。"

许阳和满湘一聊就是半天,他站在满湘旁边,一边看满湘干活儿,一边跟满湘聊天,他喜欢看工人干活儿,更喜欢工厂的氛围,这种氛围勾起了他脑子里对微型电机厂车间的记忆。这样的聊天也给他带来一些思考和想法。

一次周末的时候,赵文带了一帮朋友到基地吃饭,看到许阳在基地转悠,赵文就让许阳陪朋友一起喝酒。饭后许阳和赵文一起回城里,在车上,许阳跟赵文说出了自己想了很久的心事:"小文子,你知道我为什么喜欢往基地跑吗?这里能勾起我的美好记忆!我在微型电机厂当厂长那会儿正是青春焕发、热血沸腾的年代,每天早晨工厂里的喇叭响起,几百名员工步行或骑车进入工厂大门,大家的心情像阳光一样明媚,就连空气都弥散着甜丝丝的味道,那时候我们没有更多的想法和心思,就想着上班把今天的工作做好,任务完成。这样的日子和青春一起刻在了心里,是我人生最美好的记忆。我每次走进基地,特别是在水泥制品厂和家具厂,就能勾起我的这些记忆。"

许阳接着说:"小文子,哥有个心愿,想再当一回工厂的厂长,要是能再做一回厂长,我一定让工厂红红火火!"许阳沉浸在对过去的美好回忆和对未来的遐想中。

赵文说:"这简单,你就来家具厂当厂长吧,圆你一个厂长梦。"

"不是的,我不是就想当个厂长,我想再做一番事业,小文子,哥跟你说句掏心窝子的话,我想重建微型电机厂,就在你们基地,你跟小丁子商量一下,能给哥投资吗?"

许阳的话让赵文感到很突然,他没有想到许阳心里还藏着这么个理想。

许阳来罗安达后一直在负责批发中心的业务,把批发中心管理得井井有条,虽然和许丁、赵文吃住在一起,但每天早出晚归,平时交流也不多,只是有应酬的时候许丁和赵文都爱把许阳叫上,许阳酒量好,也见过大场面,应酬的时候得心应手,也算是广渠国际的骨干力量。

许阳提出要建微型电机厂的事,赵文没有考虑过,他凭直觉说:"阳哥,你那个微型电机厂倒闭快二十年了吧,产品早过时了,生产的产品卖给谁呀!"

"这你就不懂了吧!一听就知道你是个外行,现在微型电机的市场比十年前要大得多,电器越来越多就意味着微型电机的需求量越来越大,别的不说,就说家用电器吧,现在每家每户的家用电器比起十年前多了很多,每台家用电器都要用到微型电机的啊!只不过现在的微型电机做得更微,科技含量更高。"

赵文觉得许阳分析得很有道理,实际情况也确实是这样,可安哥拉没有工业配套能力,从上游的原材料来源,到下游的产品用户在安哥拉都没有,生产的成本控制和产品销售都是问题,还有需要的熟练工人也很难在罗安达招到。

赵文把这些想法讲给许阳听,许阳一时没法回答赵文提出的问题,他觉得赵文讲得也很有道理,只是自己心里一直有工厂情结,没有认真分析研究。

两个人在车上都沉默了,到了驻地,赵文把许丁叫到一起,三个人喝茶聊天,又讨论起建工厂的事,一致认为建微型电机厂不可行,但要是建一个轮胎厂、电瓶厂、塑料制品厂等这些在安哥拉有市场的工厂应该会很好的。三个人议论的结果是让许阳回国去做一个市场调研和考察,提出一个建厂目标和方案再研究决定。

二十

　　每天在广渠国际基地上班的员工加上定期轮训的保安公司新老保安队员有两百多人，既有中方员工，也有当地黑人员工，绝大部分员工语言不通，生活习惯也不一样，这给基地的管理带来了很大的挑战，小曲工作为基地的主要管理者每天忙得团团转。

　　赵文和许丁经过多方做工作，说服黄薇从中 D 集团辞职，加入了广渠国际，黄薇和小曲工一样担任广渠国际副总经理，黄薇除了负责公司的行政事务外，还配合小曲工管理基地，小曲工和黄薇成了基地的主人。

　　一个雨过天晴的早晨，基地的员工都已经上班，小曲工拿上安全帽正要去工地巡视，大门口的保安打电话通报说有个原来在基地工作过的女子一定要见小曲工，问她有啥事她也不说。

　　小曲工来到大门口，看到有个瘦小的黑人女子怯生生地站在大门外，女子年龄很小，也就是一个大小孩的样子，可怀里的布兜里兜着一个猫一样大小的婴儿，婴儿四肢耷拉着，双眼微闭，看不出有任何生命的迹象，小曲工看着黑人女子有些面熟，一下子又想不起来她在基地做过什么工作,便问道:"你叫什么名字? 找我有事吗?"

女子显然认识小曲工,见到小曲工眼泪就止不住往下淌,她声音细微地说:"我叫安娜,以前是这里的保洁工,负责营房的卫生保洁工作。"

小曲工记起来好像有这么一个保洁工,干的时间不长,后来自己辞职走了:"哦,安娜!你有什么事吗?"

安娜低眉顺眼,依然声音细微地说:"我本来不想找宝宝的爸爸的,我喜欢中国人,当初是我自愿的,我也愿意自己抚养宝宝,可这几天宝宝病了,一直在发烧,再不去医院就不行了,我只想找宝宝爸爸要点钱送宝宝去医院看病。"

虽然安娜的声音很小,小曲工费了好大劲儿才能听清楚,可听清楚了安娜说的话,小曲工觉得眼前一道闪电,脑子里一声惊雷!他怔了好一会儿才回过神来:"安娜,你是说这孩子的爸爸是我们基地的中国人吗?!"

安娜眼睛看着地面,把一双已经磨损得没有边沿的拖鞋在地上抻了下,轻轻地点了点头。

"是谁? 叫什么名字?"小曲工着急地问道。

安娜眼睛依然看着地面,既没有点头也没有摇头。

安娜和小曲工无声地站了良久,小曲工说:"你跟我来。"

小曲工带着安娜来到池塘边的营房,他让安娜在会议室坐一会儿,递给安娜一瓶水。

小曲工打开基地的广播,在麦克风里说:"各位员工注意啦!请中国员工全部到篮球场集合,马上!"

虽然小曲工通知中国员工马上集合,但基地这么大,大家都在干活儿,半个小时后才集合起来。小曲工让已经在基地办公室工作的小石清点人数,把还没有过来集合的几名员工点名催了来。

人到齐了，小曲工到办公室把安娜请了出来，对安娜说："我们基地的中国员工全部都在这里了，你仔细看看，告诉我孩子的爸爸是谁？"

安娜磨磨蹭蹭了好久，才走到站满中国员工的篮球场上，可是在这么多中国人面前，她觉得中国人的面孔长得都差不多。

那天，安娜像往常一样，等中国员工都去上班以后，她去打扫中国员工宿舍卫生，正当她在低头拖地的时候，从床上的被子里突然伸出一只手来轻轻拍了下她的屁股，她吓了一跳，回头看到有个小伙子躺在床上，正笑嘻嘻地看着她，她回报了小伙子一个灿烂的笑，也许是她的这个笑鼓舞了小伙子，小伙子拉住了她的手，把她往床边拉，她不知道小伙子想干吗，就顺从地走到床边，顺势坐到了床上，小伙子从床上坐了起来，张开双臂把安娜搂在怀里，她本能地惊慌了一下，随即喜悦像潮水一样漫上心头，在她的心里，中国人清爽、聪明、啥事情都会干，还会体贴照顾人，很多次的梦中她成了中国人的女朋友，几次快乐得从梦中笑醒。当美梦变成现实，她感觉现实没有梦境美好，但她还是很温柔地顺从了小伙子。

事后，小伙子看到床单和被子上的血迹愣住了，他慌乱地从床头扯下一条毛巾去擦那些血迹，把点状的血迹擦成了一片。

安娜看着小伙子笨拙慌乱的样子，忍不住笑出声来，这笑声就像一个盖子，一下子盖住了小伙子的紧张情绪，他把目光定格在安娜的身上。

安娜感受到了小伙子柔情似水的目光，她主动依偎在小伙子的怀里，热情地亲吻他……

安娜和小伙子语言不通，他们没有记住对方的名字，甚至后来彼此都没有再认出对方来，直到安娜知道自己怀孕后主动把工作辞了。

安娜没有想过和这个小伙子会有什么结果，能有个宝宝已经让她心满意足了，这是上帝赐予她的礼物，她只想一心一意把这个中国人的宝宝养大。

安娜在中国员工中犹豫地穿梭了一遍,她不敢直视他们的眼神,当然不可能认出那个曾经亲吻过的小伙子,她悻悻地回到小曲工的身边,眼里噙着泪,轻轻地摇摇头。

小曲工无奈地看看站在球场上窃窃私语的中国员工,他回到自己的宿舍,从保险柜里拿出所有的宽扎,小曲工走到安娜面前,把手里的宽扎递给安娜说:"你先拿去给孩子看病吧,不够我再给你筹。"

安娜犹豫地接过小曲工手上的宽扎,深深地给小曲工鞠了一躬,连走带跑地奔向基地大门。

小曲工看着安娜瘦小的背影,心里有一种说不出的心酸和怜悯,他转身对球场上的中国员工说:"做任何事情都会有后果的,做事情之前要想清楚,后果你能不能承担得起,承担不起后果的事情我们要学会克制,这就是人和动物的区别。"

小曲工停了片刻,稳定了一下情绪:"大家去干活儿吧。"

晚上黄薇回家比较晚,小曲工把安娜的事情讲给黄薇听,正说着呢,黄薇听到门口有动静,她对着门口问道:"谁呀?"

小曲工走到门口,拉开房门,走道里空荡荡的,他回身正要关门,看到门口的地上有一个信封,他捡起信封打开一看,里面是一沓钞票,有美元,有宽扎,还有人民币,钞票的面值都很小,显然是一点点积攒起来的,黄薇看着钞票说:"啥意思?"

小曲工把钞票丢在桌子上说:"可能是安娜小孩的爸爸良心发现吧。"

话音刚落,门口又是一阵窸窸窣窣的声响,小曲工和黄薇眼睁睁看到一个信封从门缝里塞了进来。小曲工几步跑到门前,拉开房门,走道里依然空荡荡的。

小曲工把信封丢在桌上，说："不用说，肯定又是钱！难道和安娜发生关系的不止一个男人？"

如此这般，小曲工和黄薇准备睡觉的时候，从门缝里前前后后居然塞进来五个信封，都是钱，都是零钞，都是美元、宽扎、人民币，小曲工手里拿着几个信封，自言自语道："奇了怪了！安娜不可能和这么多男人发生关系的吧？慈善？同情？"

已经坐在床上的黄薇忽然拍一下枕头说："我知道了，不同肤色的人看对方的长相都差不多，黑人觉得中国人长相都差不多，中国人看黑人的长相也差不多，白人看黑人、看黄皮肤的人也是一样，可能安娜和孩子的爸爸都没有认出对方来，我们这个基地看来有不少员工和当地女孩发生过关系，大家不敢确认对方，但良心发现，悄悄地把钱送了过来，你看这些钱都是平时一点点积攒起来的零花钱。"

小曲工连连点头："你分析得很有道理，肯定是这种情况，不管怎样，我们把这些钱都给安娜吧！"

黄薇说："钱的事小，这种毫无防护的男女关系会带来很恶劣的社会问题，单亲妈妈、疾病传播，等等，我们可要重视这样的问题，采取必要的措施才行。"

小曲工问："怎么重视呢？"

黄薇说："最重要的是加强宣传教育，普及相关知识，让大家知道其危害性以及带来的严重后果，也可以做一些主动防护措施，比如说发放一些安全套，让大家主动预防。"

小曲工若有所思地说："这里艾滋病感染率很高，我们要对员工进行一次专门的艾滋病检查。"

黄薇说："不能做艾滋病专项检查，大家会有抵触情绪，可以给员工做一次体检，全面筛查一下传染病。"

小曲工将安娜来基地找孩子爸爸的事和与黄薇讨论的意见汇报给

赵文,赵文觉得这件事很重要,他跟许丁商量后联系了中 B 集团的安哥拉职工医院,对广渠国际在罗安达的所有中国员工做了一次体检。

二十多天后检查结果出来,在体检人员中发现 1 名艾滋病病毒感染者,3 名性病感染者,2 名乙肝阳性,还有一些人患有非传染性疾病。

许丁和赵文专门去基地与小曲工、黄薇一起开会商量这件事,商量的结果是让赵文分别找 6 名传染病患者谈话,做好思想工作,联系国内医院治疗,同时部署了对传染病知识的普及和预防工作。

赵文说:"其他病患都还好一点,感染艾滋病的员工可能一下很难接受这个现实,我们要做好充分的准备和预防措施才行。"

感染艾滋病的员工叫常勤,是个小伙子。

常勤高中毕业连考了两年大学,都只差几分落榜,常勤是很聪明的人,日常生活中的事情一看就会,无师自通。

常勤刚上初中的时候,家里买了一辆拖拉机,常勤的父亲用来跑运输生意,帮别人拉砂石材料,拉粮食油料。拖拉机刚买回来的时候,常勤的父亲驾驶技术不行,经常把拖拉机开到田里、沟里。有一次父亲把拖拉机又开到沟坎里去了,父亲回村里叫几个邻居帮忙去拉拖拉机,常勤也去了,费了九牛二虎之力才把拖拉机从沟坎里拉出来,常勤对父亲说我帮你开回去吧,父亲还没有回话,常勤已经驾着拖拉机走了。

村子里的乡亲没有不夸常勤聪明的。

常勤在班里的学习成绩也不错,处于中上水平,高考的时候班里中下水平的同学大部分都过了大学录取分数线,常勤每次总差二三分,就在录取分数线附近徘徊。第一年应届毕业高考的时候,总要常勤辅导物理、化学的女朋友就考上了大学,刚上大学的女朋友经常鼓励常勤,给常勤寄复习资料。常勤第二次高考落榜后女朋友就开始埋怨常勤了,说他学得不深,都是一知半解,用功不够,都是小聪明。心里失落的常勤得不到女朋友的安慰和关怀,反而听到的都是指责和埋怨,就不怎么跟女朋友联系了,女朋友正处于大学兴奋期,常勤不主动联系让她感觉更轻松,两个人慢慢也就断了。

本来常勤还想再考一年的,主要的动力是想追随女朋友而去,现在女朋友断了,考大学的激情也就没了,他跟家里人说自己不想考了,想回家帮父亲跑生意,父亲说不考就不考吧,现在读了大学也找不到好工作,还不如学一门技术,能旱涝保收。

按照父亲的想法,常勤就上了一所技校,可到技校报到了才知道,技校开设的专业和大学雷同,都是市场营销、电子商务、计算机等,常勤觉得学这些专业肯定赶不上大学的水平,学技术又学不到,他在技校勉强待了一个学期,就辍学了。

常勤的小叔是个包工头,承包的工程多了以后就把自己的工程队注册成了建筑公司,虽然只有五十多号人,但主要分包大公司的苦力活儿,事情还不少。常勤的小叔很喜欢聪明的常勤,见常勤考不上大学又不愿意上技校,就跟他说:"你来我公司干吧,先学点技术,再跟我一起管理公司,我们叔侄俩把公司做大。"

常勤进了小叔的建筑公司,先学泥瓦工,再学电工、油漆工、木工,两年多的时间就把工地上的活儿都学会了。什么都会了的常勤觉得工作没有了挑战性,做事的热情慢慢就降下来了,觉得做什么都没有劲儿,就连谈女朋友的心思都没有,唯一迷恋的是手机游戏,有事没事就拿着手机玩,吃饭、上厕所的时候都是一手拿手机,两眼盯着玩儿。

常勤的父母和小叔看到常勤这个样子,心里有些着急,正好小曲工回国招员工,小叔跟常勤的父母商量,在家里的生活环境下可能很难改变常勤目前的生活状况,他人聪明,又年轻,还不如让他出国去闯一闯,不指望他赚多少钱,能改变一下他的生活状况就好了。

常勤的小叔托人找小曲工,小曲工考察了一下常勤,很满意,就把常勤招到了罗安达。

常勤来罗安达后在广渠国际建筑公司做泥瓦工，因为他的技术好，小曲工给他安排了一名当地员工做徒弟。

常勤的徒弟叫桑得拉，是名二十多岁的黑人女孩，桑得拉个子不高，黑黑胖胖，长得很普通，啥事也不会做，常勤不喜欢，好在语言不通，不用跟她啰唆，也不用教她什么，桑得拉就只是常勤身边的一个小工，帮常勤提砂浆、递砖。

常勤不喜欢桑得拉，桑得拉却很快迷恋上了常勤。常勤个子高，皮肤白，一头长发，是女孩眼中的大帅哥，在国内的时候身边总有倾慕、搭讪的女孩。桑得拉迷恋常勤不仅是因为他的外貌，更吸引她的是他做事的时候那股潇洒劲儿。

常勤做事的时候跟平时一样总是一副玩世不恭的神态，嘴里叼着烟，一副满不在乎的样子，他左手接过桑得拉递过来的机砖，右手的瓦刀从灰桶里挖一坨水泥砂浆，把砂浆铺在砌好的砖墙上，把砖掂一掂，抛出一个弧线换一面，准确地砌在墙上，用瓦刀背在砖面上磕几下压实了，墙面整齐，上下砖缝错落有致，把粗糙的砖墙砌成了艺术品，一口气砌上一排，常勤站起身歇口气，把叼在嘴里的香烟使劲吸一口，吐出一连串的白色小烟圈。常勤的这个神态让桑得拉着迷，她两眼直愣愣地看着常勤，眼神像蜂蜜一样黏稠。

迷恋常勤的桑得拉总想亲近常勤，递砖的时候有意把自己的手和砖一起递到常勤的手上，让两个人的手来一次短暂的亲密接触，桑得拉经常站在离常勤身体很近的地方，常勤的身体稍微动一下就能和桑得拉的身体触碰，休息的时候常勤玩手机游戏，桑得拉紧靠在常勤旁边看他玩，不时发出欢乐的叫喊声。

常勤感觉到了桑得拉眼神的黏稠和身体的亲近，他心里想拒绝，可身体又有些渴望，渐渐地，他们眼神交流的时间长了起来，身体的触碰也多了起来。终于在一次触碰中常勤转身紧紧地把桑得拉抱在了怀里，在一间刚砌好墙体的房间里干柴烈火熊熊燃烧起来……

有了第一次的猛烈燃烧，中午午休时，晚上下班后，常勤和桑得拉频频幽会，砌成毛坯的房子里，基地的树林里，都是他们幽会的场所，为此，常勤被蚊子叮咬得浑身是包，不到半年的时间得了两次疟疾。

当常勤被叫到赵文办公室的时候，常勤还以为是他和桑得拉的关系被公司发现了，领导要教育、批评他呢。当赵文告诉他，他可能感染了艾滋病的时候，常勤脑子一下子没有反应过来，怔了一会儿，猛然醒悟，脑子里咔嚓一下，身体瞬间飘了起来，轻飘飘的身体在空气中飘舞，像纸片人一样无处停留。

常勤不知道赵文后来跟自己说了些什么，也不知道自己是怎么回到的宿舍，躺在床上，他不想吃，不想喝，也不想动弹，脑子总是回不到飘浮的身体里。

常勤不吃不喝在床上一动不动地躺了两天，正当赵文和小曲工商量要把常勤送去医院输液，通知常勤国内的家人的时候，常勤摇摇晃晃地坐起来说要找赵总单独谈谈。

宿舍只剩下赵文和常勤两个人的时候，常勤说："赵总，我来的时间不长，算算工钱也不多，得了这病也是天意，怪不了谁！已经这样了，一天不死也得好好活，我也不想找公司的麻烦，公司能不能给我一笔钱，算医药费也好，补助也好，公司做慈善也好，我也没脸回国去了，我拿这笔钱去做个小生意，拼搏一番，说不定还能做出点事业来呢！"

赵文听常勤这么说，紧张的心情松弛了下来，他觉得常勤也算想明白了，虽然心里觉得有一些悲凉和凄惨，但这样的现实总是要面对的："你能这样想就好，我们答应你的要求，你出去自己闯闯，有困难再来找我，我一定尽力帮助你，至少让你衣食无忧。"

常勤凄惶地说："不会了，以后生死我都不再找公司。"

赵文忍不住流下了眼泪:"你要多少钱? 我让会计给你准备。"

常勤拿了钱,找到桑得拉,通过手机翻译软件把自己得病的事告诉了她:"你是我唯一的传染源。"

常勤以为桑得拉会惊恐,会哭泣,会对他有些歉意,可桑得拉听到常勤说自己感染了艾滋病就像听到常勤说自己得了感冒一样平静,没有丝毫的惊恐,常勤以为自己的软件翻译得不准确,或者桑得拉对这个病不了解,常勤输了一段中文:"你知道艾滋病吗?你不害怕?"常勤把中文翻译成葡文给桑得拉看。

桑得拉拿过常勤的手机,输了一段葡文:"HIV 我知道啊,这有什么好怕的?"她把葡文翻译成中文给常勤看,看到常勤一脸疑惑的样子,桑得拉又输了一段葡文:"我身边有很多人都有 HIV,他们一样生活得很开心,很快乐! 害怕只是自己的感觉! 生活总是在继续!"

看着翻译过来的这一段中文,常勤脑子里豁然开朗,就像在漆黑的房间突然摁下电源开关,灯光让房间一片光明一般。他瞪着眼睛看着眼前这个普通的黑人女孩,感觉她的形象高大了许多。

常勤在手机上说:"你愿意跟我生活在一起吗?"

桑得拉盯着手机看了好几分钟,她不敢相信自己的眼睛,他是那么帅气,性情是那么温柔,他的一举一动都是那么洒脱、随性,让自己着迷,他想跟我生活在一起?桑得拉觉得幸福来得太突然,她怕自己是在梦中,因为她已经无数次做过这样的梦,她抬起胳膊在嘴里使劲咬了一口,疼痛就像冰激凌一样丝滑,她激动地抱住常勤,眼泪不停往下淌。

二十一

许丁从公司基地回驻地的路上毫无意外地堵在了城西大道上，这里是整个城市西边进城的唯一道路，而且有三条主要城市道路在这里汇入城西大道上，这里号称罗安达的"堵王"，只要是工作日，从早晨6点到晚上8点毫无例外地堵车，罗安达堵车的特点是慢且不会停顿，慢到什么程度呢，你在路边买张床，谈好了价格，付了钱，卖家帮你把床拆开包装好，装上车，前面的车开出去不会超过一米远，后面车的司机也不会摁喇叭、闪灯催促你。有人做过试验，蚂蚁真的比汽车跑得快！就是这样的堵车路段，成了罗安达最热闹的马路市场。

习以为常了，进了堵点，许丁很自然地掏出手机开始刷微信朋友圈。

有个十二三岁的男孩敲了敲许丁的车窗，向车内的许丁晃了晃手里拿着的矿泉水。许丁没抬头，向窗外摆了摆手。没想到男孩不肯罢休，依然敲着车窗晃着手里的矿泉水。许丁感到很奇怪，他摁下车窗对男孩说："小朋友，我车上带的有水，不需要。"

男孩说："送给你喝的，不要钱。"

许丁不解地问道:"你为什么要送我水喝?"

男孩说:"你是我爸爸的老板,你给我们家很多帮助,还给我们盖了新房,我们全家都很感激你!"

许丁犹豫地问道:"你是奥戈的儿子?科瓦卡?"

科瓦卡很高兴自己被许丁认出来,脸上露出了开心灿烂的笑容,他朝许丁使劲儿点点头。

许丁打开车门说:"上车来!"

科瓦卡犹豫了片刻,见许丁坚持要他上车,他便回头向路边招手。只见一个更小的男孩背着半袋矿泉水磕磕绊绊地跑了过来。科瓦卡向许丁介绍说:"这是我弟弟,你也见过的!"

许丁说:"是的,你弟弟我也见过,来,都上车吧。"

科瓦卡和弟弟上了许丁的车,感觉一阵凉爽,不禁打了两个寒战。哥儿俩仔细观察车内的环境,立马感觉不自在起来,浑身泥土的哥儿俩坐着和靠过的地方都留下了一团团泥印。看着拘谨不安的哥儿俩,许丁和蔼地说:"没事,脏了能擦干净。"

许丁望着衣衫褴褛、一身泥土、满头大汗的兄弟俩问道:"你们俩怎么没上学跑来这里卖水呢?"

科瓦卡望着许丁慈爱的目光,讲述了他们家近来的情况。

奥戈是许丁的司机,给许丁开了两年多的车,前年雨季的时候不幸染上黄热病去世,许丁去吊唁奥戈的时候看到他们家破旧的房屋、年迈的父母和年幼的孩子,当即给了奥戈父母一笔丰厚的抚恤金,还派人翻修了他们家简陋的房屋。

奥戈去世后,家里失去了经济来源,生活靠许丁给的抚恤金维持了一段时间,半年后科瓦卡感觉到家里的食物明显变差了,原来家里的主食是面包、玉米和牛肉,爸爸还能经常带回来几瓶科瓦卡最爱的可乐和弟弟喜欢的香肠,自从爸爸去世后,科瓦卡和弟弟最爱的东西就没有再见到过了,牛肉和面包渐渐地也没有了,替代的是木薯粉和土豆。

又过了两个多月后,家里的食物明显更少了,瘦小屠弱的爷爷只得出马了,他去电信局进了一些电话充值卡,拿到公路上,在车流中兜售,每天能挣点钱贴补食物开支。

更糟糕的是那天早晨,科瓦卡和弟弟刚走进学校的大门,迎面就被克罗索校长拦住了。克罗索校长是一个矮胖的中年人,剃着锃亮的光头,却留着两片浓密的胡须,不高的身材被圆滚的大肚腩衬托得更加敦实,他每天都穿着那件浅蓝色的西服,打着色彩艳丽的领带,站在大门口抓那些没有按时交纳生活费的同学。克罗索校长拦下了科瓦卡和他的弟弟,说:"你们俩,三个多月没交生活费了吧?你们那个漂亮的班级老师娜姆那姆姆小姐还想一直瞒着我呢!学校可不是政府救助站,你们必须先交生活费才能上学。"校长说着把科瓦卡和他的弟弟搡出了大门。

上不了学,弟弟很高兴,他最不爱记那些生涩的葡语单词了。可科瓦卡却有些失落,他喜欢上学,因为他想找份好工作,分担家里的生活负担。以前科瓦卡最喜欢足球,做梦都想踢足球,有时间他就会守在家里那台小电视机前面看球赛,他们班上同学有个足球,每次下课全班几十个同学抢着踢,科瓦卡难得踢到一次。而现在科瓦卡没有了理想,他只想为家里挣钱解决生活问题。

科瓦卡带着弟弟在街上闲逛,路过一个很大的工地,许多中国人在工地上干活儿,他们开着挖掘机、推土机把一大片棚户区推平了,正在平整场地。弟弟问道:"我们的房子也会被拆掉吗?"科瓦卡回答说:"要能拆掉就好了,我们就能搬到新房子住了。"

弟弟不知道新房子有什么好的,但他们对在工地上干活儿的中国人倒是很好奇,他们就蹲在工地边看着工地上的中国人干活儿,直到中午,工人下班了,科瓦卡和弟弟才感觉到肚子咕咕地叫,他们知道回家也没有饭吃,索性科瓦卡就带着弟弟去找爷爷。

晚上,科瓦卡跟爷爷说了学校的事,还说了想去公路上卖瓶装水的事,这是科瓦卡白天在公路边上看爷爷卖手机充值卡时想出的主意。科瓦卡和弟弟蹲在公路边看了一下午,爷爷只卖了四张充值卡,但卖冰水和卖饮料的人都卖出了一大袋。所以科瓦卡打定主意要去卖冰水和饮料。爷爷心疼两个孙子,但是他挣的钱无法满足家里人的基本生活,他摸摸科瓦卡的脑袋,掏出几张皱巴巴的宽扎递给了科瓦卡。

第二天科瓦卡和弟弟就成了马路上卖水大军中的一员。

许丁了解到了科瓦卡兄弟俩的状况,心里像注进十公斤水一样沉重。他把科瓦卡兄弟俩带回到自己的驻地,车子停在别墅前,许丁打开车门,科瓦卡刚下车,立马看到两只凶猛的大狼狗低吼着直扑上来,科瓦卡惊恐地尖叫一声,许丁连忙拦住狼狗,大声呵斥道:"停停停!这是我的新客人,不许撒野!"两只狼狗望着依然惊恐的兄弟俩,转过身来用尾巴扫了扫科瓦卡,友善地接受了这两个新客人。

兄弟俩抓着许丁的手,紧靠着许丁,走进了别墅的大门,紧张的心情才算放松下来。

许丁直接把兄弟俩带到浴室,让他们脱光了衣服,打开淋浴器,然后教他们用沐浴露洗澡。

洗完澡,许丁拿来自己的圆领衫和短裤给哥儿俩穿上,科瓦卡穿上许丁的衣服虽然松松垮垮的,但还能勉强挂住,弟弟穿着的圆领衫就盖住了膝盖,正好也不用穿短裤了,兄弟俩相互打量着对方,不觉露出了开心的笑容。

吃午饭的时候,看着狼吞虎咽的兄弟俩,许丁感到很心酸,三婶开玩笑地说:"小丁子,你别看这两兄弟瘦得皮包骨,人可机灵着呢!你看那两双眼睛!干脆你认他俩做干儿子好了,培养一下,说不定以后能有出息。"

三婶的话正中许丁下怀,他摸摸科瓦卡的头,问道:"科瓦卡,你们俩给我当儿子吧?我来照顾你们!"科瓦卡感觉很突然,不知道如何回答。满嘴食物的弟弟毫不犹豫地大声说:"好!你就是我们的中国爸爸!"餐厅里立即热闹起来,有人开了一瓶红酒,大家举杯,共同庆祝这意外的喜事!

　　吃完饭,许丁带着科瓦卡兄弟俩直奔凯罗超市,科瓦卡和弟弟都是第一次走进这样豪华气派的超市,许丁推过来一辆很大的购物车,对兄弟俩说:"喜欢什么就拿了放在车上,使劲买。"说着就到超市外面去接电话。

　　科瓦卡和弟弟推着车,穿行在琳琅满目的商品中,看花了眼,犹豫再三,弟弟拿了一包香肠和一盒鸡蛋,心满意足地对科瓦卡说:"这不多吧?"科瓦卡说:"够你美几天的了。"科瓦卡拿了两瓶可乐,他想起了爷爷奶奶,又和弟弟一起拿了四个大面包。

　　兄弟俩望着手推车上的食物,诚惶诚恐地等着许丁。许丁接完电话走进来,看到手推车上的东西和兄弟俩惶恐的眼神,心里有一种说不出的感觉,他推着车子,带着兄弟俩,装了满满的一车食品,然后又到服装区给兄弟俩每人挑选了两套衣服和一双运动鞋,兄弟俩第一次穿上漂亮的运动鞋,穿上就不想脱下来,许丁让他们直接穿着去结账。临走时,科瓦卡兴奋地抱着一个足球,央求许丁说:"我能要个足球吗?"许丁挥挥手,潇洒地说:"带走!"

　　许丁把科瓦卡兄弟俩送回家,爷爷奶奶看到焕然一新、满载而归的两个孙子,高兴得手舞足蹈。许丁对爷爷奶奶说:"奥戈是我的好兄弟,他不在了,他的儿子就是我的儿子,我是他们的中国爸爸,以后你们一家的生活由我负担。"爷爷奶奶四目相对,流下了激动的泪水,连声说:"中国爸爸好!中国爸爸好!"

　　许丁拿出一个装满钱的信封交给奶奶说:"明天就让他们去上学

吧,等他们长大了就去我的公司工作,没有文化可学不了技术啊!"

看到一家四口欢欣雀跃的样子,许丁笑了!

第二天,当科瓦卡兄弟俩焕然一新地出现在学校的时候,引来一片欢呼声,同学们的目光都集中到了这哥儿俩身上,克罗索校长更是像看到外星人一样,先是瞪圆了眼睛,然后张开双臂拥抱了科瓦卡:"科瓦卡、科瓦卡!几天不见,你在哪里发财了?"科瓦卡也兴奋地说:"我有了个中国爸爸,他是我爸爸的老板!"

科瓦卡的话又引来一片尖叫声、口哨声!

下午放学的时候克罗索校长让娜姆那姆姆老师把科瓦卡请到了校长室,科瓦卡第一次进到校长室,心里十分紧张,克罗索校长和蔼地请科瓦卡坐到沙发上,自己紧挨着坐下,他拉着科瓦卡的手说:"跟我说说你的中国爸爸。"

提到自己的中国爸爸,科瓦卡的心情轻松了许多,他便从奥戈去世开始讲起,把他们家和中国爸爸交往的过程原原本本地向克罗索校长和娜姆那姆姆老师讲述了一遍。科瓦卡讲完,克罗索校长和娜姆那姆姆老师沉默了很久,克罗索校长站起身来,在办公室踱了几步,转身对科瓦卡说:"你的中国爸爸是个好人!是个伟大的人!我要认识他。"娜姆那姆姆老师也兴奋地说:"我也要认识他!"

克罗索校长再次拉着科瓦卡的手说:"这样,我邀请你的中国爸爸访问我们学校,让我们全校的老师和学生都认识他。"听到克罗索校长这么夸奖自己的中国爸爸,科瓦卡心里十分得意!他保证道:"下次我见到我的中国爸爸就转告你的邀请,他一定会来的!"

再次见到许丁,科瓦卡转告了克罗索校长的邀请,许丁爽快地说:"我儿子的学校我一定要去看看!下周二我就去。"

周二,许丁如约来到学校,克罗索校长带着娜姆那姆姆老师在校门口迎接。见到许丁,克罗索校长和娜姆那姆姆老师都感到十分惊讶,他们无法从口音上确认许丁是安哥拉人还是中国人，许丁主动拥抱了克罗索校长，娜姆那姆姆老师主动拥抱了许丁。许丁打量着娜姆那姆姆老师，十分欣赏地说："你像你的名字一样充满着韵律，看到你、听到你的名字，仿佛听到了音乐的节奏。"许丁的夸奖让娜姆那姆姆老师羞涩而兴奋，眼里闪着光芒，睫毛不停地颤抖。

克罗索校长和娜姆那姆姆老师带着许丁参观学校，他们看了教室、活动室、食堂。

整个学校只有一栋四层楼房子，门窗基本都坏了，教室里有一些缺胳膊少腿的桌椅，上课的时候大部分学生坐在地上；食堂更是简陋，完全是苍蝇的大本营；教学楼前面只有一块很小的空地，算是学校的运动场，课间一大帮孩子在疯抢科瓦卡的足球，运动场边上就是一条污水沟，从居民区流出来的生活污水成为黑色的泥浆缓缓流淌着，在学校的任何地方都充斥着恶心的臭味。

看到这一切，许丁脸上的笑容没有了，他第一次参观安哥拉的学校，这样的条件是他怎么也没有想到的。许丁沉默良久，慎重地对克罗索校长说："我愿意帮助你们把学校翻建一下，如果你们同意，我马上派人来做设计方案。"

克罗索校长大感意外，他原来只是希望科瓦卡的这位善良的中国爸爸能给学校一些赞助，比如说赠送一些桌椅、办公用品什么的，没想到他慷慨地要翻修整个学校，克罗索校长灿烂的笑脸也严肃起来，他觉得这个中国人的帮助十分神圣！他庄重地回答说："谢谢你，中国朋友！我们愿意接受你慷慨的帮助！我马上向罗安达省政府报告！"

许丁的设计方案很快做好了，学校改建开工建设，学生放假三个月，老师和同学都欢欣雀跃！

学校宣布放假那天，娜姆那姆姆老师跟科瓦卡说："你什么时候带我去见见你的中国爸爸吧，他太迷人了，我要嫁给他，做他的安哥拉老婆。"娜姆那姆姆老师的话让科瓦卡喜出望外,在他的心中娜姆那姆姆老师是最美的女性,她的身边总有一大群追求者,可娜姆那姆姆老师现在想嫁给自己的中国爸爸做老婆,多好啊!中国爸爸一定会很开心。为了给中国爸爸一个惊喜,科瓦卡让娜姆那姆姆老师周六上午到科瓦卡的家会合,一起去见中国爸爸。

周六上午,许丁派车来接科瓦卡兄弟去过周末,娜姆那姆姆老师也一同前往,科瓦卡心里很高兴!他想捉弄一下娜姆那姆姆老师,就悄悄地跟弟弟说:"等会儿下车的时候我们慢点下,让中国爸爸家的大狼狗扑上来吓唬一下娜姆那姆姆老师。"

车开到许丁的别墅前,科瓦卡和弟弟坐着没动,他们等娜姆那姆姆老师先下车,娜姆那姆姆老师打开车门,看到两条硕大的狼狗站在车旁,狼狗吐着长长的舌头,打量了娜姆那姆姆老师一下,很温顺地走上来,靠在娜姆那姆姆老师腿上,这一幕让科瓦卡兄弟大失所望。

许丁应声从别墅里出来,他看到一位美丽的黑人女孩、科瓦卡兄弟和两条大狼狗在阳光下嬉戏,心里感觉特别温暖。走到跟前,他很快认出了娜姆那姆姆老师,很高兴地说:"音乐般美丽的老师来啦,欢迎啊!"娜姆那姆姆灿烂地笑着主动拥抱许丁。

科瓦卡十分得意地对许丁说:"中国爸爸,这位美丽的娜姆那姆姆小姐想嫁给你,跟你结婚!"

许丁听后一愣,随即哈哈大笑道:"我在中国早结婚啦,我的女儿跟科瓦卡一般大呢。"

娜姆那姆姆听到后并不意外,她很认真地说:"你在中国结婚了没关系,我只想做你的安哥拉老婆,跟你生几个安哥拉宝宝。"

许丁也很认真地说:"那可不行,中国的法律不允许。"

娜姆那姆姆很失望,科瓦卡也很失望,他们都不能理解许丁为什么拒绝这么美好的事情。许丁用手指刮了下娜姆那姆姆的鼻子说:"我们可以做好朋友啊！"

　　娜姆那姆姆第一次到中国人家里，近距离接触中国人的生活，他们和中国人一起吃饭、一起聊天、一起逗狗玩、还一起看了一部中国电影，虽然他们听不懂汉语，但他们第一次看到电影镜头里的中国人和事，感到十分陌生和美好！看完电影他们又向许丁问了无数个关于中国的问题，她喜欢中国，更喜欢许丁！晚上离开的时候，她感觉到不舍和失落，她热情地拥抱许丁，深情地亲吻许丁的面颊。

　　坐在回家的车上，娜姆那姆姆还沉浸在兴奋、不舍和失望中，她问坐在身旁的科瓦卡："长大后你会去中国吗？"科瓦卡眼里充满向往地说："我长大了一定要去中国看看，我喜欢中国，我要跟中国人学砖瓦匠手艺。"

二十二

　　许丁应邀回北京参加中非合作论坛,在会上,许丁第一次聆听中非共建"一带一路"愿景与行动的主旨报告,他越听越兴奋,越听越激动,演讲者的声音如一枚枚钉子钉进许丁的脑子里。

　　许丁原以为"一带一路"这样的国际合作倡议是国家与国家之间的事情,离自己的事业和工作很遥远,可听完报告,他觉得这是与自己息息相关的事情啊! 他忽然感觉到自己这些年的打拼和发展正踩在国家愿景和倡议的节拍上,仿佛是在黑夜里航行的小舟发现了明亮的灯塔;又好像是经过艰难跋涉,眼前豁然开朗,迈上了宽阔的大道。他抑制不住内心的激动,心里有一种强烈的与人分享的冲动,而这时赵文和何守月恰好都在安哥拉,许丁也没有想到时差的问题,他打电话给赵文,要和赵文和何守月开电话会议。

　　赵文在睡梦中被许丁的电话叫醒,他迷迷糊糊听了半天也没有听明白许丁在说什么,只听明白说要与何守月一起开电话会,赵文不知道发生了什么紧急事情,他拿着电话下楼,把何守月从睡梦中喊醒。

　　赵文和何守月在客厅里打开手机免提听万里之外的许丁讲中非共

建"一带一路"的愿景与行动，很快他们被许丁的兴奋感染了，深夜的睡意早已无影无踪，一路携手走进非洲的经历使他们产生了强烈的共鸣，豪情在心中升起！激情在胸中澎湃！他们摩拳擦掌，要在这广阔的舞台上乘着东风撸起袖子干出一番光辉事业来。

中非合作论坛会议期间，许丁意外地遇到了参会的闽江林和闽山峰叔侄俩，家乡遇故知，闽江林一定要请许丁吃饭，可当他们在北京一家豪华餐厅的包房坐下来的时候却顾不上点菜，只顾热烈地议论着"一带一路"愿景和行动以及自己的感想和感悟，他们聚餐第一次没有喝酒，没有喝酒的聚餐吃了两个半小时。

聚餐时，许丁问闽江林现在在干什么，闽江林说在安哥拉出事后承蒙许丁搭救，从监狱出来后一是感到后怕，二是一时也没有想好要做什么，他就回国了，现在在老家承包了100多亩田种甘蔗。但心里的非洲情结一直没有放下，时刻想着重返非洲。好在侄儿闽山峰一直留在安哥拉，闽江林回国后，闽山峰利用叔叔留下的基地办了家石料场，生意挺红火。这次是闽山峰拉着闽江林来参加中非合作论坛，意图是想让闽江林重新燃起对非洲的热情，重返安哥拉。果然，中非合作论坛再次点燃了闽江林心中对非洲的向往之情，久违了的非洲，让闽江林魂牵梦绕的非洲，使闽江林如身处非洲的许丁一样热血沸腾。叔侄俩一边开会一边谋划，已决定去安哥拉搞农业开发。

中非合作论坛闭会的当天，许丁从会场直接去了机场，他等不及回家与云琪琪和女儿道别，让云琪琪带着女儿去机场，一家三口在机场餐厅吃了顿饭，算是给许丁送行，不过这样的道别对云琪琪和许丁来说已经是司空见惯了。

许丁在返回罗安达的航班上遇到了前来北京参加中非论坛的安哥拉政府代表团，有好几个安哥拉政府代表团的成员还是许丁的老朋友。显然大家深受中非共建"一带一路"愿景和行动的鼓舞，一路上高谈阔论,兴奋不已。安哥拉经济部部长是位女士,她找空乘把座位换到了许丁旁边,很真诚地和许丁讨论如何抓住"一带一路"愿景和行动的机遇发展安哥拉的经济,迫切的心情溢于言表。

许丁回到罗安达,他迫不及待地召集赵文、何守月及公司的管理层开会,会上,许丁详细向大家传达了中非共建"一带一路"愿景与行动的有关精神,并把自己的感想和这几天思考的问题提出来跟大家讨论。

许丁说,自己从体制内辞职下海后自我感觉是孤帆远行,一切都得靠自己打拼,没有依靠更没有依赖,努力在自己,成败在天命,我们不断探索着前进,不知道前方会遇到什么样的艰难险阻,不知道这条小船会驶向何方。"一带一路"的宏伟愿景忽然照亮了我们的前程,我第一次感觉到自己和公司的发展与国家发展息息相关,我们的命运和国家的脉搏紧紧地连在了一起,对整个非洲来说,这是千载难逢的发展机遇,我们一定要抓住这样的机遇。

许丁的感想引起了大家强烈的共鸣,会议开得无比热烈。

这次会议是广渠国际自成立以来时间最长的会议,最后三名股东关起门来认真讨论研究了广渠国际发展的具体方向和措施。

一是改变目前以贸易为主的业务发展模式,规划建设广渠国际工业园区,吸引更多中国企业投资安哥拉,承接国内产能转移,带动安哥拉工业发展;大力发展工业项目,扩大家具厂、水泥制品厂规模,研究新建工业投资项目;大力发展种植、养殖业,吸纳当地农村人口就业,带动当地农户致富;二是做好本土员工业务技能培训,尽量聘用本土员工;三是加强与中安两国政府部门的沟通协调,主动将企业发展与中安两国政府合作衔接起来;四是加强企业规范化管理,建立起现代化国际企业管理机制。

二十三

按照公司安排,许阳回到北京考察工业投资项目,可他一个过气的厂长不知道该从何处入手,自从微型电机厂倒闭后,他和工业企业就基本上没有打过交道了,工厂只是埋在心里的一颗酵母,将美好的记忆不停地发酵,让他魂牵梦绕。现在他有机会去实现自己心中的夙愿了,才发现自己离工厂已经很远了。寻梦还得从梦开始的地方,他决定先把微型电机厂的老同事约在一起聚聚,听听他们的想法。

工厂倒闭后大家各奔东西,虽然大部分人都依然生活在北京,可没有了工作的纽带,彼此联系就少了,只有一些关系比较亲近,彼此比较欣赏的人依然保持着联系。

迟德敏是许阳联系最紧密的人,因为迟德敏是许阳的师傅,一日为师,终身为父,在这份感情中还含有许阳对迟德敏的崇拜。

许阳大学毕业分配到微型电机厂当技术员,迟德敏是厂里的工程师,工厂里有师傅带徒弟的传统,当年厂里很正式地安排迟德敏做了许阳的师傅,迟德敏和许阳很投缘,彼此欣赏、惺惺相惜,师徒的感情很深厚。

许阳一步步升迁做厂长的时候,迟德敏做了徒弟的副手,当了副厂长。

做了副厂长的迟德敏很少做管理,仍然一门心思搞技术、搞科研,那时候他正在专心致志地研究微型电机的变频技术,要是这个技术能突破,整个微型电机厂的产品就会抢占技术高地,在同业竞争中占据领先优势。可惜微型电机厂没能撑到迟德敏的变频技术通过国家的技术鉴定就倒闭了。

迟德敏现在已经退休了,不过退休后依然保持着对电机技术的浓厚兴趣,喜欢看这方面的书,研究这方面的问题,迟德敏自然就成了许阳名单里的第一人。

许阳联系的第二个人是原来微型电机厂总装车间的主任老郝,这是一个倔强的胖子,八级钳工,技术和脾气一样杠杠的,在微型电机厂从厂长到门卫都惧他几分,但这个人正直,错了能诚恳认错,对了得理不饶人,许阳当厂长的时候没少跟老郝吵架,可两个人越吵关系越铁,越吵在一起喝酒的次数越多。工厂倒闭后老郝很快被一家大公司高薪聘了去,老郝在新公司干了不到半年就被新公司解聘了,别人实在受不了他那臭脾气。老郝又换过几家厂子,跟第一家的情况差不多,都没有干多久,老郝也有自知之明,干脆自己当老板,开了一家家电维修部,冰箱、洗衣机、电视机、抽油烟机、电风扇、摩托车啥都修,老郝技术好,有天分,各种家电拆开一看就会修,后来大品牌家电提高售后服务水平,实行特约维修,老郝维修部的墙上挂满了特约维修的证书,他的维修部越做越大,工程技术人员就有上百人。

老郝的儿子小郝十几岁的时候,老郝看到"学电脑从娃娃抓起"的广告牌,给小郝买了一台电脑,从此小郝就迷恋上了电脑,对读书完全没有了兴趣,小郝勉强读了一年高中就辍学在家玩电脑。

小郝玩电脑还和一般年轻人玩电脑不一样,他从来不在网上玩游戏,也不在网上看电影、听音乐,他就喜欢计算机和网络教程,几年后他在网上接活儿,帮电脑公司编程,他让老郝去银行帮他开了个账户,过段时间就会有电脑公司给他的账户打钱。

刚给小郝买电脑那会儿老郝肠子都悔青了,逢人就说不该给儿子买电脑,电脑就跟个笼子一样把儿子关起来了,除了吃饭睡觉,儿子都坐在电脑前面,完全跟这个社会隔离开了,以后怎么生活哟!

老郝的暴脾气在小郝面前一点儿作用都没有,老郝吼天叫地,砸桌子摔碗,小郝连头都不抬一下。

后来小郝能在电脑里挣钱了,还在网上找了个漂亮乖巧的女朋友,老郝才松了口气,对小郝有些刮目相看。

当小郝跟老郝提出来把他的维修部的业务拓展到线上的时候,老郝虽然很是怀疑儿子的想法,但他还是犹豫着答应了儿子。

小郝便把老郝的维修部的业务发展到了线上,客户报修在网上,维修部受理在上网,客户可以随时查看到分配给自己的维修工程师到哪里了,前面还有几家,什么时候能到自己家来,维修的时候用了什么材料,材料价格和人工费等等一清二楚,客户和维修工程师之间的不信任关系有了彻底改变,加上老郝手下的维修工程师的好技术,郝家的家电维修部改成了售后服务中心,还在北京市开了十几家分中心。

小郝拿自己家的家电维修中心做实验,很快熟悉了线上业务,现在开了家网络咨询公司,生意越来越红火。

微型电机厂倒闭后,许阳和老郝很长时间都没有什么联系,有一次许阳家的空调坏了,打电话给服务热线,厂家安排来的维修工程师居然是老郝,两人感慨一番,留了电话相约以后多聚聚。

许阳佩服老郝技术好,跟他咨询一些技术方面的问题应该很靠谱。

老郝说我带上我儿子,这小子无所不知。

许阳请的第三个人是原来微型电机厂的供销科余科长,余科长既负责工厂的原材料采购又负责产品的销售,人际关系广泛,眼界开阔,微型电机厂倒闭前他就辞职走人了,从倒腾电视机、冰箱等紧俏商品开始,一直做销售,房地产火爆的时候他成立了一家房地产销售公司,专门为房地产公司销售楼盘,跟着房地产开发商一起暴富,现在手里拿着澳大利亚的护照,依然在中国赚钱。

过去的余科长,现在的余总一直和许阳保持着联系,好几次还说要跟许阳去安哥拉看看,听说许阳回北京了,要请原来微型电机厂的老同事聚聚,余总十分热情,大包大揽地说:"许厂长,你请人我安排,一切包在我身上,去朝阳公园我的别墅聚会最好。"

许阳说:"你的别墅就不去了,怕看到你奢侈的生活受刺激,我们就找一家餐厅聚吧。"

"那更没问题,你告诉我时间和人数,我把地方订好告诉你!"

余总订了吃饭的餐厅,许阳还请了张波和几个交往密切的老同事。

大家聚在一起自然十分高兴,等把家常拉得差不多了,许阳说出了自己的想法:"我从参加工作就在微型电机厂,那十几年是我人生最美好青春时光,铸铁大门,绿树成荫的道路,宽敞的车间,上下班时的人流,喇叭里播放着热情洋溢的歌曲,这些是我们这一代人人生最美好的记忆,我做梦都想回到那个年代,想再有一间热火朝天的工厂。这几年我跟弟弟去安哥拉发展,生意做得不错,也赚了些钱,可我心里总放不下那份工厂情结。我弟弟他们公司在罗安达建了一个基地,建了家具厂、水泥制品厂,我就跟我弟弟他们提出来在那个基地建一个微型电机厂。你们别笑话我,我就有这个微电机厂的情结!他们跟我合计了一下,觉得在安哥拉建微型电机厂不合适。我弟弟他们让我回国考察,提出一个具体的建设方案来,我心里虽然总惦记着微型电机厂,可实际上我离这一行已经很远了,回了国不知道从何入手,所以今天把大家请了来帮我出出主意。"

许阳的话勾起了大家对微型电机厂的回忆,七嘴八舌,唏嘘不已。

迟德敏说:"我们的微型电机厂倒闭 18 年了,微型电机作为传统的工业产品不但没有没落,其用途反而越来越广泛,价值越来越大,科技含量越来越高,从航天到军事,从高科技实验室到普通家用电器,都离不开微型电机,就是现在最前沿的机器人和无人机,其核心部件还是微型电机,可惜我们的微型电机厂没能跟上时代发展的步伐,中途夭折了,现在要建一个这样的工厂谈何容易,没有人才、技术的储备是不行的。"

迟德敏的话具有很高的权威性,自从微型电机厂倒闭后,在座的人只有迟德敏还保持着对微型电机的了解和研究,其他人脑子里对微型电机已经没有多少概念了。

大家东扯西拉议论起工厂来,一会儿说轮胎厂、一会儿说电瓶厂、一会又说服装厂、塑料制品厂,说来说去,大家都只是知道一些皮毛,根本说不出一个子丑寅卯来。

聚会进行了将近三个小时,就在大家准备散场的时候,一直默不作声的小郝说:"许叔,你们可以在罗安达建一个电瓶厂。"

大家把目光聚集在小郝身上,小郝手里拿着手机,不紧不慢地说:"安哥拉全国人口有 2400 多万,是非洲第三大经济体,汽车保有量约 127 万辆,在热带地区,普通汽车电瓶的平均寿命为 1.8 年,每年安哥拉年汽车电瓶消耗量为 70 多万个,安哥拉市场每个汽车电瓶售价 62 美元,每年汽车电瓶的市场销售额为 4300 多万美元,安哥拉没有汽车电瓶厂,全部依赖进口,如果在安哥拉投资建设电瓶厂,能够占据安哥拉汽车电瓶的主要市场份额。建设一个年产 200 万个电瓶、电池的工厂投资约 1800 万美元,不包含土地价格,大约三年能够收回除土地成本外的全部投资,这还不包括电力、照明、工程、电信等其他行业电瓶、电池的用量,这样的工业投资能获得暴利啊!"

小郝的一番话把大家都说蒙了,大家静静地看着小郝,余总惊讶地问道:"你咋知道得这么详细?你爸不是说你是做网络咨询的吗?对电瓶行业怎么这么了解!"

　　余总的问题也是大家的问题,大家瞪大了眼睛看着小郝,小郝依然不紧不慢地说:"网络,网上什么都有,什么都能查得到,刚才各位前辈在聊天的时候我就在网上查资料,这是我查出来的初步结果。"

　　没想到老郝这个闷不作声的儿子竟有这般才能,大家刮目相看。

　　许阳更是兴奋不已,他走到小郝身边,扶着小郝的肩膀说:"按你的分析,投资建电瓶厂可行吗?"

　　小郝说:"我觉得可行。"

　　"你能不能给我做一个方案?"

　　小郝说:"许叔,我是做网络咨询的,您要我做方案没问题,可我的方案是要收费的呢。"

　　身边的老郝两眼瞪着儿子说:"许叔的事不收费,你免费给许叔做!"

　　小郝迟疑了一下,说:"爸,这跟你修家电不一样,免费修一次没关系,只是一点儿劳动力成本,我这做方案要花费很大的精力,还要保证其可行性,不能糊弄许叔啊!"

　　许阳说:"那是,网络咨询嘛,智力价值很高的,许叔懂,你大概要收多少钱?"

　　小郝犹豫一下说:"这样的咨询报告收费在100万元左右,许叔,我给你收半价!"

　　一桌子的人再次感到惊讶,一个报告居然要价50万,还是半价。

　　余总说:"不贵,不贵,只相当于我们卖两套房子的提成。"

　　许阳说:"这事我还做不了主,回头我跟公司请示一下再给你回话。"

许阳把小郝做电瓶厂咨询的事汇报给在国内的何守月，何守月觉得这个小郝不简单，让许阳约小郝见了一面，这次见面小郝准备得更充分，他把安哥拉的电瓶、电池市场做了一个很详细的分析，对电瓶、电池厂投入产出的经济可行性做了比较分析，甚至对电瓶、电池的技术方案也做了分析说明。小郝说："前些年国内有不少电瓶和电池厂，国内电瓶和电池的产量很高，但随着国内劳动力成本和土地价格的快速增长，很多国内的电瓶和电池厂都迁到了东南亚国家，整个非洲只有五家小型电瓶厂，你们在非洲建一个大型电瓶厂，效益肯定差不了。"

何守月和许阳不住地点头，打心眼儿里佩服。

何守月对电瓶、电池的生产销售业务很陌生，但他听了小郝的分析后觉得很靠谱，是一个很好的方案，考虑到公司实施的可行性，何守月说："小郝，你这个方案我觉得很不错，你的咨询费在我的权限范围内，我能够答应你，但我们公司要实施这个项目可能还有些困难，主要是资金问题。像我们这样在国外的民营企业，业务也主要在国外，国内没有资产抵押，国内的银行不会给我们提供融资，在国外的银行融资更困难，公司现在的发展全靠自有资金滚动，我们的资金实力有限，干了这就干不了那。你策划的这个电瓶厂我觉得技术可行，市场广阔，效益很不错，但对我们公司来说投资大了点儿，将近2000万美元的投资会对其他业务造成较大的影响，我们要好好地权衡一下。"

一直不苟言笑、面无表情的小郝听到何守月说投资资金的问题，他的脸上像冬天的太阳一样难得露出了一丝笑容："何总，网络咨询公司是什么都能做的，你提出的投资资金问题我也有解决方案。"

何守月惊讶道："啊！你有什么解决方案说来听听。"

小郝说："我们只提供建议方案，具体还是需要你们自己去实施。比如说你们可以申请对非中小企业贷款、对非投资基金等，这些都是习主席在中非论坛上提出来的中国政府加强中非合作的新举措，你们这样的企业和项目是完全可以申请到的。"

何守月恍然大悟道："是啊！许丁在给我们传达中非共建'一带一路'愿景和行动精神的时候给我们讲过这些新举措，可事到临头我们都没有往这方面想。单打独斗的习惯性思维模式不容易转变啊！"

小郝说："如果你们觉得这样的方案可行，我们就签一个咨询服务协议，我帮你做一个完整的项目咨询报告，根据我们的咨询报告，你们公司决策层研究决策，如果决定上这个项目，就成立项目公司，我们协助你们一起实施。"

何守月说："行！我们来签协议，你就给我们做咨询报告吧。"

小郝说："何总，先跟你说清楚，50万只是咨询报告的费用，后续实施还要根据我们的参与程度另外谈费用的，特别是融资，我们要根据融资额提取一定比例的咨询服务费。"

何守月笑道："看来你是步步收费呀！只要你不漫天要价就行啊！"

小郝脸上的阳光又闪现了一下："知识创造财富嘛！你要认可知识的价值，不过再好的咨询报告还得你们去实施。"

根据小郝的建议，何守月专门拜访了政策性金融机构，详细了解他们关于支持"一带一路"建设和中非合作的金融政策和措施。这是何守月第一次与政策性金融机构打交道，在他的脑海里，这些国家级政策性金融机构做的都是大事，服务的都是国家级大企业，可在详细了解了他们关于服务"一带一路"建设和中非合作的政策措施后才知道，这些国家级大型政策性金融机构居然有专门针对非洲中小企业的扶持政策，这正是广渠国际目前所急需的金融服务。特别是专门针对非洲的基金公司，作为投资基金，除了能够给企业带来急需的资金外，还能与企业共担风险，更让何守月感到意外和惊喜的是，通过引入基金投资可以规范中小民营企业的经营行为，建立起规范的企业管理体制和机制，这正是他作为公司财务总监感觉到广渠国际急需解决的迫切问题和难题。他的这次拜访收获满满,启发良多,广渠国际要发展成为一家真正意义上的大型跨国集团,必须和这样的金融机构合作。

　　许阳回罗安达的时候带回来两个人,一个是何守月,还有一个陌生的年轻人,年轻人二十多岁,白皙的脸庞胖嘟嘟的,戴一副黑框近视眼镜,像一个在校的大学生。

　　许阳向许丁和赵文介绍说:"这是我原来微型电机厂总装车间主任的儿子郝昊,他有个很好的创意,你们听听。"

　　许丁和赵文对学生一样的郝昊的创意有些怀疑,何守月说:"别看郝昊年轻,他可是国内一家小有名气的网络咨询公司的董事长,他的创意很有意思,我是专程陪他过来一起研究他的创意的。"

　　于是,广渠国际的三名股东和高管层召开了一次专门会议,大家饶有兴致地听郝昊讲他的创意。

　　郝昊虽然年轻,可站在会议室的讲台上一副胸有成竹的样子,他打开PPT,开门见山地介绍道:"我的报告是在安哥拉建设电瓶厂的可行性分析。"

　　大家把目光聚集在郝昊身上,郝昊手里拿着激光笔,不紧不慢地说:"前些年国内有不少电瓶和电池厂,国内电瓶和电池的产量很高,销到全球各地,但随着国内劳动力成本和土地价格的快速增长,很多国内的电瓶和电池厂都迁到了东南亚国家,而整个非洲现在只有五家小型电瓶厂,你们在非洲建一个大型电瓶厂效益肯定差不了……"

　　听着郝昊的报告,许丁的思绪开了小差,他望着稚气还没有完全脱尽的郝昊,想起了自己十年前第一次到安哥拉的时候,年龄只比郝昊大几岁,他来的动力只是为了挣钱,改善自己的生活状况,为自己挣一间结婚用的新房,那时候他只想追随着时代的脚步,抓住身边的机遇。可十多年后的今天，郝昊和自己只隔着一个年代，而他们走出国门的时候，显然已经走在了时代的前面，引领着时代发展的方向和步伐，从他和郝昊身上折射着中国发展进步的影子……

许丁的思绪被掌声打断，郝昊的报告已经结束，大家把目光集中到许丁身上，许丁站了起来，有些突兀地说："我们要在电瓶厂门口竖一根巨大的旗杆，让五星红旗在非洲大地上高高飘扬！"

会场一片寂静，大家不明白许丁为什么忽然提起五星红旗来，许阳小声嘀咕道："我们又不是国企，挂什么国旗呀！"

许丁知道大家心里都有这样的疑惑，解释道："在外国人的眼里没有国企、民企之分，他们只觉得都是中国企业，我们在这里也就代表着中国。"

大家似乎明白了许丁的意思，会场上响起了热烈的掌声。

广渠国际的三名董事关起门来开了半天会，最后形成决议，广渠国际投资建设电瓶厂，除土地、厂房投资外，另外出资 1000 万美元现金，不足部分委托小昊的网络咨询公司作为项目融资和咨询代理人，申请基金投资和对非中小企业贷款，聘任许阳为项目经理。

一个全新的投资模式，一个全新的投资领域在罗安达广渠国际基地开始实施。

二十四

许丁在公司传达中非论坛会议精神的时候，杨村长的内心最激动，因为他觉得国家的发展愿景说到了自己的心坎上，自己多年的心愿就要实现了。

自从杨村长负责开办广渠国际种养场后，种养场规模越做越大，向广渠国际食堂供应的农副产品越来越丰富，还有不少农副产品向中资企业食堂供应。杨村长本来就是地道的农民，种地是行家里手，搞种植养殖得心应手，加上安哥拉得天独厚的自然条件，杨村长越干越精神。他一直在琢磨着把种养场规模扩大，在安哥拉大干一场，现在政府鼓励支持，广渠国际也有了自己的规划，杨村长这个性格温和的汉子也忍不住兴奋得摩拳擦掌起来。

广渠国际经过认真调查研究，并请国内一家知名的农业规划研究院做了专门的咨询规划后，在广渠国际基地靠宽扎河一带向罗安达省政府租赁了 20 公顷土地搞农业开发，正式把杨村长的种养场办成了广渠国际农场。

杨村长当了广渠国际农场的场长，踌躇满志，撸起袖子想大干一番,可农场开办的第一个项目——养鸡场就遇到了难题。

　　杨村长原以为养鸡场简单,投资少、见效快,他在广渠国际基地搞种养场就是从养鸡、养鸭开始的。所以这次他把养鸡场作为广渠国际农场的第一个项目,并且上来就按十万只蛋鸡的规模建设。

　　养鸡场很快建起来后,他们遇到的第一个问题是鸡苗的培育,第一次投放了两万枚种蛋,结果只孵出了两千多只小鸡,杨村长挺纳闷儿,孵小鸡的技术并不复杂,怎么规模大了就不行了呢?第二次再投两万枚种蛋,这次孵出的小鸡更少。

　　广渠国际的员工一边吃着寡鸡蛋,一边调侃杨村长说:"男人孵小鸡不行,还是赶紧把嫂子招来吧!""孵什么小鸡呀,这寡鸡蛋比鸡蛋和鸡肉都好吃,就专门生产寡鸡蛋卖多好!"

　　杨村长是一个性情温和的人,做事不急不躁,脸上总是挂满笑容。听到大家的调侃,看到四万枚鸡蛋孵出的三千多只小鸡,心里真急了,他干脆卷起铺盖,直接住到了养鸡场。杨村长把鸡蛋孵化流程贴在墙上,一道道工序亲自把关。二十多天的时间,杨村长没有离开养鸡场一天,熬得满眼布满血丝,头发像鸡窝,胖胖的脸颊也凹陷下去了。

　　功夫不负有心人,这次的种蛋孵化率终于达到了78%,养鸡场总算传出了小鸡们欢腾的喧闹声。

　　几个月后,小鸡们毛茸茸的黄毛褪尽,变成了大鸡,令杨村长更头疼的事情来了,鸡产蛋不活跃,八万多只鸡每天产蛋只有几千枚,更可气的是产下来的鸡蛋都是软壳蛋,拿在手里跟面团一样。

　　大伙又调侃杨村长说:"杨村长,是不是把公母搞错了呀?这都是公鸡下的蛋吧!"杨村长无语。

　　正在杨村长急得抓耳挠腮的时候,许丁参加大使馆为中国政府派来安哥拉的农业援助专家组接风的酒会,遇到了专家组里的一个畜牧专家,许丁像遇到救星一样向这位畜牧专家请教。

畜牧专家专程去广渠国际农场,他看了看养鸡场,特别仔细地查看了鸡饲料,还把鸡饲料样品带走做化验,几天后畜牧专家得出结论:鸡饲料配方不行。

畜牧专家说安哥拉的气候环境和中国完全不同,鸡吃同样的饲料下的蛋就不同。畜牧专家开了个饲料配方,杨村长按照畜牧专家开的饲料配方重新调配鸡饲料,果然鸡再下的蛋就正常了,而且产蛋率大幅度提高。

杨村长负责的广渠国际农场虽然一波三折,但经历波折后的农场取得了惊人的成功,不到两年的时间,广渠国际农场的鸡蛋供应量达到每天6万枚,占罗安达市场供应量的23%;成为罗安达五星级酒店和西餐厅的主要口蘑供应商;成为中资企业食堂鸡肉、猪肉、蔬菜等的主要供应商;火龙果、牛油果等引进栽种的热带水果成为水果市场的新宠。

每天早晨,农场门口排起了长队,客户都是上门提货,一派车水马龙、熙熙攘攘的景象,广渠国际农场成了罗安达市民周末出游的观光地。

在广渠国际的年度总结表彰会上,杨村长被评选为公司"一带一路践行标兵",公司给予了奖励,杨村长的脸庞又恢复了标志性的如花笑靥。赵文笑着调侃道:"怎么样?是不是有点飘飘然的感觉!奖金可要上交给老婆啊!"

杨村长笑道:"银行卡都没有带出国,老婆管着呢,老婆说了发多少奖金都不稀罕,还不如多在家里待几天。"

杨村长的一句话,提醒了赵文,公司现在业绩快速增长,要让员工共享发展成果只发钱不行,站在长远发展的角度来看,要让员工有归属感,和公司建立血肉相连的关系。经过反复考虑,赵文提出了改善员工待遇的几条意见:首先是改变员工三年一次回国休假制度,每个员工每年可回国休假一次,每次一个月,如因工作原因或员工自愿不休假,可让员工配偶来安哥拉探亲，往返路费由公司报销；其次是如果公司员工与当地黑人结婚组成家庭，公司每月发放住房补贴；三是对所有公司员工按国籍分别在安哥拉和中国，按照政府要求办理社保和医疗保险。赵文的意见得到了许丁和何守月的一致赞同。

　　在大使馆为中国农业援助专家组的接风酒会上，许丁遇到了春风得意的闽江林，在酒会上，闽江林就像一只刚下完蛋的母鸡，满屋"咯咯嗒"，异常活跃，跟每个人都热情介绍自己在安哥拉开办的农场。见到许丁，闽江林特别热情地邀请许丁去他的农场参观。他的热情感染了许丁，广渠国际的农场刚刚起步，许丁也正好想去参观取经，便满口答应下来。

　　许丁和闽江林约好了时间，就带着赵文和杨村长一起去参观闽江林的农场。

　　闽江林的农场在安哥拉东部的马兰热省，离罗安达有四百多公里路。许丁一行人大清早出发，出了首都罗安达，越野车开上前往马兰热省的国道，国道虽然不是高速公路，也只是双向两车道，但黑黝黝的沥青路面笔直伸向天边，显得气势非凡；公路两边是一望无际的非洲丛林，丛林中夹杂着胖子般粗壮的猴面包树、云朵般飘浮的金合欢树、长剑般直刺南天的木棉树，丛林和公路随着丘陵起起伏伏；天空湛蓝辽阔，没有一丝云彩，成群的鸟儿在天地间飞翔；空气如水洗过一般洁净透明，只见太阳不见刺眼的阳光。

　　公路上往来的车辆很少，更见不到一个行人，上了国道后，黑人司机一脚把油门踩到了底，越野车时速达到170公里，赵文和许丁都是喜欢开快车的人，但在这样的公路上开到这样的速度，他们心里也感到忐忑，赵文提醒司机说："慢点！慢点！"司机松了一下油门，可没开一会儿油门又踩了下去，赵文只得不停地提醒司机"慢点！慢点！Devagar！

Devagar！"，赵文夹杂着中文和葡语的提醒黑人司机都能听懂，可他就是忍不住把车子开得飞快。

面对公路两边的美景和飞驰的速度，赵文和许丁都没有睡意，他们有些担心地看着前方，和许丁一起坐在后排的杨村长更是双手紧紧地抓着前排座椅，笑脸逐渐严肃了起来，有时候人的预感还是很灵验的，就在赵文和许丁感觉不好，都想换司机开车的时候，远远地看见一头河马慢悠悠地上了公路，也许河马把高速驶来的汽车当成了风景，它就站在马路中间饶有兴趣地欣赏着，司机使劲踩住刹车，越野车像醉汉一样摇摇晃晃地"嘭"的一声撞在了河马身上，由于刹车距离长，汽车撞到河马的时候已经没有了多少力度，河马冷眼看了看侧翻在身边的汽车，打个响鼻，像没事一样，慢悠悠摇摆着走下了公路。

越野车翻倒在公路边，好在车上的人都没事，司机、赵文、许丁、杨村长先后从车里爬出来，劫后余生，大家都感觉到后怕。杨村长脸色苍白，一时说不出话来，黑人司机木讷地看着前后都在流油的汽车，赵文从裤兜里摸出一包烟递给许丁，许丁掏出打火机正要点烟时，赵文连忙按住许丁的打火机，指着越野车说："不能点！"

原来他们跑长途的时候车后备箱里都会预备两桶汽油，不然很容易跑到中途车子没油了。赵文让司机赶紧打开后备箱，把汽油桶拧出来，汽油桶没破，盖子破了，汽油全洒在后备箱里，他们的旅行箱被泡在汽油里，出门前他们按照闽江林的嘱咐特意带着的毛衣和厚外套，这下全被汽油浸湿了。

许丁看看手机上的导航，这里离罗安达和马兰热差不多的距离，他给闽江林打电话。闽江林听说出了车祸，吓了一跳，问清楚情况后说："人没事就好！我马上带车去接你们，你们就在路边等着，千万别到旁边树林里去赏景。"

许丁他们老老实实在公路边上等了两个多小时，看见一辆闪着警灯的皮卡警车驶来,警车的车厢里坐着两位持枪的警察,警车后面跟着两辆越野车和一辆平板车。

警车径直停在了许丁他们面前,正在许丁他们感到疑惑的时候,闽江林从后面的越野车里下来,一番招呼问候,闽江林指挥平板车上的司机把许丁他们的越野车拖上来,装上平板车,对许丁说:"车只能拖回罗安达去修了,马兰热没有汽车修理厂。"

许丁让自己的黑人司机跟着平板车回罗安达,他们三人坐上了闽江林的车去闽江林的农场。在车上,许丁夸奖闽江林道:"你可以啊!出门都有警车开道了!"

闽江林扬扬自得地炫耀说:"听说我要来安哥拉投资农业项目的时候,安哥拉好几个省的省长都找我,争相给我出优惠条件,跟我们国内搞招商引资一样,我也成了外商。后来我把农场选在马兰热,是因为安哥拉驻中国大使是马兰热人,他亲自出马,为他的家乡招商引资,他向我介绍说马兰热是安哥拉的主要产粮区,巴西人很多年前就在这里建了一座现代化的农场。我来马兰热考察的时候,马兰热省省长带领全部省政府官员出城十里相迎!我决定在马兰热建农场的时候马兰热省省长专门为我的农场成立了一家警察分局,配备六名警察。当然,警察分局的房子、车子都是我捐赠的,所以我现在只要在马兰热地界都有警察护卫!"

赵文有些担心地说:"马兰热的治安状况不好吗?"

闽江林说:"马兰热的治安状况不错啊,当地人都很友好,而且我的农场在当地招聘了几十个黑人员工,周围的农户也跟着我们搞种植,相处很融洽。警察的护卫对我们来说只是一种身份的象征。"

许丁说:"跟我们说说你的农场吧,现在怎么样了?"

说起农场,闽江林精神抖擞,他眉飞色舞地介绍说:"马兰热海拔1600多米,属高原地带,这里昼夜温差大,日照时间长,旱季气温凉爽,雨季雨水充沛,适合庄稼生长,是安哥拉的主要粮食产区,我在这里圈了 20 万亩田地,全是河滩淤积地带,泥土表面覆盖着一层沙壤,犁开薄薄的沙壤,里面全是黑土,黑黝黝的黑土地呀!"

说到黑土地,闽江林仿佛看到金子一样两眼放光,他得意地接着说:"我买了二十台美国大型垦荒拖拉机,一台拖拉机的价格抵得上一台丰田越野车,拖拉机开起来比越野车还爽,一台拖拉机一天能犁几十亩地,我现在已经开垦了将近 10 万亩地了,农场的农田基本建设已经完工,配套设施正在加紧建设之中。"

赵文和许丁听了闽江林简单的介绍,对闽江林和他的农场刮目相看,觉得他这样得意扬扬也是有底气的。

赵文问道:"你的农田都在河滩上,不怕洪水淹了?"

闽江林胸有成竹地说:"我这片水稻田实际上就是河滩沼泽,旱季的时候是河滩,雨季的时候是沼泽,我在河边修了一道长堤,把河道和沼泽分开,沿河堤建了十几座排水泵站,将沼泽里的水抽排进河里,沼泽就成了农田,用拖拉机把农田翻耕好,撒上稻谷种子,就由它生长了,这样种水稻比国内简单多啦,一句话:广种薄收。"

赵文和许丁虽然没有种过水稻,但也知道国内南方种植水稻的辛苦,犁地、耙地、插秧、除草、除虫、施肥等工序繁杂,可在闽江林的嘴里,这里种水稻竟然变得如此简单,可惜杨村长坐在另外一辆车上,要是他听到这样种水稻一定会惊掉下巴。

许丁调侃道:"那你现在就整天蹲在这里犁地、撒种了?"

闽江林依然得意地说:"我才不亲自动手呢,我跟你说,我这个农场是现代化的经营管理模式,所有工序基本上都是外包,比如说修堤、建坝、修路、建营地、建仓储设施我外包给中 F 公司;种植我外包给 H 农垦集团;我只组建了一个管理团队,销售也不用我操心,安哥拉本地的粮商已经和我签订了长期包销协议,玉米、大米一收获他们直接开车来农场拉。"

如果说前面听到闽江林介绍农场的建设情况赵文和许丁感到佩服的话，后面听到闽江林介绍农场的经营情况，许丁和赵文更为惊讶，这是他们闻所未闻的农场经营模式。

赵文迫不及待地问道："你这个外包经营模式挺有新意，给我们详细说说。"

闽江林说："农田基本建设我就不说了，跟工程建设一样，你们也熟悉。主要是种植外包你们可能不太了解，说简单一点就是订单农业，这是我在国内种甘蔗采取的方式。我跟国内的 H 农垦集团签订种植合同，我负责提供农业机械、油料、种子、化肥等全部生产资料，他们从国内派农户和技术人员来负责种植，等稻谷收获了，我按照事前定好的价格收购稻谷。种稻谷是他们的强项，他们心里有数，能够把控风险。而对境外农业投资、项目建设和农产品销售他们不在行，就不用他们操心了；我不会种稻谷，把不能把控的事情外包出去，各取所长，分散了风险，这是我创造的境外农业经营模式。"

看到赵文和许丁意犹未尽地看着自己，闽江林不等他们再问，接着说："我再把稻谷加工成稻米出售，稻米和稻谷的差价就是我的收益，这里面除掉我的管理运营成本，分摊农田基本建设成本，扣除生产资料成本等费用后就是我的利润了。"

许丁问道："利润怎么样？"

闽江林有些神秘但充满信心地说："按我们的测算，三年可以收回全部投资。"

赵文和许丁再次感到无比惊讶！

赵文、许丁和闽江林一路聊着，不觉已到了黄昏时分。汽车依然行驶在莽莽丛林中，车窗外一片金黄，炙热的太阳像燃尽的大煤球正缓缓坠入地平线。许丁想起鬼画符拍摄的那些照片和他讲述的非洲落日的美景,身临其境,感同身受,他真想和鬼画符一样逐日而去。

闽江林让司机把空调关了,打开车窗,一阵凉风袭来,赵文和许丁不觉打了个寒战。闽江林问道:"这里的气温比罗安达要低十多摄氏度呢,完全不像非洲的气候了,你们带厚衣服了吧?"

许丁说:"厚衣服是带了,但被汽油浸湿了,只怕穿不了了。"

闽江林说:"没事,我农场里有工装,不讲究的话可以穿它。"

夜幕降临,许丁和赵文都感觉到肚子饿了。警车依然闪着红色的警灯,带着两辆越野车行驶在夜色中,车灯划破黑黢黢的夜空,仿佛行驶在一个虚无缥缈的世界里。

越野车在夜色中行驶了一个多小时,忽然看到前方有隐隐约约的灯光,好像是从夜幕里忽然冒出来的萤火一样,走近了才发现是一座村庄,村庄里灯光稀疏,房屋低矮,道路杂乱,闽江林说:"这就是马兰热省省会。"

越野车驶过村庄般的城市,又开了半个小时,才到达灯火辉煌的目的地——闽江林的安中农场。

闽江林为赵文和许丁的到来准备了隆重的欢迎仪式,农场里架设了几盏巨大的探照灯,光柱划破苍穹,在夜色中摇曳,农场入口拉着巨大的横幅,插着五色的彩旗,门口正中的旗杆上飘扬着中国和安哥拉两国国旗,"安中农场"几个大字在霓虹灯下熠熠生辉,全体农场员工着统一工装分列两侧,车子驶进,大家热烈鼓掌欢迎,一帮黑人青年载歌载舞。

许丁一行从越野车上下来和众人握手寒暄,闽江林说:"欢迎仪式就简化了,你们肯定饿坏了,我们直接去吃饭。"

别出心裁的欢迎晚宴设在河堤上,河堤上搭着遮阳棚,摆着一溜儿长条餐桌,餐桌上摆好了中西餐具;河堤下架着篝火,各种食物架在篝火上烧烤,香味四溢,几口中式炉灶,戴着高圆筒白帽的厨师正在那里煎炒烹炸;桶装的鲜榨啤酒摆成一排,十几个黑人青年围着篝火载歌载舞,节奏强烈的鼓点声响彻夜空。

宾主坐定,食物的诱惑、腹中的饥渴,也顾不得致辞他们就开始大快朵颐。厨师上的第一道菜是红烧甲鱼,这只甲鱼巨大,背壳有脸盆那么大,肥厚的裙边如东坡肉一样肥腻。接下来上的什么菜赵文和许丁都不记得了,因为酒量不错的许丁和赵文很快就醺醺然了。

许丁做了个梦,梦见自己回到了北京,还是在一间小旅馆里,怀拥着琪琪。长久的相思,无尽的柔情……

一个激灵,许丁从激情的梦中忽然醒来,"我这是在哪里?"他还想回到梦里,可脑子一下子清醒过来,他躺在床上清醒了一会儿,才想起来这是在闽江林的农场里,许丁睁开眼睛,月光如水银般从窗口倾泻进来泼洒在地面上,他脑子里浮现出了那首思乡的千古名篇,"床前明月光……"一缕强烈的思乡之情弥漫出来,他把那首诗用微信发给了琪琪。

非洲的夜晚寂静得没有一丝声响,就连小虫唱歌的声音都没有,许丁躺在床上,能够听到自己的心跳和血液流淌的声音,太安静的环境反而让人心里发慌。许丁起床走出卧室,穿过外间的客厅,来到屋外,夜风凉飕飕的,让他想起了北京的深秋,月亮明亮而孤单地挂在树梢,漫天的星斗像白盘里的珍珠,许丁感到了身处非洲的孤寂和对家乡和亲人的思念。一种难以排解的情绪徘徊在心间。许丁坐在门前的草地上,抽着烟,等待着日出。

第二天早晨,吃过早饭,闽江林带着许丁、赵文和杨村长去参观他的农场,有了闽江林昨天在车上的介绍,参观起来就更加明了了。农场总部规模很大,除了员工生活基地外,还有大型农机具库房、修理车间,特别是四座大型储粮库和一座大米加工厂,显得特别宏伟气派。

赵文问道:"一次建这么多粮库用得上吗?"

闽江林说:"我是按 20 万亩稻田规模配建的粮库和大米加工生产线,建起来将成为安哥拉最大的粮食储存基地。旁边的大米加工厂是全自动的流水线,与粮库的储存量是配套的,可以日加工稻米 200 吨。"

杨村长听了一时算不过账来,他问道:"我记得我们村一年的粮食产量也才 3000 多吨,还不够你一个月的加工量,哪来这么多的稻谷啊?"

闽江林笑道:"我 20 万亩田保守估计年产 7 万吨稻谷,要是粮食丰产,大米生产线的加工能力还不够呢。"闽江林的账把他们几个人都算糊涂了——这个规模有点大。

赵文心里冒出了一丝丝的隐忧。

闽江林说:"走,我带你们去参观农田,你们就会有感觉了。"

还是昨天的两辆越野车,许丁一行在闽江林的带领下走走停停看看,跑了一整天,才把农场看了个大概。中午就在农场的一个营地吃了顿简单的午餐。

农场有一部分还在做农田基本建设,有一部分农田在开垦中,有一部分已经种上了水稻,有一部分旱地种着玉米,水稻和玉米长势正旺,绿油油一望无际,风吹过绿浪翻滚,一派生机勃勃的景象。

许丁他们参观了长势正旺的稻田、玉米地,还看了拦水堤坝、排水泵站和三个营地,赵文和许丁还亲自开了会儿犁田的大型拖拉机。规模之大确实震撼人心,就是在国内也没有见过这么大规模的农场。

晚上是马兰热省省长宴请许丁、赵文一行,还是在昨天的河堤上,还是那样的格局和场景,只是今天的宴会显得比较正式,省长带来了不少政府官员,官员们都西装革履,省长还热情洋溢地致了欢迎词,气氛隆重热烈。

宴会上大家都喝了不少酒,但许丁和赵文今天都没有醉。宴会结束后,闽江林请许丁、赵文和杨村长去喝茶。

闽江林的茶舍在许丁他们住的客舍的后院,从客舍的大门进去,穿过前厅和一小段连廊,眼前就是别有洞天的后院。

走进后院,有四个黑人女孩在院门口迎接,只见四个黑人女孩上身穿无袖露脐短袄,下身穿阔腿七分裤,衣服是清一色的蓝底红花;女孩发型各异,但无论是长发还是短发,时尚中透着中国风情,女孩子们长长的脖项和浑圆的手腕都戴着叮当作响的银饰;她们用带有浓厚闽南口音的普通话向客人们问好,暖色的灯光下,女孩子们除了肤色黝黑外,活脱脱是地道的闽南女孩。

后院分为明暗两部分,最外面是一道密实的绿篱,绿篱往里是一座椭圆形的小型游泳池,游泳池旁边摆放着几把木质贵妃榻,有彩灯照在绿篱上,月光洒满泳池,朦胧、皎洁、清朗;靠里边这一部分在宽敞的屋檐下,正中间是一张原木做成的茶台,上面摆放着泡茶器皿,茶台前摆放着十来张太师椅,椅子上摆放着色彩鲜艳的坐垫和靠背。

闽江林请许丁三人入座,四个黑人女孩一人泡茶、一人奉茶、一人抚琴、一人吟唱,唱的都是当下国内流行的慢歌,一时把杨村长都看呆了。

闽江林说:"怎么样?这几个女孩都是地道的本土女孩,我把她们送到国内培训了一年多。"

许丁笑道:"不错啊!在这里既可以品茗,又可以赏月,还可以解乡愁,恬静、惬意、温馨!"

大家都心领神会地笑了。

喝着茶,听着舒缓的歌曲,许丁对闽江林道:"闽总,悄悄地问你个私密的问题,你这个农场投资应该有好几个亿吧?资金哪里来?"

闽江林坦然道:"要是别人问我这样的问题我肯定不会说,老兄你是我的救命恩人,我对你没有什么好保密的。我这个农场已经投了两个多亿,还要投一个多亿,我说的是人民币。我的资金来源主要有三个方面,一是我自己这些年积累的全部家当;二是拉亲戚、朋友入伙,亲戚朋友中有投资的,有借贷的;三是在国内融资,融资这一块主要是小贷公司和民间融资。"

赵文疑惑道:"小贷公司的贷款和民间融资利率高不说,期限短,一般只做一年期以内的短期贷款吧?"

闽江林依然自信满满地说:"利率高点我能承受得起,期限嘛,几家小贷公司都承诺一年一转,借新还旧。现在国内资金多,只要有好项目,给高息,借钱好借。"

在离开马兰热回罗安达的路上,许丁、赵文和杨村长对这次来闽江林的安中农场考察的感受各不相同。

杨村长心里感到无比的震惊,安中农场彻底颠覆了他对农场、农业的认识,原来农业还可以这么搞,这样种田农民和城里人还有什么区别呢!不过这种方式也只能在非洲搞,这里地太多、人太少。在国内一个村子几百号人,二三百亩土地,平均每户农民只有几亩地,大家在地里精耕细作,跟绣花一样,一年种出来的粮食也只够供自家里人吃。难怪国家要鼓励中国农业走出去,我要是不来非洲,是怎么都想象不到安中农场这样的规模和种植方式的。等回国了,我把这次拍摄的视频给乡亲们看看,他们只怕都想来非洲!

许丁心里也感到很震惊、很意外,他觉得闽江林脑子活、点子多,敢想、敢干、有魄力。投资农业项目和投资工业项目一样,技术和经营方式是最重要的两个方面,经营方式的改变能改变整个投资格局。闽江林搞的这个种植订单化的经营方式就特别好,企业不能包打天下,也做不到包打天下,什么都自己做不是现代企业经营模式,专业人做专业事才能做出最好的效果。看来我们的企业也要学习这样的经营模式。

赵文的想法和许丁差不多,深受闽江林农场经营方式的启迪,但赵文心里却又多了一层隐忧,一种不踏实的感觉,他感觉闽江林的摊子铺得太大,这样大的投资有很多的不确定性,种子的问题、排涝的问题、稻米销售的问题都还存在不确定性,特别是资金问题,小贷公司能不能兑现后续融资,现有贷款能不能继续借新还旧,这些都很关键,一个环节出问题有可能关系到整个农场的成败,这样的不确定性风险太大了。

不过他们三个人有个共同的启发,要学习闽江林安中农场的外包经营模式,围绕着在参观安中农场时脑子里冒出来的这个思绪,三个人一路上展开了热烈的讨论,等晚上到达罗安达时,三个人已经讨论出一个比较完整具体的农场外包经营方案,这个方案受闽江林安中农场外包经营模式的启发,但并没有照搬安中农场的模式。

安中农场是将农业种植外包给了中国的一家农垦集团,许丁觉得按照中非共建"一带一路"的精神,就是应该合作共赢,在自身发展的同时更应该促进当地经济发展,这才是合作之道、长久之计、人类命运共同体。因此他们想到,与其外包给中国农垦企业的农户,还不如外包给安哥拉当地的农户,虽然当地的农户缺乏生产资料、农业机械和技术,但我们可以像安中农场一样在做好农田基本建设的同时向外包农户提供农业机械、种子、化肥等生产资料,并聘请国内的农业技术员指导外包农户种植,农产品收获时公司按协议价格收购农产品,这样就是安哥拉本地的订单农业。这样的模式与当地经济联系更加紧密,示范和带动效应更好。

他们三个人还一致认为规模不宜太大,要循序渐进,滚动发展。

讨论出这样的方案后,三个人都感觉到很满意,这是他们参观完闽江林的安中农场的最大收获。

根据这样的方案,广渠国际接下来在已有的广渠国际农场紧靠宽扎河上游向罗安达省政府租赁了5万亩土地进行农业开发试验,试验成功后形成标准农场模式,再在其他地方建这样的标准农场。

大半年后,当广渠国际第一个标准农场完成农田基本建设,开始与当地农户签订订单农业种植协议的时候，闽江林的安中农场却出了问题，应验了赵文的担忧。

一天晚上许丁和赵文很晚才回家，吃完晚饭，许丁照例和女儿视频。门口的警卫进来说："门口有位闽先生找许董事长。"

"闽先生？"许丁首先想到的是很久没有联系的闽江林，他来到门口，果然是闽江林。他木讷地站在那里，满脸憔悴，浑身疲惫不堪。

闽江林见到许丁，竟然像孩子一样号啕大哭起来，许丁愕然，他连忙把闽江林请进屋里。事发突然，许丁一时不知道该如何劝慰闽江林，他给闽江林泡了一杯茶，默默地坐在闽江林身边，任由他宣泄心中的情绪。赵文听到闽江林的哭声，也来到客厅，默默坐在闽江林身边。

良久，闽江林止住哭声说："许哥，能不能让厨师给我煮碗面条？"

许丁连忙道："这么晚了还没吃饭呢！"

赵文连忙起身道："我去让三婶给你煮面条。"

赵文来到厨房，三婶正在收拾餐具，听赵文说有客人没吃饭，要煮碗面条，三婶说："早晨包的饺子还有，煮饺子怎么样？"

赵文说："那更好，多煮一点儿吧。"

赵文回到客厅，闽江林情绪已经基本恢复正常，他目光呆滞地看看许丁，再看看赵文说："我的农场完啦！彻底失败了！"

赵文问道："被洪水淹了吗？"

闽江林说："今年雨季雨水很多，但我们防护得好，水稻不仅没有受灾，还大丰收了。"

许丁道："大丰收了好啊，你怎么还这么委屈悲伤呢？"

闽江林叹了长长一口气，才缓缓地把安中农场的情况讲了出来。

闽江林的安中农场今年种植的 7 万亩水稻喜获丰收，到了收割季，7 万亩稻田收割机二十来天就全部收割完，望着几座小山包一样的谷堆，闽江林心里直发慌，由于四座粮仓的风干设备和大米生产线没有到位,稻谷无法入库风干,也无法加工成稻米出售。

原来计划好的国内小贷公司贷款不仅未能到位,已经发放的贷款也不能如原先承诺的那样借新还旧,到期的贷款还要收回,只收不贷。闽江林在国内订购的粮仓风干机和大型稻米生产线只付了少量定金,不付全款厂家不发货,这下农场的运转就卡壳了。

开始时闽江林还信心满满,因为几万吨稻谷在那里堆着呢,有女不愁嫁,总会有办法解决的。可他在国内国外飞了几趟,事情毫无进展,回到国内还天天被小贷公司的业务员追着要还贷款,稻谷堆在露天里开始发热、发芽,他这才着急了,一筹莫展时他想到了政府,于是他向大使,向政府有关部门求助。大使和政府有关部门高度重视,积极协调。生产风干设备和稻米生产线的厂家在政府有关部门的协调下,同意赊销设备,先发货,分期回收货款。

可这时闽江林连设备运费、保险费都掏不出来了,更要命的是农场电力负荷不够,要上这些设备必须拉一条电力专线,还要建一座变电站,这又是一笔不小的投资,闽江林该借的都借了,能投的都投了,万般无奈,只能眼睁睁地看着那几万吨稻谷发热、发芽。一条小型稻米生产线日夜不停地运转,最后连 H 农垦集团派来的种植户的种植款都没有付清,农场就这样瘫痪在那里了,几个亿的投资啊!

闽江林说:"这两个月我一直在找买家,想把农场转让出去,政府有关部门也很重视我的困境,推荐了几家大型国有企业接盘,开始人家听了介绍都很有兴趣,可请会计师事务所做完尽调就不敢接盘了,说我们的债权债务关系太复杂了,国内、国外的资产被法院查封了一轮又一轮,成了解不开的死疙瘩。"

闽江林吃完盘子里的最后一个饺子,又喝了一大碗饺子汤,如释重负地说:"许哥、小赵,我死心了,这个农场我是彻底失败了! 我的人生也是彻底失败了!"

面对闽江林讲述的安中农场的情况,许丁和赵文感觉到太突然,太不可思议了,与上次参观农场时的心情相比,像坐过山车一样。他们一时也找不到安慰闽江林的话来,也没法把眼前这个颓废、绝望的闽江林和之前那个踌躇满志、意气风发的闽江林重合起来。

看着一言不发的许丁和赵文,闽江林欲言又止地说:"许哥,你救过我一次,本来我没脸再找你开口,但我走投无路,细数我身边的所有人,也只能找你再帮我一次了。"

许丁以为闽江林要找他们接手安中农场,正不知道该如何回答。闽江林看出了许丁心里的犹豫,连忙接着说:"农场已经死了,我再也不管了,我是想跟你借点钱。"

许丁如释重负,满口答应道:"没问题,你借多少?"

闽江林犹豫着说:"20万怎么样?"

许丁犹豫片刻,看了看赵文说:"行吧,你把银行账号给我,我明天让会计打给你。"

闽江林苦笑道:"我哪里还有银行账号呀,全被查封了,能现在给我现金吗?"说着他用几乎乞求的眼神看着许丁。

许丁受不了闽江林乞求的眼神,他说:"这么晚了银行也关门了,我跟赵总凑凑看吧。"说完,许丁和赵文两人一起出去了。

上到二楼起居室,赵文问许丁道:"你真要借他这么多的钱啊,看他这样子是还不了了。"

许丁说:"我知道他肯定还不了,但看到他这个样子我于心不忍啊,这样吧,你帮我一起凑凑,这钱算我个人借给他的,与我们公司无关。"

赵文无奈,只得和许丁一起把家里的美元、人民币、宽扎都找出来,凑了20万。

闽江林接过装钱的旅行包,深深地给许丁和赵文鞠了一躬,头也没回地走了。

望着闽江林远去的背影，许丁长长叹口气对赵文说："你的担忧变成了事实，这对我们来说也是一个深刻的教训！"

赵文感慨道："这就是民营企业的宿命，一旦做大就容易出问题。民营企业决策链短，这既是优势也是劣势，如果没有科学的决策机制和完善的运行体制，企业大了就会出问题。"

许丁说："闽江林这个安中农场没有完整科学的策划，在资金没有落实的情况下，一味贪大，没有建立起完整的生产链条，要是他分期实施，先投资 10 万亩的农田、仓储和稻米生产线，等第一期建成运行正常后再投第二期就稳妥了。难道他就没有想到这些吗？"

赵文说："做到他这一步，早就得意忘形了，自己都佩服自己的眼光、佩服自己的决策能力和运作能力，脑子温度早就超过了体温，哪里还能正常思考问题呀！"

许丁和赵文两个人在客厅里感叹好久，最后得出的结果是一定要吸取教训，在企业不断做大的情况下建立起科学的决策机制和完善的运行体制。广渠国际的三个股东在企业运行中绝不能讲哥们儿义气，搞一团和气，要充分发表不同意见，听取不同意见，特别是要听取外部专家和咨询公司的意见。

闽江林一去，就再也没有他的确切消息了，有一些道听途说的消息传到许丁的耳朵里，有说闽江林在国内被抓判了刑，在监狱里；有说闽江林还在安哥拉，跟人合伙做生意；有说闽江林去了赞比亚淘金等等，时间长了，许丁慢慢也就淡忘了闽江林。

几年以后，许丁在从罗安达回国的飞机上遇到了闽山峰，说起闽江林的情况来，闽山峰说："前年叔叔已经死在几内亚了，当时是一个福建老乡给闽山峰打电话说闽江林在几内亚矿区发生意外，被车轧死了，等我辗转赶到几内亚的时候，福建老乡已经把叔叔安葬在几内亚的矿区，我只能在他坟前给他立了一块碑。叔叔就这样把自己永远地留在了非洲。"

听到这个消息,许丁心里难过了好久,谁也不知道有多少中国人就这样默默无闻地倒在了距家乡万里之遥的非洲,他们的生命就像梦一样飘散在异国他乡,再也无法落叶归根。

许丁问起闽山峰安中农场后来的情况,闽山峰依然难以释怀地说:"当初叔叔办农场的时候我也是热血沸腾,把罗安达的石料场关了,跑去跟叔叔一起搞农场,我参加了农场开发建设的全过程,也劝过叔叔要量力而行,不能贪大,最好分期来做,可那时候国内想投资非洲的人多,国内的小贷公司钱多,贷款好贷。众人拾柴,把叔叔的脑子烧沸了,他哪里还听得进不同的声音啊!农场资金链断裂后叔叔四处求人,终归是回天乏力。叔叔万般无奈地离开农场后,我就一直守在农场,农场到现在还烂在哪里,农田已经荒芜、机器设备已经锈蚀,已经没有多大价值了,今年我也离开农场了。"

许丁在听闽山峰讲述安中农场情况的时候一迭声地说:"可惜了!可惜了!"

闽山峰说:"是可惜了,不过当地人还是很感激叔叔的。"

许丁好奇道:"怎么讲?"

闽山峰苦笑道:"当初叔叔去马兰热省办农场的时候,省长说租地不要钱,象征性收点租金就可以了,但要求叔叔带动农场周围的农户种地,帮助当地的农业发展,我叔叔满口答应,专门雇请了 10 个 H 农垦集团的农业技术员,一个技术员负责 10 个农户,教当地农户种水稻,现在这些农场周围农户的水稻年年丰收,农业兴旺得很啊!"

许丁感慨道:"你们安中农场虽然失败了,但给人的启发和带动效应还是很显著的,除了你刚才说的带动当地农户成功种植水稻外,也带动了我们广渠国际农业板块的发展。"

看着闽山峰惊讶的表情,许丁接着说:"那次我们参观完你们的安中农场后，深受你们采取订单农业经营模式的启发，我们也采取订单农业经营模式开办了广渠国际标准农场，经过第一家标准农场的试验，现在已经在万博省开办第三家标准农场了。不过我们没有完全照搬你们安中农场的模式，种植外包我们是与当地农户合作，聘请国内农业技术员指导当地农户种植；每个农场种植规模只有 5 万亩，每个农场都形成了一个完整的产业链；我们没有向国内的小贷公司贷款，而是与基金公司合作。事后看来我们是矫正了你们的失误的。"

闽山峰若有所思地说："也是时机和环境不一样，你们既吸取了我们的教训，又赶上了中非共建'一带一路'的好时机，现在的条件多好啊！"

飞机飞了十几个小时，许丁和闽山峰聊了一路，两个人都在非洲奋斗十几年了，说不尽的酸甜苦辣，道不尽的人生感慨。

二十五

　　广渠国际电瓶厂经过十个多月的建设和设备安装调试，正式开工试生产，工厂除了十几名从国内招聘来的管理、技术、检测等专业人员外，一百多名工人全部是在安哥拉当地招聘的黑人员工，黑人员工培训与工厂建设同步进行，所以在工厂开工时工人同步到位，这让安哥拉经济部部长特别高兴，工厂开工那天，部长率领二十几名政府官员，浩浩荡荡参加了广渠国际电瓶厂开工仪式。

　　在开工仪式上，经济部部长剪彩并即席发表了演讲，他说："这是中国公司在安哥拉投资建设的第一家真正意义上的工厂，极大地促进了安哥拉工业的发展。特别是这家工厂全部招聘的是安哥拉本地的员工，这不仅解决了本国公民的就业问题，更重要的是开创了外国投资工厂本土化的先例，为安哥拉工人队伍的建立做出了很好的示范，培养了我们自己的产业工人……"

　　谁都没有预料到经济部部长的即席演讲说了一个多小时，最后他说："这是安哥拉与中国共建'一带一路'的杰出成果，是中非共建'一带一路'的杰出典范。我要给他们的产品命名，就叫'一一牌'电瓶，纪念共建'一带一路'成果在安哥拉落地开花。"

有经济部部长这样的重视和高度评价，当地媒体进行了长篇累牍的大量报道，"一一牌"电瓶在非洲一炮打响。

广渠国际电瓶厂的产品生产出来了，订单应接不暇，可产品质量问题却一直过不了关，产量也就上不来。厂长许阳急得满嘴长泡，他使尽了自己在国内当微型电机厂厂长时积累的所有管理经验。先是在电瓶厂实现计件工资制，工人按生产合格的产品计件，不合格的产品扣减，每月每个工人按生产的合格产品计发工资。这样的办法在厂里向工人宣布的时候，工人们并没有提出异议，大家都不以为然，毫无反响。原以为这样的方法会像国内一样极大地调动工人的生产积极性和认真负责的工作态度，可施行一个月后毫无起色，产量上不来，产品质量也没有提高，只是厂里的工资开支节约了不少，发工资的时候工人们说计件工资制是厂长为了减少工人工资，工人们集体向厂长提出抗议，并表示如果工厂继续采取这样的方式，他们将罢工。

无奈，这样的方式只得作罢。

过了两个月，许阳又在厂里提出了考核上岗和末位淘汰的考核办法，对所有在岗工人进行操作考核，考核合格后才能上岗，对上岗后每个月生产的产品质量合格率排名最低的 10 名员工淘汰下岗。这样的办法公布后，如第一次改革方案公布时一样，工人们波澜不惊。考核不合格不能上岗的员工依然不慌不忙地每天到工厂参加培训，被淘汰的员工毫无怨言地加入到厂里的培训班。厂里在外面也招不到合格的工人，上岗的工人减少了不少。

许阳找了几个考核不合格和被末位淘汰的工人谈话，问他们不能上岗怎么不着急？

千篇一律的回答是自己的能力不行，需要培训。

许阳说:"能力是能提高的,要努力学习。"

回答也是千篇一律:"我们很努力,每天都来参加培训班了,厂长什么时候能让我们上岗?"

许阳无语,他怀念起微型电机厂的党委书记来,他迫切需要一个党委书记来做工人的政治思想工作。

许阳很无奈,只得把这种状况反映到赵文那里,赵文到电瓶厂搞调研,他找工人们聊天,第一个找的是娜塔莎。

娜塔莎是欧阳青的大姨子,萨瓦丽娅的姐姐,虽是一母所生的亲姐妹,但娜塔莎和萨瓦丽娅从长相到性格都有着天壤之别。萨瓦丽娅第一次把欧阳青带回家,向家人介绍欧阳青时说:"这是我的中国男朋友,他准备和我结婚。"

看到眼前站着的中国小伙子,听到萨瓦丽娅的介绍,一家人傻眼了,他们做梦都没有想到这个不起眼的萨瓦丽娅会成为一个中国人的妻子,一家人激动不已,一个个紧紧地拥抱欧阳青,特别是娜塔莎,抱着欧阳青亲了又亲。

欧阳青和萨瓦丽娅结婚后住进了萨瓦丽娅的家里,他们俩负责广渠国际五家零售商店的经营,出双入对,既忙碌、又甜蜜。娜塔莎看在眼里,羡慕在心里,她就天天跟欧阳青嚷嚷着要去广渠国际的商店里上班。欧阳青担心商店本来就是自己夫妻两人管理,再加一个姨姐进来,怕不好管理;瓜田李下也怕公司的领导有想法;而且娜塔莎有点心浮气躁,平时就喜欢出去玩,很少在家待,只怕她很难安心上班。有这些顾虑,欧阳青就一直没有答应娜塔莎到他管理的商店去上班。

娜塔莎要求上班的事情一拖再拖,等到广渠国际电瓶厂招聘工人的时候,欧阳青觉得电瓶厂虽然也是广渠国际的子公司,但那里和自己工作上毫无联系,那里的领导该怎么管就怎么管,在工厂还能学门技术,正好可以让她去试试,于是欧阳青告诉了娜塔莎广渠国际电瓶厂招聘工人的事,让她去报名。

娜塔莎浓妆艳抹地来到广渠国际电瓶厂招聘现场,她看看烈日下排着长龙的应聘人员,径直走到面试官面前说:"我妹夫让我来报名应聘。"

正在办理招聘初选登记的广渠国际工作人员说:"请你去排队,按次序来登记。"

娜塔莎瞪大了眼睛,自豪地说:"我妹夫让我来的呢!他是你们公司的老板!"

招聘工作人员正要解释,站在一旁的许阳笑着问娜塔莎道:"你妹夫是谁呀,他叫什么名字?"

娜塔莎有几分得意也有几分骄傲地说:"我妹夫是欧阳青啊!"

许阳大笑道:"你是萨瓦丽娅的姐姐?我见过你,只是今天你的打扮太隆重,我没有认出来。"许阳笑着让工作人员给娜塔莎做了信息登记。

就这样娜塔莎参加了广渠国际电瓶厂岗前培训,继而成为电瓶厂的一名工人。

赵文找娜塔莎谈话是因为他们刚来安哥拉时租住的是娜塔莎家的房子,娜塔莎一家人是许丁和赵文最早打交道的安哥拉人。而且娜塔莎是萨瓦丽娅的姐姐,算是员工家属。更重要的是娜塔莎是一名很有代表性的工人,她参加岗前培训后成为电瓶厂第一批工人,后来在厂里实行考核上岗和末位淘汰制后,娜塔莎下岗参加再培训,重新上岗后再下岗培训,已经几上几下了。娜塔莎是一个个性张扬、性格活跃的人,无形中成了本地工人中的活跃分子,在工人中具有一定的影响力。

娜塔莎在赵文面前无拘无束,赵文问娜塔莎:"你在厂里上班多久了?"

娜塔莎说:"我是电瓶厂招聘的第一批工人,工厂开工我就在厂里上班了。"

赵文说:"那有快两年了呢,你在厂里上班感觉怎么样?"

娜塔莎说："开始感觉挺好,现在搞什么考核上岗和末位淘汰,一会儿让我上班,一会儿让我下岗培训,挺折腾人的。赵,你是老板,你帮我跟他们说一下,别让我下岗培训了,培训的时候特无聊,爱打瞌睡。"

赵文说："你知不知道为什么让你们下岗培训?"

娜塔莎说："为什么让我们下岗培训,我们也没有搞得太清楚,厂长说是我们的技能没过关,生产的产品不合格。"

赵文疑惑道："难道不是这样的吗?"

娜塔莎不以为然地说："厂里的工人干的都是一样的活儿,生产出来的产品也一模一样,到了产品检测员那里就分出了合格不合格来,产品生产出来干吗要检测呢?合格不合格拿去商店一样卖,价格都一样。"

赵文惊讶道："那要是客户买到了不合格的产品,不能使用,或者使用不了几天就坏了,怎么办?"

娜塔莎笑道："谁要是买到不合格的产品那是他运气不好,他再买一个就是了。"

一番问答下来,赵文有一点秀才遇到兵的感觉,这样明摆着的道理还需要再解释吗?他还是耐着性子,像对幼儿园的小朋友讲为什么不能把尿尿在裤子里一样地说："要是买到我们不合格产品的客户多了,我们的产品在市场上的口碑就不好,口碑不好我们的电瓶就卖不出去,电瓶卖不出去我们的工厂就没有收入,没有收入工厂就要关门,工厂关门了你们的工作就没有了,工作没有了你们就挣不到工资了。"

赵文一口气把这些逻辑关系讲清楚了,心想这一下你该听明白了吧?

没想到娜塔莎听了赵文急促的话语,扑哧笑了,她轻描淡写地说:"赵,别着急,挣不到工资我也会生活得挺好的!"

娜塔莎说完,耸起眉头,眼里露出了安慰的目光,仿佛她挣不到工资让赵文着急了,她想安慰赵文。

赵文被娜塔莎安慰的眼神弄得哭笑不得,这样的谈话也没法继续了,赵文感觉到有理说不出,心里的想法说不清,他只有讪笑着对娜塔莎说:"那你先去忙吧。"

娜塔莎起身往外走的时候,依然有些担心地看着赵文说:"赵,不用担心,一切都会好起来的!"

赵文还想再找几个人聊一聊,许阳说:"不用再聊了,他们的想法基本上差不多,跟我们考虑问题的思路不在一个频道上,没法沟通。"

赵文说:"看来我们把事情想简单了,这种情况需要好好研究一下。"

在赵文一筹莫展,感到有理说不出,有劲儿使不上的时候,他想到了一个人——高斯塔,以高斯塔高深的理论功夫,也许能够说服娜塔莎她们这些与众不同的想法,或者是高斯塔也许更能理解娜塔莎她们的想法。

当高斯塔在赵文办公室,听赵文听介绍电瓶厂目前的状况,以及跟娜塔莎谈话的情况后,狡黠道:"你们来安哥拉十几年了,还是不了解我们安哥拉人的想法。"

赵文很谦虚地说:"是啊,你跟我说说,分析一下。"

高斯塔得意道:"我们安哥拉人吃饱肚子后是不会考虑下一顿的食物在哪里的,你们中国不是有一个渔夫和智者的故事吗?渔夫钓上来两条鱼后就躺在石头上晒太阳了,智者问渔夫为什么不继续钓鱼?渔夫反问智者,这两条鱼已经够我今天吃了,为什么还要继续钓鱼呢?智者对渔夫说,你可以钓很多鱼拿到市场上去卖,卖鱼的钱积攒下来,你就可以盖房子、买食物,躺着晒太阳,再也不用每天来钓鱼了,渔夫说我现在就已经不钓鱼躺着晒太阳了呀!这个故事讲的就是中国人和安哥拉人的故事。"

高斯塔的故事让赵文感到无比惊讶,他以前只觉得高斯塔能言善辩,理论功夫了得,没想到他还有如此的思想境界和深刻的思想,心里不由得升起由衷的敬佩之情。

感受着赵文惊讶、敬佩的目光，高斯塔接着说："我们虽然实行了考核上岗和末位淘汰制，但考核没有通过和末位被淘汰的人继续在厂里参加培训，参加培训的人厂里管一顿午饭，每天还有交通补贴，这对我们安哥拉人来说就很惬意了，能不能上岗无所谓的。为什么考核不合格和末位淘汰的人不让他们直接回家呢？"

赵文解释说："安哥拉没有现成的熟练工人，工厂所需工人都需要我们自己培训，培训一名电瓶厂的工人最少需要半年时间，我们考核不合格和末位淘汰的工人总比招聘新人重新培训强啊。"

高斯塔不以为然地说："不一定，如果一个人几次考核不合格或者几次被末位淘汰，那有两种可能，一是动手能力实在太差，二是沉不下心来干活儿，这两种人你再怎么培训都不行，石头再怎么精雕细琢都成不了钻石。你们中国有句谚语，磨刀不误砍柴工，招聘新人可能需要的培训时间长一些，但你们可以多招聘一些人参加培训，多中选优，这是我开办保安公司培训班的时候你教我的办法呀！你自己反而忘了？"

赵文忍不住笑了，不知道这个高斯塔从哪里学来这些中国谚语和典籍故事，而且运用得恰到好处，这既是他超强的学习能力，又是他具有良好的领悟能力的体现，不得不说高斯塔是一个优秀的人才，我们公司要多几个像高斯塔这样的安哥拉员工就好了。

看到赵文望着自己笑而不语，高斯塔心里受到了鼓舞，他也是一个急于表达自己的人，他接着说："安哥拉的熟练工人太少，这是安哥拉要发展工业最大的短板，安哥拉政府应该加大力度，把培养熟练技工作为国家战略。"

赵文竖起大拇指，半是玩笑半是认真地说："你可以当经济部部长甚至总统。"

高斯塔很认真地说："要是有这样的机会，我一定能把安哥拉治理好！我上任第一件事就是要做好与中国共建'一带一路'。"

与高斯塔的一席谈话,使赵文深受启发,像高斯塔这样的人才在安哥拉不会是个别现象,公司应该挖掘和培养本土管理人员,这样会更贴近本土员工;关于工人的培训应该从长远打算,不能只看到现在的电瓶厂,如果电瓶厂在安哥拉能够比较容易地招聘到合格工人,缺乏熟练工人的问题就会迎刃而解,我们可以在安哥拉办一所开放式的技工学校,为安哥拉培训熟练的产业技工,这样既能解决我们自己工厂的长远用工需求,又能为安哥拉培训一批又一批的熟练技工,这是我们外来企业为当地做贡献的好办法,也是为中非共建"一带一路"做贡献,一定会得到两国政府的肯定和支持。

根据赵文的提议,赵文和许丁与何守月专门召开了一次视频会,经过认真地讨论研究,他们完全采纳了赵文的建议,对广渠国际安哥拉公司实施全面改革,具体内容包括:在广渠国际安哥拉公司所有下属企业中全部实行班组长本土化,逐步培养和提拔本土中高层管理人才;提拔高斯塔为广渠国际副总经理,负责筹备技工学校,提拔马里奥为保安公司副经理,协助高斯塔处理保安公司日常事务;主动与安哥拉有关政府部门沟通协调,开办技工学校,技工学校力争成为安哥拉政府规划认可、社会认可、学员认可的基础技工学校,为安哥拉培养熟练工人。

此改革方案一出,广渠国际员工哗然、安哥拉中资企业哗然、安哥拉政府哗然。

经过不到一年的时间,广渠国际电瓶厂产能就达到了100%,产品合格率稳定在85%左右,实现了盈利目标。

高斯塔在接到公司聘任他为广渠国际副总经理后异常兴奋,虽然没有像第一次得知让他担任保安公司CEO时那样狂奔,但嘴巴笑到了耳朵根,看到谁都会想张开双臂给他个大大的拥抱。

当赵文让高斯塔筹备组建技工学校的时候,他信心满满地应承下来,也没有问赵文对办技工学校有什么要求,他脑子反应快,立马心里就冒出了许多的想法来,但这次高斯塔一反遇事冲动的个性,他把自己关在新办公室里思考了整整半天时间,他想把这件事办得出乎老板们的意料。

高斯塔想好了主意,他没有跟许丁和赵文商量,直接给经济部部长写了一封信,信很长,主要意思就是说安哥拉要发展现代工业最缺乏的是政府吸引投资的优惠政策和熟练的产业工人,制定政策是政府的事情,但培训安哥拉熟练的产业工人这件事有家中国企业愿意做,这家企业就是您视察过并将其电瓶厂生产的电瓶命名为"——牌"电瓶的那家中国企业——广渠国际,这家公司准备投资开办一家技工学校,为安哥拉培训各类技术工人,一家外国企业主动为安哥拉国家的发展做贡献,恳请政府予以大力支持。信中提到了希望政府予以支持的几个方面,如将学校纳入安哥拉国家职业教育发展规划;安哥拉政府经过考察合格后认可这所学校的办校资格和学校颁发的毕业证书;每年给予学校一定的经费支持等等。

以高斯塔的理论功夫,信写得十分深刻。

经济部部长看到高斯塔的信后,直接把信交给了国务秘书,要他按照信中的要求落实办理,并表示要亲自给这所学校命名和揭牌。

当国务秘书把经济部部长的指示打电话转告高斯塔的时候,高斯塔又恢复了他狂热的个性,挂掉电话他大吼两声,狂奔到赵文办公室,进了赵文办公室他却故作镇定地坐到赵文对面的椅子上,笑而不语。

赵文说:"说吧,有什么喜事?你的脸上都写着呢!"

高斯塔绷不住,便把自己怎么想的,怎么给经济部部长写信,国务秘书转告他经济部部长的指示精神一五一十地告诉赵文。

高斯塔讲完这些,满心期待地看着赵文,等待着赵文像他一样狂喜一场。

赵文心里自然也很高兴,但是他的高兴被一种担心盖住了,高斯塔没有跟他和许丁商量自作主张给经济部部长写信,虽然得到了经济部部长的赞扬和肯定,但这样的做法不能鼓励,不然很容易出问题。想到这里,赵文对高斯塔说:"你这样做是不对的,这样的事你应该事先跟我和许董事长商量。"

　　高斯塔感觉好像冬天被浇了一盆凉水,不对,高斯塔不知道冬天寒冷的感觉,他只知道炭火被水浇灭的感觉,他脸上的笑容还来不及收起,心里却升起了失望,他一时不知道该说什么。

　　赵文看到他脸上僵硬的表情,又有些于心不忍地说:"这件事虽然结果很好,但做法不妥,这样的事不仅你不能自作主张,就是我,也要跟许董事长商量后才能做,因为这是企业行为,对企业的影响很大。"

　　高斯塔是聪明的,他很快明白了赵文的意思,但情绪一下子转不过来弯,他一言不发,灰溜溜地走了。

　　等到下午,赵文打电话告诉在国内的许丁高斯塔给经济部部长写信的事,许丁听到这样的消息,十分高兴,他在电话里不停地夸奖高斯塔,对赵文的担心却不以为然:"高斯塔在公司已经工作很多年了,是我们自己培养出来的高管,我们要相信他,他做事还是很有分寸的,不会太出格。"

　　许丁的一席话释怀了赵文的担心,他怕挫伤了高斯塔的工作积极性,晚上,赵文找了许阳、小曲工、黄薇、欧阳青、萨瓦丽娅、马里奥等公司几个高管为高斯塔庆功,酒桌上大家纷纷给高斯塔敬酒,没想到人高马大的高斯塔酒量却不行,几杯红酒下肚,快乐的天性翻倍,还不时冒出几句汉语来。

　　赵文惊讶地问道:"高斯塔,你知道不少中国谚语和典故,汉语也会说了,是跟谁学的呢?"

　　高斯塔自豪地说:"我家小豹子是中国厦门大学留学回来的,我跟她学习的汉语。"

大家都惊讶道："你家小豹子是谁？肯定不是你老婆吧？"

高斯塔满脸幸福地笑道："我老婆有四个妹妹，一个比一个厉害，我称她们为狼豺狮豹。"

赵文调侃道："那你的汉语是不是躺在床上学的呢？"

高斯塔不明白赵文话里的含义，天真地说："有时候躺着也学。"众人哄堂大笑。

高斯塔问道："这是什么典故吗？"

赵文说："是个典故，你喝杯酒我就告诉你。"

高斯塔毫不犹豫喝干了杯子里的红酒，一副求知若渴的表情望着赵文。

赵文说："你没有听说过在安哥拉的中国人有四大浪漫事吗？"

高斯塔恍然大悟道："哦，我知道，躺在床上学葡语。"说者无心，听者有意，小曲工和黄薇闹了个大红脸。

几个月后，安哥拉经济部部长如约参加了广渠国际技工学校的揭牌和开学仪式，并将学校命名为安哥拉第一技工学校。在解释这个校名含义的时候，部长说："广渠国际给我的建议提得好，我们要感谢这家中国公司为我们办了这所学校，我们要把培养技术工人作为安哥拉政府的发展规划，我们在全国至少要建立10所这样的技工学校，培养出我们自己的技术工人队伍……"

许丁和赵文作为海外杰出华人代表，应邀回国参加国庆70周年庆典，和他们一起回国参加庆典的还有月生公司董事长伍月生。

和广渠国际稳扎稳打的公司风格不同，月生公司总是走在时代的最前头，成为时代的弄潮儿。

近几年月生公司在安哥拉投资了三个项目，最难的项目是网络支付,月生公司与国内知名网络公司合作,想把网络支付引入安哥拉,但毕竟网络支付涉及国家主权和金融安全,月生公司向安哥拉政府提交项目申请已经三年了,安哥拉政府至今尚在评估中。

月生公司与网络支付项目进展截然不同的另外两个项目网约车和快递公司虽然状况频出,却进展神速,已成为安哥拉规模最大的网约车和快递公司。

伍月生在飞机上给许丁和赵文讲述他这两家公司最初的状况的时候,三个见惯了安哥拉奇葩事的人还是惊讶不已。

月生公司在罗安达注册了网约车公司后,第一批从中国进口了200辆电动汽车,媒体广告一出,前来签约领车的人排起了长龙,四天时间,公司200辆网约车就全部签约发车了,从发出第一辆车的那一刻起,伍月生的心就悬起来了,不知道接下来会出现什么意想不到的状况,公司保障团队严阵以待,紧张的气氛仿佛临战的前线。

状况很快出现了,不到一天时间,公司几部保障热线电话响个不停,而且报告的都是同一个问题:汽车跑不动了。公司保障人员不出动都明白,那是汽车没电了。公司动员了能够联系到的所有拖车,把没电的网约车一辆辆拖回来充电,如此折腾几天,终于让网约车司机明白电动汽车是要及时充电的。

充电的问题解决了,可是每月按时来缴纳租金的网约车司机很少,网约车发出去了,每天还管充电,租金又收不上来,这样的生意如何能维持呢!伍月生安排人搞调研后才弄明白,原来有一些网约车司机根本没有跑出租,而是自己用,还有一些网约车司机根本就没有准备向公司缴租金。针对这种状况,伍月生与公司律师商量,向不按时缴纳租金的网约车司机发送了律师函,没想到这一招挺管用,收到律师函的网约车司机纷纷跑到公司缴纳网约车租金。半年时间,公司完全步入正轨。

伍月生的快递公司开办之初也有过与网约车类似的曲折故事,但总的来说,安哥拉人的学习能力、接受新事物的能力都很强,特别是法律意识令人钦佩。

三个人谈起这些年在安哥拉奋斗的经历,伍月生深有感触地说:"我二十多岁来非洲,到过非洲二十多个国家,安哥拉是一个在非洲十分独特的国家,它的经济总量一直排名在非洲前五名,国土面积和人口也在非洲名列前茅,这个国家的信誉很好!历史上没有欠债,没有债务豁免,国家开放,营商环境良好,政府官员素质高,接受新事物、新思想快,石油撑起了这个国家的经济命脉,也给这个国家注入了长期的经济活力,这是我最后落脚在安哥拉的主要原因。"

许丁说:"我去过的非洲国家少,除了旅游,真正了解的非洲国家只有安哥拉,算来在这里奋斗了十几年了,当初只是为了赚点小钱,发点小财,改善自己的生活状况,被'骗'来到安哥拉,赶上了国家改革开放的好时机,赶上了安哥拉从战争走向建设的好机遇,既靠机遇,也靠努力,才在安哥拉站住了脚,有了今天的小成就。这里是我事业的起点,现在就像我的第二故乡一样,回北京待久了就特别想念它。"

赵文说:"虽然我们在安哥拉赚了钱,有了自己的事业,实现了自己辞职下海来非洲的目标,可是站在这个成功的位置上反而有些迷茫了,没有了方向感,也没有了新的目标,这就是个人价值、个人目标的局限。'一带一路'是一个伟大的倡议,它拨开了我们眼前的迷雾,让我们看到了世界大同、人类命运共同体的理想之光和希望之光,我们每个人的事业只有和人类和国家的发展目标汇聚在一起,才是我们唯一光明正确的大道。"

飞机向东飞行,午后的阳光从飞机舷窗照射进来洒在过道的地板上,有星星点点的光斑在跳跃、在舞蹈,仿佛游子的心一样在回家的旅途中欣喜、渴望、温暖,他们在无数次的离家、返乡途中越来越强烈地感受到心更加贴紧祖国,自己的命运和祖国紧紧地联系在一起!

后 记

和许多人一样，在我的脑海里，非洲就是原始、饥饿、瘟疫和战争频发的地方，所以在确定要去安哥拉出差的时候，我心里感到忐忑不安。出国前遇到的第一件烦心事就是打疫苗，不知道从什么时候开始发现自己晕针，只要看到注射针头，闻到注射室消毒水的味道，我就会心慌气短，继而天旋地转。为了不打疫苗针，我找了一大圈朋友，拐弯抹角联系到了防疫站的站长，可当我见到站长的时候，站长说："传染病比打针更可怕！要去非洲是必须打防疫针的。"

无奈，在同事和医生的反复哄劝下，我狠下心，紧闭双眼打了一针，针打得不疼，记忆中第一次没有晕针。

3月中旬出发，经过漫长的14个小时的飞行，迷迷糊糊中听到飞机即将降落在安哥拉首都罗安达的广播。第一次踏上罗安达的土地就是小说中许丁走进非洲的感觉，只是我第一次去非洲有安哥拉工作组的同事接机。从机场到酒店20分钟的车程，我们走了将近两个小时，到达住的酒店已经是上午10点多钟。酒店是一座六层高的房子，号称罗安达最好的酒店，四星级，酒店紧靠马路，临街一排水泥柱子钢筋毕现，不过酒店大厅还算干净。工作组的同事收齐护照,到酒店前台办理入住手续,五个人的入住手续足足办了40多分钟,收钱的时候居然要一个人一个人地收,同事解释说:"他们不会乘法,不会汇总收钱。"

办理好入住手续,工作组的同事说:"已经中午11点了,今天我们早餐午餐一起吃,就在酒店二层吃自助餐。"

放下行李,洗把脸,我们饥肠辘辘地来到二楼自助餐厅,餐厅里客人寥寥,门口一排黑人侍者穿着白衬衫打着黑领结,很有些宫廷侍者的样子。我刚坐下,就有黑人侍者给我倒上一杯冰水,向我问候道:"先生午安,给您来杯咖啡还是茶?"我要了杯咖啡,再去拿食物,感觉这家餐厅的西餐还比较丰盛。

回到座位,我问工作组的同事:"这西餐不错,多少钱一位啊?"同事笑笑说:"一个人150美元。"

我差点从椅子上跳起来:"我的天啊!我没有听错吧?"同事不以为然地拿起桌子上的一瓶500毫升的纯净水说:"这是一瓶普通的纯净水,不是依云,你说多少钱?超市卖2.5美元,感觉到了吧?罗安达是全球物价最高的城市之一!"

我把刚咬到嘴里的鸡蛋差点吐出来:"看来在这里,鸡蛋我都吃不起啊!"

吃完午饭回到房间,国内应该是晚上7点了吧。人很困,却没有一点儿睡意,走到窗前,凭窗瞭望,我们住的这家酒店算是罗安达城市的制高点了,而且处于城中心位置,鸟瞰市区,这是一座建在丘陵之上的城市,城区街道崎岖蜿蜒,房子依街起伏,街道狭小拥挤,大片的棚户区连成一片一片的,屋顶五颜六色,不过在这些歪歪扭扭的棚户区中也夹杂着许多西式小洋楼,石墙红瓦,风格别致,从这些零散的建筑中依稀能看到葡萄牙小镇的风情,据说罗安达城是葡萄牙殖民者十六世纪建造的,当时按照40万人的规模建城,葡萄牙国王曾经还想把葡萄牙的都城迁来罗安达,可见罗安达曾经有过的辉煌。如今的罗安达聚集了安哥拉全国四分之一的人口,居民 600 余万,拥挤程度可想而知,基础设施也是不堪重负,我们所住酒店的后面有一条沟——我不知道该叫沟还是该叫河,说是沟吧,这沟也有五六米宽,说是河吧,从河里流进居民区的污水已经变成了黑色的泥浆,远远地就能闻到刺鼻的臭味。

我站在酒店窗前,像雷达一样从右向左扫描,眼睛忽然一亮,浩瀚无垠的大西洋就在眼前,海水湛蓝,海面平静如湖水,在中午的阳光下波光粼粼,海鸟上下翻飞,天空缥缈的白云倒映在水面,分不清哪儿是天空哪儿是大海,大大小小的船舶往来穿梭。沿海岸线是一条宽阔的马路,马路两边是两排高大整齐的椰子树,马路到海边依次是草坪和沙滩,离酒店较近的海滩旁是一个椰树环绕的广场,广场中间有音乐喷泉,听不见音乐声,但能看到各种造型的水柱翩翩起舞。

这是非洲吗?我恍惚了!

友人打来越洋电话,问我对非洲的感受,我想想说:"短短半天,仿佛是历史和地理的大穿越!"

第一次到非洲后,因为工作的原因,我和安哥拉结下了不解之缘,在以后的十几年的时间里,我一直负责安哥拉的业务,每年都会在安哥拉待上很长一段时间。

时间久了,认识了许多在安哥拉工作和做生意的中国人,听他们讲了来安哥拉工作和生活的经历,感觉每一个人都有一段传奇的经历,听起来感人至深。也许当初踏上安哥拉的土地是艰苦的、危险的、彷徨的,可事后讲起当初的经历来,每个人多少都有几分得意和庆幸,鲜有后悔的人。

有一句话给我的印象特别深刻,"在安哥拉做生意想不赚钱还很难",是的,早期来安哥拉的人都赚了钱,很多人还赚了大钱,但是他们现在以调侃的方式讲出来的抱着 AK-47 睡觉、没有清洁水、没有电的生活,与苍蝇、蟑螂、老鼠争食物,感染疟疾、黄热病的生死考验,被绑架、被抢劫的可怕经历是没有亲历过的人无法想象的。

有时候我在想:如果当初让我来安哥拉面对这样的条件和环境,我会坚持下来吗?而且是在不确定能否赚到钱的情况下,我的答案是否定的。

所以我们在羡慕在安哥拉奋斗的人今天所取得的成就的时候,不要忘记他们所付出的难以想象的艰辛和努力,他们身上所体现的是中国人吃苦耐劳、坚韧不拔,在艰苦环境下生存的品质。

我把听到的中国人在安哥拉奋斗的故事写出来,基本上遵循了故事的真实性,当然也难免有虚构的成分,希望安哥拉的朋友们不要对号入座,有不敬之处敬请谅解!

谨以此文献给在安哥拉奋斗的朋友们!谨以此文献给所有用自己勤劳的双手创造美好生活的朋友们!